MAAK HET MOOI

Van dezelfde auteur verscheen onder meer:

De zomerval
My generation
Onze dagen | Het ongeluk
Zo gaan die dingen
Eindelijk de zee
Echt iets voor jou
Verdwenen tijd
Herfst in het oosten
Perfecte stilte
Kleur van geluk
Wat is precies de bedoeling?
Het eerste licht boven de stad
Als de winter voorbij is
Waaitaal
Hoe alles moest beginnen
Olifant van zeep
Als je de stilte ziet

Thomas Verbogt

Maak het mooi

Nieuw Amsterdam

Deze uitgave is tot stand gekomen met steun
van de Gemeente Nijmegen

Nijmegen

Omslagontwerp Nico Richter
Foto omslag © Esther Lutgendorff
Foto auteur © Bob Bronshoff
NUR 301
ISBN 978 90 468 3031 4
www.nieuwamsterdam.nl

FSC
www.fsc.org
MIX
Papier van
verantwoorde herkomst
FSC® C004472

Voor J

I'm here to tell you the tide will never stop coming in.
I'm here to tell you whatever you build will be ruined,
so make it beautiful.

Hala Alyan, 'Spoiler'

Een

Kijken in de tijd

Een herfstdag, natuurlijk een herfstdag, ik loop door Nijmegen, door de oude Lange Hezelstraat, ik weet wat er gaat gebeuren, wat alleen maar gebeurt omdat ik het weet maar ik stel het nog even uit. Natuurlijk loop ik hier even met mijn vader, minstens een paar seconden. Ik zeg, ik wil graag zeggen: 'Wat voorbijgaat, is nog gaande, dus niet voorbij.' Hij is het met me eens: veel blijft maar voorbijgaan zonder ooit voorbij te zijn. Bijna niets eindigt ooit echt.

Dan is hij weer verdwenen in wat hem na zijn dood overkwam, zijn tijd is niet voorbij, hij ook niet, het zal niet gebeuren. Ik weet dat zonder te weten hoe ik dat weet. Niet van alles wat je weet hoef je te weten hoe dat komt.

Hoe lang geleden is het dat ik hier Jana zag staan, toevallig? Ik zag haar op haar rug, ze stond voor een etalage van een kleine winkel met curiosa. Aan haar rug was haar aandacht te zien. Als ik haar zou begroeten, kon ik er niet onderuit te bekennen dat ik niet wist hoe ik het moest doen met haar zusje, met Nienke, maar dat het aan mij lag, dat ik me met veel in het leven geen raad wist. Grote woorden! Veel in het leven.

Ik kan kijken in de tijd, niet altijd, wel vaak. Even stilstaan en een kant kiezen, een richting, heen en terug.

Het is een herfstdag waarin wat van de zomer is overgebleven, ik kijk door de straten heen, door de binnenstad heen, naar een buitenwijk, ja, daar. Na mijn eerste jaren

Graafseweg, hartje stad, daar, naar de rand toe, de bossen, de nieuwbouwwijk, gewoon maar kijken is het, richten, rust nemen en daar sta ik, klaar om te worden gefotografeerd.

Het is een zondag in juni, 1960, zeven jaar ben ik, een zonnige dag, warm, van die slappe warmte, bijna zomer. Ik doe mijn eerste heilige communie en heb daarom een keurige lange broek aan, een grijze, met een scherpe vouw, ook een nieuw jasje, blauw, en een lichtblauw overhemd dat kriegel jeukt in mijn nek. Kleren waarin je opgesloten zit, waarmee een nieuwe fase in je leven begint. Mijn moeder noemt ze nette kleren. Mijn iets te grote schoenen zijn zo nieuw dat ik er bijna niet op durf te lopen.

Ik geloof dat ik toen voor het eerst woedend werd of begreep wat dat was, woedend zijn, ik schrok ervan, een klap in mijn gezicht. Omdat ik bang was. Bang voor hoe ik mezelf zag, over mezelf dacht. Weerzin was het, haast grenzend aan haat. Dat kwam niet alleen door die kleren, hoewel die te maken hadden met een bestaan waarvan ik ver weg wilde zijn. Mijn angst was de angst dat die woede gewoon bij het leven hoorde waarin ik nu een nieuwe stap zette, een stap waarvoor ik niet gekozen had, maar die moest, die van me verwacht werd. Ook angst voor verwachtingen was het. Dat je de hele tijd besefte wat er van je verwacht werd. Je was nog steeds kind, maar nu een kind dat moest begrijpen dat het menens was met het leven, dat leven zoiets was als tegen de stroom in zwemmen.

'Je bent een plaatje,' roept tante Mia, de zeer Limburgse zus van mijn moeder die haar helpt deze feestdag perfect te laten verlopen. Paar weken geleden was ze er ook al om mijn moeder, tegen haar zin, bij te staan bij het uitzoeken van een servies, haar eerste 'echte servies' noemt ze het. Ze is tien jaar met mijn vader getrouwd, maar een servies was er nog niet van gekomen, waarschijnlijk hadden ze duizend andere dingen aan hun hoofd. Het heeft een romige kleur met blauwe accenten, bloemen die in bermen van landwegen te vinden zijn, in het diepe zuiden van het land waar ze opgroeide.

'Ga daar maar staan,' zegt tante Mia, de daadkracht spat zangerig uit haar stem. Ze wijst naar het midden van de kleine achtertuin. De twee waslijnen hangen er vandaag niet. Op de paal aan het einde van de tuin waaraan die bevestigd moeten worden, hangt nu een krans van witte kunstrozen. Mijn moeder lachte enthousiast toen we in dit huis kwamen wonen en zij die dunne paal zag, van boven V-vormig. Ze klapte in haar handen. Op onze bovenwoning moest ze de was binnen droog zien te krijgen. Die kunstrozen heeft mijn moeder niet opgehangen, daarvoor houdt ze te veel van bloemen, vooral wilde.

Ik vond mijn moeder altijd jong, veel jonger dan de moeders van de jongens die ik van school kende, ik was trots op haar, op haar onbekommerdheid, haar lach. Maar de eerste dag in het nieuwe huis aan de Hengstdalseweg was ze nog jonger, een iets ouder kind dan ik, haar zoon. Haar kinderlijk enthousiasme deelde ik niet. Ik was graag op de bovenwoning gebleven, de kleine etage hoog in het huis op de Graafseweg met de grote ramen. Alles wat mijn ouders hadden, paste er precies in, je kon je er niet omdraaien zonder iets aan te raken.

De wereld hier was veel te groot voor me, en veel te gloedloos nieuw, veel te braaf geordend. De verhuizers brachten de dozen naar binnen en ik liep over het smalle, zanderige paadje langs de achtertuinen, die allemaal keurig omgespit waren, klaar voor de keurige inrichting van de nieuwkomers, de jonge ouders die eindelijk weg mochten uit de grauwe naoorlogse jaren en met hun frisse kinderen begonnen aan een andere toekomst dan de hunne destijds.

'En wie ben jij dan?' De welluidende hartelijke stem van een vrouw die ik nog nooit gezien had, een buurvrouw van twee huizen verder, ze was groot en had rode wangen waarop flinterdunne adertjes zichtbaar waren, en een opvallende donkere bril, maar ik zag meteen dat ze niet vroeg wie ik was om maar iets te vragen, zoals de meeste volwassenen deden. Ik trok haar aandacht, het jongetje dat langs de omgespitte tuintjes liep en af en toe met een hand voorzichtig aan de gladde donkere aarde voelde, want die zag er wel glad uit, maar voelde die ook zo? Ik vroeg me op dat moment echt af wie ik was, wie ik kon zeggen wie ik was. Als ik door de geïllustreerde tijdschriften bij ons thuis bladerde, kon ik foto's uit films lang bestuderen. Voor de meeste films was ik veel te jong, maar ik probeerde iets te begrijpen van wat het verhaal van die foto's was. Ik keek op tegen de zwijgend kijkende mannen in kamers waar iets gebeurde wat me ontging, terwijl ik wel vermoedde dat het gevaarlijk was of opwindend, het had vaak te maken met een vrouw die wat met haar kleren aan het doen was, er interessant aan zat te frunniken. Ik was zo'n zwijgend kijkende man, nog lang nadat ik het tijdschrift had weggelegd. Leek me een manier van leven, zwijgend aanwezig zijn. Je was het niet zomaar, iemand die zwijgend aanwezig was, je koos ervoor. Zo zei je meer dan je kon zeggen.

Paniek voelde ik daar bij de nieuwe tuin van de nieuwe buurvrouw, wat kon ik zeggen? Wat zei het haar als ik alleen mijn naam noemde en dat ik twee huizen verder woonde, dáár. Hoe moest ik bij haar horen? Daar ging het om, anders vroeg ze niet wat ze zojuist vroeg: en wie ben jij dan? De nieuwe straat verbond ons, de wijk waarin het nog naar cement en hout rook. Ik wist zeker dat ik die vraag nog vaak zou horen. Misschien was die vraag mijn leven wel, was je de hele dag bezig die vraag te beantwoorden. Het was een vraag met zwaarte. Niet dat ik er bang voor was, maar ik zag op tegen de hinder ervan: en wie ben jij dan? Antwoord je wie je bent of denkt of hoopt te zijn of wie de ander wil dat je bent? Ik zeg het in de woorden van nu, alles zeg ik in die woorden nu, ze liggen gewoon voor het oprapen, en al die momenten liggen ernaast. Als ik aan die dagen denk, zijn ze verre van voorbij. Aan verdwenen dagen kun je niet denken, behalve als je je iets wilt herinneren wat zich niet herinneren laat omdat het te onbeduidend was.

De vraag die de buurvrouw stelde, was zo veelomvattend dat ik er een tijdje in wilde ronddwalen. Misschien ging ik daar lang over doen, zwijgend natuurlijk. Er was *iets* begonnen.

Het fototoestel van tante Mia is een zwart, gehavend doosje, Agfa. Ze laat zich in een dansende beweging op haar knieën zakken om de foto te maken. Ze heeft een strakke lichtgele jurk aan. Alles wat hier gebeurt en nog gaat gebeuren, wil ik niet. Ik moet aan iets anders denken. Dat moet ik bijna altijd. Daar wil ik meestal zijn, ergens ánders, in de bossen aan onze kant van de stad, in een kleine boot waarmee ik door alle rivieren van de wereld vaar en soms de zee op ga. Als ik onder water wil, is dat geen punt. Onder water overbrug ik afstanden makkelijker en sneller. Daar zie ik vissen die alleen in dromen bestaan, en handen die ik kan vastpakken, een gezonken schip met een schat. De smalle straten in de benedenstad kunnen ook iets anders zijn, die geheimzinnige knusheid. De bloedrode ballon die ik als jongetje boven de huizen zag ook. Een bewegende wereld weg van onze kleine wereld. Ik zweef voorwaarts, almaar voorwaarts. Bij alles wat ik meemaakte, bedacht ik iets waardoor het anders werd. Ik wilde dat alles een verhaal was dat alleen ik kon vertellen.

Mijn ouders voedden me zo op dat het altijd kan, aan iets anders denken, in dat verhaal zijn, al hadden ze geen idee wat dat was: 'Onze Tom is een dromer.' Die woorden bevallen me, want je kunt ook dromen als je niet slaapt, die dromen maak je zelf. Over een neefje hoorde ik zijn moeder tegen de mijne zeggen: 'Hij is een slimmerikje.' Liever een dromer dan dat, ik wist het zeker, nog. Ik snapte natuurlijk wel dat alles voor een slimmerikje makkelijker was, maar als ik het woord *slimmerikje* een paar keer uitsprak kon me dat niet zo veel meer schelen.

Mijn moeder zegt vaak: 'Je wilt zeker dat we je laten.' Soms denk ik dat het haar geruststelt dat te zeggen. Haar zoon is afwezig of vreemd en veel te gevoelig voor alles, maar dat is tenminste duidelijk, ergens anders willen zijn, gelaten worden. Het is alsof ze iets geeft wat ze graag wil geven.

Ik houd van onweer

Tante Mia zegt: 'Je moet vrolijk kijken.'

Ik kijk naar rechts. In de tuin van twee huizen verder, het huis van de vrouw die vroeg wie ik was, staat een meisje dat ik dagelijks zie. Ze is van mijn leeftijd en kijkt altijd bedroefd. Nu heeft ze een wit jurkje aan. Ze wordt ook gefotografeerd, ik kan niet zien door wie, maar wel dat het gebeurt, want zo kijkt ze, ze probeert ook vrolijk te kijken.

'Ja, zo blijven kijken!' roept tante Mia. Haar Limburgse accent vind ik lastig, ik schaam me ervoor, helemaal als ze hard praat.

Boven de keuken is het raam van mijn kamer. Ik heb mijn beer voor het raam gezet. Ik kreeg die van mijn grootvader toen ik nog niet kon weten dat ik die kreeg, ik lag nog in de wieg. Sindsdien is de beer altijd bij me geweest, ik neem hem ook mee naar later. Ik vind het niet kinderachtig, al zouden anderen kunnen zeggen dat het wel zo is. Ook de beer gaat een ander leven in. Daarom staat hij daar. Om te zien hoe het min of meer gebeurt. Ook namens mij staat hij daar.

'Hè! Nu kijk je weer anders.'

'Laat hem toch,' zegt mijn vader.

Vandaag laat niemand me, ik weet het zeker. Net zoals ik zeker weet dat ik dit soort dagen moet zien te vermijden, dat die onbelangrijk zijn. In de kerk tijdens de feestelijke mis ben ik van het begin tot het einde in staat geweest aan iets anders te denken. De ballon die, trots en bloedrood, hoger ging dan de brave wolken boven deze stad. We gingen op weg naar een groen landschap met aan de rand een laag wit huis waaruit een lied klonk dat ik pas op de radio hoorde en dat ik zo raar vond dat ik de woorden na twee keer luisteren onthield: 'Itsy Bitsy Teenie Weenie Yellow Polka Dot Bikini'. De nieuwe wereld waarvan ik weet had, de wereld van het groene landschap en het witte huis, had de taal van dat lied.

Geen idee hoe ik mijn eerste heilige communie gedaan heb, ja, met mijn tong beschaafd uit mijn mond voor de pastoor knielen, met strak gesloten ogen, 'eerbiedig', maar dat weet ik omdat we het de week ervoor gerepeteerd hebben, toen een onbarmhartig, zeker twintig minuten durend onweer de kerk wild en gretig aan flarden leek te scheuren. Ik houd van onweer, maar vanaf die dag in mei nog meer. Mei, de lentemaand die mijn moeder de Mariamaand noemt. Ze zegt dat Maria voor ons zorgt. Ze is niet voor niets de moeder van God. Ik vind dat ingewikkeld: Jezus is de zoon van God, Maria is de moeder van Jezus, maar ook van God, dus dan zou ze de oma van Jezus zijn en met God getrouwd, als in die kringen getrouwd wordt tenminste. Mijn vader zegt dat we allemaal God zijn, alle mensen bij elkaar, mensen 'van goede wil'.

'Wat is van goede wil?'

'Als je het goede wilt in je leven en in de levens van de mensen om je heen.'

Ik wilde vragen hoe je dat doet als je dat wilt, maar ik wist toen niet hoe ik die vraag moest stellen, wat de woorden voor die vraag waren. Wel snapte ik dat ik zo veel mogelijk woorden wilde kennen, want dan pas kon ik alles begrijpen wat ik wilde, wat heus niet alles hoefde te zijn, maar bijvoorbeeld die goede wil interesseerde me.

Vlak voor Kerstmis kwam pastoor Hazeldonk op school voor de voorbereidingen op de eerste heilige communie. Die woorden waren voor zijn komst al zo vaak uitgesproken, eerste heilige communie, dat ik er niet meer zo goed tegen kon. Ik vond het bovendien ook zo veel, de aangekondigde gebeurtenis, een hoogtepunt in het leven van het rooms-katholieke kind, werd er zo vol van.

Tijdens de lessen van de pastoor merkte ik dat ik al hoorde wat er werd gezegd, voordat, in dit geval, de pastoor het had gezegd. Het was een kwestie van concentratie. Hij begon met bijvoorbeeld: 'Geloof...' Hij keek naar buiten, nam een diepe trek van zijn grote sigaar en dan wist ik wat er ging komen, althans ongeveer: 'Geloof is een moeilijk woord. Ik kan jullie niet zeggen wat het is, jullie moeten het zelf ervaren. Ik kan alleen zeggen wat geloof voor mij is.' En dat zei hij dan ook, min of meer.

Het was niet bij iedere zin, maar wel vaak. Ik vond het niet belangrijk dat ik me bewust was van die eigenschap, maar ik wist wel dat ik daardoor met veel mensen niet per se iets te maken wilde hebben. Veel wordt gezegd wat echt niet gezegd hoeft te worden of wat ik niet hoef te horen, want ik heb het al gehoord. Misschien besefte ik dat ook omdat ik het liefst alleen ben.

De pastoor was een grote intimiderende man. Zijn toog had heel wat lichaamsgeur gearchiveerd. Hij sprak luid, alsof we ver bij hem vandaan zaten, maar waarschijnlijk was dat symbolisch. Wat hem betreft mochten we best nog wat verder van hem vandaan zijn, zodat hij niet in de gaten hoefde te hebben dat wij bestonden. Hij had de pest aan kinderen en dat hij zich toch met ons bezighield was alleen maar een opgelegde investering in de toekomst.

Hij begon zijn eerste les met de vraag of we wisten wat we met Kerstmis vierden. Voor zo'n vraag schaam ik me. Toen iemand zei dat het de geboorte van Jezus was, legde hij uit wat daaraan voorafging, want niemand wordt natuurlijk uit het niets geboren, hoewel: bij Jezus was dat niet helemaal helder.

Een hulpmiddel bij zijn les was een met groen vilt bekleed bord waarop plaatjes aan te brengen waren. Uit een rode doos pakte hij een afbeelding van Maria die zat te borduren, en die sloeg hij met de vlakke hand op het groene vilt, een petsend geluid: 'Ziehier, Maria.' Schuin achter haar bracht hij een fornuis aan: 'Ziehier, Maria zit in haar keuken te borduren.' Vervolgens kwam er een raam naast Maria, een open raam, en op de donkerbruine vensterbank zat een duif met schrandere oogjes. De pastoor pakte nu een aanwijsstok die hij tegen de duif prikte: 'Ziehier, de Heilige Geest.' Hij zweeg even, keek aandachtig naar het tafereel dat hij tot stand had gebracht en zei toen: 'Op dat moment wist Maria dat ze zwanger was van Jezus.' In de klas ontstond enige onrust. Willy van der Zanden uit het Rooie Dorp, een oude, gehavende wijk in het oosten van de stad, had een paar speelkwartieren geleden, over zijn woorden struikelend, hard gefluisterd hoe een vrouw zwanger werd. Dat kwam door een man en er kwam vreemd vocht uit zijn piemel aan te pas. Zijn oudere zus had hem dat verteld, maar die uitleg was nog niet ingedaald, want veel verder dan het vreemde vocht kwam hij niet. Dat hoefde ook niet, het ging om een gang van zaken waarvan we echt in fases kennis moesten nemen, want alles in dit proces was hoogst enerverend.

'Een duif! Dat kan niet!' hoorde ik Willy van der Zanden weer zo hard fluisteren als hij ons de voortplanting uit de doeken had gedaan. De pastoor had het niet in de gaten, hij was al bij Kerstmis beland.

Tot diep in het voorjaar keerde hij onregelmatig maar vaak genoeg terug. In de buurt van Pasen was het Laatste Avondmaal de gebeurtenis waar het allemaal om draaide, en wat daar gebeurde 'gebeurt iedere keer weer opnieuw als jullie in de kerk bij de Heilige Mis zijn, jullie eten het lichaam van Jezus, van Christus'.

Hij wist meer dan wij, pastoor Hazeldonk, daarom zaten we ook op school en hij niet meer, maar ik voelde in me vretend verzet tegen zijn autoriteit. Wat hij weet, wil ik ook weten en als hij dat weet, waarom zweept hij dat dan over ons heen?

En na al die lessen zit ik voor hem, op mijn knieën, mijn tong uit mijn mond, mijn ogen gesloten. Zo ver ben ik gekomen. 'Itsy Bitsy Teenie Weenie Yellow Polka Dot Bikini'.

Ik ben er weer, uit de mand onder de ballon gestapt, als ik op weg naar huis loop, de hand van mijn vader op mijn rechterschouder. Mijn moeder is al thuis, klaar om de familie te ontvangen met koffie en vlaai, een woord dat ik nauwelijks verdraag, zo'n flappend woord. Het nieuwe servies staat uitgestald. Er wordt over gepraat.

'Zo, een nieuw servies, Annie.'

'Het is mijn eerste echte.'

'Ja, waar een communiefeest niet goed voor is.'

Dat is het woord dat nieuw is in mijn leven, communiefeest. Hier in huis ben ik er het middelpunt van, in mijn schurend nieuwe nette kleren.

Mijn oma, de moeder van mijn vader, is de eerste die me een cadeau geeft. De moeder van mijn moeder woont diep dement in een inrichting bij Den Bosch, haar man is een paar jaar daarvoor gestorven, ik herinner me niets van hem. Waar de vader van mijn vader is, geen idee. Hij is een van de zachtste mensen die ik ken, onverstoorbaar met een kleine pijp, liefhebber van gebakken spek en dagelijks een paar borrels, uit het zicht van zijn vrouw. Altijd als hij me ziet stopt hij me wat geld toe, wat niemand mag merken.

Mijn oma geeft me een horloge, mijn eerste, met nachtblauwe wijzerplaat, zilverkleurige cijfers, zwart leren bandje.

'Kun je fijn zien hoe laat het is.' Ze is niet de hartelijkheid zelf, maar dit meent ze, fijn zien hoe laat het is.

Dat cadeau is zo opwindend dat wat de rest van de familie me geeft nauwelijks tot me doordringt. Ik ben trouwens al snel bijzaak, het communiefeest is voor hen aanleiding om weer eens bij elkaar te komen. Ik ben er wel, maar ook weer niet, en daar heb ik geen moeite mee, integendeel, ik voel opluchting, vrijheid.

Het anderste meisje

Begin van de middag, het is nog slapper warm dan de ochtend. Ik sta in de achtertuin, de familie zit binnen, de tuindeuren staan open, hun woorden klinken als een onrustige zwerm vogels, ik sta op de plek waar ik vanochtend een plaatje was zonder vrolijk te kunnen kijken. Ik zie het buurmeisje ook in de tuin, ze speelt met andere kinderen die allemaal witte kleren aanhebben. Misschien zijn daar in huis een paar communiefeesten tegelijkertijd aan de gang. Ik ben er niet jaloers op, één communiefeest is meer dan genoeg.

Ik kijk op mijn horloge, spontaan als iemand die wil weten hoe laat het is, wat je nooit zomaar wilt weten. Zojuist keek ik er natuurlijk ook een paar keer op, maar dat was meer om te beseffen dat ik het kon, dat ik een horloge had. Het is tien over half twee en ik ben ervan overtuigd dat dit een tijdstip is dat ik moet zien te vermijden, levenslang. Ik wil mijn jasje uitdoen, maar dat mag niet: een communicant doet dat niet. Misschien als ik uit het zicht ben, weg uit de tuin, ik loop het paadje op, het paadje achter de huizen, ineens wordt de middag ruimer en is alles voor me eindeloos, langs de fietsenschuurtjes, langs de oude tuinen achter de huizen in de Beukstraat, de Beukstraat door waar het licht altijd wat bleker is dan bij ons in de straat, de Berg en Dalseweg oversteken, het schoolgebouw passeren en dan is er het uitzicht waar ik doorheen dwaal als ik vanuit het klaslokaal naar buiten kijk, glooiend, begrensd door de

Kopse Hof, een vlakte aan de rand van de stad waar wat lage noodwoningen bij elkaar staan, bewoond door mensen over wie met angst en walging wordt gesproken, een losgeslagen zootje, dieven, 'smerige zigeuners', vechtersbazen, vrouwen die het met iedereen doen. Een van de jongens die daar woont, zit bij mij in de klas, Harry Meier. Hij is groot en rood en zwetend en heeft kleren aan die te krap zitten, hij wordt haast iedere dag de klas uit gestuurd, hij heeft eens een ruit in een deur kapot geschopt, we zijn bang voor hem, niet uit ontzag, het is andere angst, de ergste angst die er bestaat, voor iets wat niet te begrijpen is, waarover je nauwelijks wat kunt zeggen.

Het is stil, zondagmiddag, in deze stad gebeurt er op zondagmiddagen niets, en dat niets sluipt doelloos door de straten, het mengt zich in de geuren van de trottoirs, in de bewegingen van de bomen, ja, kinderen doen hun eerste heilige communie, maar dat is niet op iedere zondag, de pastoor kan niet aan de gang blijven, het is niet iedere dag feest.

In die lege stilte loop ik de helling op, langzaam alsof ik zeker weet dat er dadelijk iets gebeurt wat alles, álles anders maakt en me meeneemt naar een verte, naar de cowboys in Amerika bijvoorbeeld. Zeker een keer per week zie ik die op de Duitse televisie, ze zijn altijd in gevecht of te paard op weg daarheen, uit het televisietoestel komt de damp van kruit en zweterige warmte en stof en vaak ook bloed en paarden natuurlijk. Of naar Caterina Valente, die ik soms hoor zingen op de radio en die mijn vader zo leuk vindt – dat zegt hij, leuk. Mijn moeder lacht dan zogenaamd vermoeid geïrriteerd. Als je zo heet, Caterina Valente, moet alles goed zijn.

Ik adem mijn verwachtingen diep in en voel tranen in mijn ogen, even maar, en dan is er de vreugde want ik weet zeker dat het waar is wat ik allemaal denk. Het gebeurt toch niet zomaar dat je dat denkt.

Ik kan het pad volgen dat uitkomt achter de Sint Maartenskliniek, of over het veld omhooglopen, ook al waarschuwt iedereen dat je niet te ver moet gaan, want daar woont het stinkende tuig. Ineens denk ik aan de jongen die daarvandaan komt, Harry Meier. Hij moet vandaag toch ook zijn eerste heilige communie gedaan hebben? Ik zag hem niet in de kerk, maar ik heb niemand gezien, want ik hing onder een ballon. Daar moet het ook feest zijn, daar in de lage, kleine huizen.

Het ruikt naar brand, naar rook. Als ik in de richting loop van waaruit die rook komt, zie ik dat het bij de noodwoningen is. Mannen gooien hout op een vuur. Om hen heen staan kinderen, een van hen houdt met gestrekt been een bal hoog. Waarom ik naar het tafereel blijf kijken, weet ik niet, maar blijkbaar doe ik dat geconcentreerd, want naast me hoor ik ineens stemmen, het zijn vijf jongens, ouder dan ik, ze komen van de noodwoningen, dat zie ik aan hun kleren. De langste loopt naar me toe, zijn haar is strak naar achteren gekamd, het kan bijna niet strakker, de anderen blijven staan, ze lachen. Hij pakt me ruw vast aan mijn onderarm.

'Mooi jasje,' zegt hij. 'Dat vind je zelf ook, mooi jasje.'

Ik knik.

'Een veel te mooi jasje.'

Ik duw zijn hand van mijn arm weg.

'Zeg, wat krijgen we nou? Gaan we brutaal doen?!'

Hij ruikt naar rook, hij heeft ook bij het vuur gestaan. Hij buigt naar voren, brengt zijn hoofd bijna tegen het mijne: 'We gaan dat jasje snel uitdoen, dat mooie jasje, heel snel.'

Het is alsof ook de huid van zijn voorhoofd iets naar achteren wordt getrokken door dat haar. Ik schud mijn hoofd, denk aan mijn moeder. We lopen samen de C&A uit, het is een zonnige middag, we gaan ijs eten, mijn moeder is vrolijk als altijd. 'Nu ben je een meneer,' zegt ze. 'Mijn eigen bovenstebeste meneer.'

'Doe uit, dat jasje!'

De jongens achter hem lachen nu harder, van dat joelende lachen dat uit hun grote monden schuurt.

Weer schud ik mijn hoofd.

Hij duwt me nu hard omver en draait zich dan om naar de anderen: 'We gaan de kleren van die klootzak uittrekken.'

Alles gaat nu heel vlug, een van de jongens heeft zijn voet op mijn borst gezet, een ander trekt mijn rechterschoen uit en dan ineens een stem van verder weg: 'Gradje, laat die gozer godverdomme met rust! Ik ken hem! Gradje, je moet stoppen!' Het kost me moeite naar rechts te kijken, daar komt de stem vandaan, ja, ik zie Harry Meier staan, hij heeft een zwart pak aan, natuurlijk te krap, en een gele stropdas om, hij heeft zijn handen in zijn zakken, hij lijkt veel groter dan ik hem ken, ouder ook. De voet gaat van mijn borst, één schoen is uit, ze zijn ook veel te groot, die schoenen. Ik wil opstaan, maar het is net of de aanwezigheid van de jongens dat verhindert, ze staan nog steeds om me heen, ik hoor weer de stem van Harry Meier, maar niet wat hij zegt. Ik ben banger dan zojuist, want als ze niet doen wat Harry Meier roept, kan alles alleen maar erger worden. Ik heb het nu zo warm dat ik wel kan schreeuwen, maar dat moet ik niet doen, want dat kan me duur komen te staan.

'Flikker op,' roept de eerste jongen. 'Flikker heel gauw op, vieze, smerige brillenjood!'

Ik rol bij ze vandaan en sta op terwijl ik ín die beweging al begin te rennen. Een van de jongens gooit mijn schoen achter me aan, rakelings langs mijn oor. Als ik buk om die te pakken, voel ik dat alles in mijn lichaam veel te vol wordt, ik zweet ontzettend. Ik ren verder en als ik omkijk om te zien of ze niet achter me aankomen, struikel ik en val, nog net niet op een steen, maar daarnaast waar hondenpoep ligt, ik voel die in mijn gezicht, onder mijn kin, de geur is scherp, ik moet meteen overgeven, maar houd het in, het kan niet hier.

De jongens lopen terug naar hun huizen, naar het vuur. Harry Meier heeft me gered. Hij heeft net als ik het lichaam van Jezus gegeten. Dat schept een band, bleek zojuist wel. Wat zeg ik tegen hem als ik hem weer op school tegenkom?

Ineens zie ik mijn horloge, mijn cadeau, het is bijna drie uur, ik moet terug naar huis, naar het communiefeest, maar dat kan zo niet. Ik trek mijn jasje uit en hang het over mijn hoofd, als een te dikke capuchon, en zo steek ik de Berg en Dalseweg weer over, haastig, met grote stappen. In de Beukstraat loop ik het pad in achter de huizen van de Berg en Dalseweg en de huizen aan de andere kant, de Abeelstraat, het ligt iets lager dan de weg. Ik weet niet waarom, misschien zoek ik beschutting of een oplossing, wat vaak hetzelfde is. Halverwege het pad zie ik een regenton bij een huis dat er stil uitziet. Daar moet ik heen, ik moet mijn gezicht wassen, mijn nek, ik ben het middelpunt van het communiefeest. De aanblik van een regenton bij een stil huis lucht me op, van die opluchting die een paar tranen veroorzaakt: alles wordt eenvoudig.

Ik was mijn gezicht, het water ruikt een beetje brak maar dat maakt niets uit, het is het beste water dat er bestaat. Cowboys wassen hun gezicht ook met zulk water. Ik probeer niet te denken aan wat er is voorgevallen op het veld voor de Kopse Hof, ik merk dat het me lukt zo te denken, het wordt iets heel kleins, een kort oponthoud, het was er nauwelijks.

In de tuin staat een schommel, en een grote rode, gedeukte auto waar een klein kind in past, er is een vijver met op de rand een beeld van een vuilgroene kikker, er staan kleine dunne bomen.

Ik kijk en ik kijk, dat doe ik vaak, er begint iets waarvoor ik – weer – geen woorden heb, maar dat iets is wat bij me hoort, bij mijn leven waarvan ik niet weet of goede wil er een rol in speelt.

Er gaat een deur stroef open, ik ben al op weg naar het pad, misschien moet ik niet omkijken, maar dat doe ik toch.

Een meisje wringt zich achter de deur uit die blijkbaar klemt. Ze slaat wat stof of zoiets van haar kleren en kijkt dan naar mij. Ik kijk naar haar, ze moet van mijn leeftijd zijn, misschien wat ouder, niet veel. Haar gezicht eist me op, grote ogen en een wat geschrokken mond. Een donkerblauwe handdoek om haar haar. Ze heeft een lange zwarte jurk aan, ik ken geen meisjes die er zo uitzien. Blote voeten, haar armen op haar rug.

Het huis ziet er voornaam uit, plechtig bijna, het is alsof het fluistert, in een taal die ik niet ken, en zij staat daar, een verschijning, uit het niets, het niets van deze zondag, van het belachelijke feest ver weg in het huis waar ik woon, een veel kleiner huis, veel te nieuw en te net. Ze tilt me uit dat alles weg. Dat denk ik later: ze tilt me nú mijn leven in. Ik had het natuurlijk niet in de gaten, maar daarom wil ik dat moment vasthouden. Het is sensationeel.

Ik heb de stront van mijn gezicht en nek gewassen met het regenwater dat bij haar huis hoort, ik ben weer op weg naar mijn familie en zij staat daar, anders dan de meisjes uit de straat, anders dan alle meisjes die ik ooit gezien heb. Die gedachte heeft iets stevigs, een gedachte met een uitzicht, een gedachte die me vervult als een belofte. Het anderste meisje.

Nog nooit dacht ik iets over later of een bestemming of wat kon en niet kon of een doel, weet ik veel, of wat ik van iemand wilde, maar ik kijk en ik kijk, ik knik en zeg hoe ik heet, hoe belachelijk ook, maar het is belangrijk, ze mag deze momenten nooit vergeten, en zij zegt, haar stem is zo zacht dat ik daar bij dat tuinhek naar voren buig en het stomme volwassen gebaar met een hand achter mijn oor maak, zonder iets te zeggen, als een wijsneus, en ze zegt: 'Wie ben jij? Ik ben Adriana, Jana, zeggen ze, Jana, mag je ook zeggen.' Dus niet: hoe heet je? Nee: wie ben jij? Ik hoor dat verschil hartstikke duidelijk. Ik zeg nog een keer hoe ik heet.

Ze kijkt naar de regenton en daarna weer naar mij. Ze strijkt met haar hand over haar gezicht. Misschien is dat een vraag.

'Ik ben gevallen. Daar.' Ik wijs naar een verte die hier niet te zien is. 'Achter de school, op dat veld. Ik lette niet op.'

'Gevallen,' herhaalt ze. Ja, dat woord is ook een vraag.

'Er zaten jongens achter me aan. Van de Kopse Hof.'

Dan hoor ik ergens in huis haar naam roepen.

'Mijn zusje,' zegt ze. 'Ik moet naar binnen.'

Nog even blijft ze staan, ik verroer me niet, wil dat dit heel lang duurt, wij, hier, tegenover elkaar.

Ze zwaait, een klein, snel gebaar, haar armen langs haar lichaam, alleen haar hand beweegt. Ze draait zich om, ze wringt zich naar binnen en dan is ze weg in het huis. Ik hoor weer haar naam roepen. Haar zusje heeft haar nodig. Ik ook. Het is de eerste keer dat ik dat denk. Natuurlijk, ik heb mijn ouders ook nodig, maar dat is anders, dat is nu eenmaal zo. Dit is wat anders.

Het is alsof ons huis ver weg is, alsof ik een lange afstand moet overbruggen.

'Waar was je?' vraagt mijn moeder, gelukkig niet kwaad of bezorgd, ze wil het weten.

'Gewoon even gelopen,' zeg ik.

'Je moest even weg, je vindt het allemaal veel.'

Ik knik, mijn moeder trekt me naar zich toe en slaat haar armen om me heen. Nu zie ik pas dat ze de lichtgele kleren aanheeft die ik zo mooi vind, ze horen bij zomerbloemen.

Dan een stem: 'Je moet die jongen loslaten, Annie. Hij is nu groot. Hij heeft zijn eerste heilige communie gedaan.'

Het is haar broer, de psychiater, die mijn moeder een rare kwast noemt. Hij kust haar en geeft mij een cadeau dat in een krant verpakt zit. Het is zwaar. Als ik het papier eraf heb getrokken, schrik ik: het is een bonk grijze klei.

'Kun je fijn kleien,' zegt de broer van mijn moeder, de psychiater, de rare kwast.

Fijn zien hoe laat het is, fijn kleien. Jana – ik prevel haar naam.

Stamelende dagen

Jana kwam ik pas later weer tegen, tien jaar verder waren we ongeveer, veel was er voorbij en ook voorgoed verdwenen. Ineens vond ik me bij haar terug, ja, zo moet ik het zeggen: ik vond me bij haar terug. Ik dwaalde nog steeds rond in de vraag wie ik was en toen dacht ik: bij jou. Een verkeerde gedachte op een verkeerd moment, zoals vaak gebeurt. Er moest toen iets gaan veranderen, in mijn leven, met mij. Ik wist niet veel zeker, maar wel dat ik om iemand te zijn wel eerst iets om mezelf moest geven. Later werd vaak geschreven door deskundigen in kwesties die het bestaan aangaan, dat het daarom ging: van jezelf houden. Maar dat is zo veel. Het is makkelijker van een ander te houden dan van jezelf. Raymond Carver vroeg zich in een gedicht af wat je wilde in het leven: 'Mezelf geliefd noemen, mezelf geliefd voelen op aarde'.

Na die eerste ontmoeting (die ik in gedachten altijd een geheim vond, wat ik vond omdat ik er niet over kon praten, ook niet wilde trouwens) liep ik pas een maand later over het schaduwvolle pad langs de achterkant van de huizen op de Berg en Dalseweg. Eerder durfde ik niet, nee, het is anders: ik wist niet hoe ik het moest aanpakken. Bij het tuinhek wachten totdat zij toevallig naar buiten kwam of omdat ze me gezien had? En wat dan? Wat te zeggen? Van aanbellen aan de voordeur was natuurlijk helemaal geen sprake. Net zoals ik er niet aan moest denken dat ik haar op dat pad tegenkwam, dat ik haar zag naderen en zij mij, en dat we ons geen raad wisten met de afstand die we moesten overbruggen.

Het was niet omdat ik me schaamde voor wie ik was. Dat kwam later pas. Ik vond toen niets van mezelf, wel van haar. Misschien was dat niet te verbinden. Ja, ik was te jong, jonger dan zij, dat wist ik zeker, veel te jong om op aandacht van haar te kunnen rekenen. Van niemand. Van de meeste mensen hoefde ik geen aandacht, niet alleen omdat je daar dan op moet reageren.

Begin juli is het, ik ben over naar de derde klas, over een paar dagen rijden we naar een klein dorp in de Dordogne waar mijn ouders en vrienden van hen een verbouwde boerderij hebben gehuurd, met een zwembad, wat best iets is: een zwembad! Als er bezoek was, ging het er vaak over. Drie weken zullen we daar blijven. 's Ochtends was ik wakker geworden in lichte paniek. Die paniek begon verkeerd, met de vervullende zekerheid dat ze ook vaak aan mij dacht, het liefst voortdurend, maar ik wist niets van haar leven, kon me geen voorstelling van haar dagen maken. Ze weet niet waar ik woon, ik wel waar haar huis is, dus het ligt voor de hand dat het initiatief van mij moet komen, maar hoe? Misschien denkt ze wel dat ik me niet voor haar interesseer, dat ik die ontmoeting allang vergeten ben. En nu ga ik ook nog drie weken weg. Daarom. Als die zomer voorbij is, begint een andere tijd. Als we terugkomen van de Dordogne, is de Vierdaagse en alles eromheen afgelopen en is het drukkend stil in de stad. Ik voel me er thuis, maar dan niet.

De tuin is een andere tuin, alles wat ik me ervan herinner is weg, de regenton, de rode auto, de vijver, de kikker, de beschuttende kleur is eruit getrokken, het ruikt er saai, naar algemene tuinen. Het huis wordt geschilderd, in van dat onberispelijke wit, er klinken doffe geluiden die op bouwwerkzaamheden wijzen, rafelige muziek uit een radio, ik zie verder niemand. Paar seconden vraag ik me af of het wel waar was geweest, die zondagmiddag. Heb ik het gedroomd? Of ijdel bedacht? Is het een geheim dat ik heb verzonnen? Ik zit me vaak op mijn kamer voor te stellen dat alles wat ik bedenk waar is, en dat dat kan omdat het binnen de muren van mijn kleine kamer blijft. Mijn woordenschat geeft me nog niet de ruimte waarnaar ik verlang, maar ik teken veel, tekeningen die onbegrijpelijk zijn voor iemand die de moeite neemt ze te bekijken, maar voor mij is het alles wat mijn leven mijn leven maakt. Dat leven van me verzin ik, wil ik verzinnen, soms zo sterk dat ik me afvraag of niet álles verzonnen is. Die mogelijkheid vind ik bijna adembenemend.

Ik weet trouwens niet of het zo ging met mijn gedachten, toen, maar als ik die tijd probeer te reconstrueren, als ik me concentreer op de beelden die bij me zijn gebleven uit die stamelende dagen, zie ik de jongen, het kind dat alleen maar in zijn eentje het leven kon veroveren, eerst verkennen natuurlijk. Dat in zijn eentje was niet zielig, integendeel, noodzakelijk. Zielig was buiten spelen in veel te veel buiten en dan je best moeten doen het leuk te vinden en spannend, proberen mee te doen, het was meedoen, niet zelf doen, iets zelf doen was nauwelijks mogelijk met anderen in de buurt.

Ik moet me even vasthouden aan het tuinhek.

'Wat is er, knul?' Naast me staat een man met een oude damesfiets aan de hand. Hij heeft een donkerbruin pak aan met dof glimmende slijtageplekken. Op zijn gezicht zitten bleke korsten, overal, alsof ze doorweekt zijn met zalf, ze glanzen. Hij draagt een zonnebril. Zijn stem hoort helemaal niet bij hoe hij eruitziet, vriendelijk, helder.

'Ik had met Jana afgesproken,' zeg ik. 'Die woont hier.'

'Dat weet ik,' zegt de man. 'Ik woon hier ook.' Hij wijst naar links, naar een huis waar het houtwerk donkerblauw is, met een balkon vol hoge planten, ik moet denken aan een tropisch buitenland dat ik laatst op foto's zag in de *Katholieke Illustratie*, zo'n land waar van alles gebeurt wat hier nooit zou kunnen gebeuren. 'Met Jana? Wanneer sprak je met Jana af?' Hij schuift zijn zonnebril over zijn voorhoofd. Ik kijk een andere kant op, zie een man en een vrouw een kleed uitkloppen, in een wolk van stof, de man maakt dansende bewegingen met het kleed.

'Pas,' zeg ik.

De man lacht. 'Zo pas kan het niet zijn. Een paar weken geleden zijn ze verhuisd.'

Wurgend woord, verhuisd, woord vol hard verdriet. Ik kan het niet herhalen. Benauwd kijk ik naar de man, nu pas naar zijn ogen, ik geloof dat zijn mond niet kan lachen, zijn ogen wel. Het is net of mijn kijken diep in mijn hoofd begint, het duurt even voordat het me lukt.

'Je zegt toch dat je met Jana hebt afgesproken?'

Ik kan niet knikken. Het lukte me nooit smoesjes te bedenken, omdat ik niet weet hoe ik moet beginnen aan het smoesje. Mijn ouders zeggen dat ik nooit bang moet zijn duidelijk te maken of toe te geven wat er aan de hand is, ook al vind ik het moeilijk of kan ik er last van krijgen.

'Naar Parijs. Daarheen zijn ze verhuisd. Drie weken geleden.'

Ik heb van Parijs gehoord, de broer van mijn vader gaat er vaak heen. Mijn moeder zegt daarover dat hij 'verslaafd is aan het zoete leven', een eigenschap waarbij ik me niets kan voorstellen. Parijs is wat anders dan Nijmegen, dat snap ik wel.

'Jana's vader is hoofd van een kliniek geworden, iets buiten de stad. Je weet toch wat een bottendokter is? Jana's vader is dat, orthopeed, maar dat is zo'n moeilijk woord, hè. Bottendokter.'

Hij zegt nog een paar dingen, maar die hoor ik niet. Bottendokter, de hele dag met skeletten bezig, bij ons staat er een op school, ik weet niet waarom, niemand weet dat, geloof ik. Het kan geen leerling zijn die dood is gegaan, want daarvoor is het te groot.

Ik kijk naar het huis dat verandert in het huis op de dag van mijn eerste heilige communie, even maar. In mijn gedachten zoek ik iets waarmee ik het kan vasthouden, dat beeld. Dan is het weer meedogenloos een zomerse dag in juli, veel te zomers, te warm ook, drukkend. Overal stof, ritselend lawaai, blaffende honden, vogels die uit bomen willen vluchten, ik knijp in het tuinhek, voel roest in de binnenkant van mijn hand, het is net alsof ik het met mijn tong ook aan de binnenkant van mijn wangen voel. De man praat niet meer, hij wil me over mijn haar aaien, ik deins terug en loop achteruit bij hem vandaan, doe mijn best niet te struikelen, als ik struikel moet ik onmiddellijk aan hondenpoep denken. Hij haalt zijn schouders op en draait zich om.

Een licht felle sensatie

Thuis wil ik Parijs opzoeken in de *King Atlas*, maar daarin staan alleen maar kaarten van Nederland, wat misschien niet anders kan want die King-pepermunt koop je in het Zuivelhuis aan de overkant, bij een man in een witte jas die donkergrijs haar heeft dat van steen lijkt.

'Wat zoek je?' vraagt mijn moeder. Ze wil me altijd helpen, hoe vaak ik ook zeg dat ik alles alleen kan, terwijl ik heus wel weet dat het niet helemaal waar is, maar ik wil geen jongen zijn die geholpen moet worden, ik wil die aandacht écht niet. Parijs is iets voor mij alleen nu.

'Waar Parijs is.'

'Parijs, toe maar. Nee, Parijs vind je niet in die atlas. In de auto hebben we een kaart van Frankrijk. Die heeft papa vorige week gekocht. Maar wacht...' Ze loopt naar de vensterbank, naar haar smalle tomaatrode handtas waar ze een net zo rode agenda uit pakt. Ze slaat die open, bladert: 'Kijk, hier kun je het zien.'

Het kaartje is zo klein. Het lijkt alsof Parijs heel dichtbij is. Het kaartje hoort bij onze kleine stad, in onze kleine wereld, je hoeft maar een paar stappen te zetten en je bent overal. Je hoeft je oren maar te spitsen en je hoort iedereen praten. Het Zuivelhuis is een baken, een plaats van beschouwende samenkomst, de eigenaar, een man met stenen donkergrijs haar, een autoriteit. Naast drogist Gommers is dat. Mijn vader noemt de drogist 'de loper' omdat hij de hele tijd onrustig door de buurt loopt en vaak om zich heen kijkt alsof hij iemand zoekt. Mijn moeder zegt dat hij 'iets te veel' van vrouwen houdt. Ik weet niet wat daar fout aan is. Zijn vrouw komt niet vaak naar buiten, maar als ze dat doet, valt ze op, niemand ziet er zo uit daar in de wijk, met een lange jurk en hogere dan hoge hakken en haar dat op een pruik lijkt, een Spaanse danseres.

'We rijden er voorbij als we naar de Dordogne gaan,' zegt mijn moeder.

'Niet dóór Parijs?'

'Nee, erlangs.'

'Waarom?'

'Papa doet het liever niet.'

'Waarom niet?'

'Verschrikkelijk drukke stad is het. Met verschrikkelijk veel verkeer.'

Mijn moeder vindt, geloof ik, dat we wel genoeg over Parijs hebben gepraat, ze gaat iets anders doen, boven. Ze zingt 'Kleine Lucienne, droog je tranen, kijk naar het mooie Parijs'.

Niet voor niets is het zo verschrikkelijk druk in Parijs. Graag wil ik in een verschrikkelijk drukke stad zijn, zo druk dat niemand me ziet maar ik wel iedereen. Verschrikkelijk is erg, maar niet altijd.

Later dat jaar als ik met mijn vader op bezoek ben bij vrienden van mijn ouders tegen wie ik oom en tante zeg, zie ik daar in de boekenkast een boek staan dat *Nachten van Parijs* heet. Terwijl mijn vader wijn drinkt met zijn vrienden, blader ik het door, snel, want ik meen te merken, waaraan weet ik niet, dat het waarschijnlijk niet de bedoeling is dat ik erin kijk. Misschien is het de toegankelijkheid van het boek, een lekker compact ding vol sensatie en gloedvolle spanning.

Het veroorzaakt een brandende spanning die ik niet ken. Zulke foto's heb ik nog nooit gezien, naar sommige durf ik niet te kijken, maar van één kan ik mijn ogen niet afhouden, twee vrouwen die op een jukebox leunen, een is blond en kijkt licht gealarmeerd, de ander heeft donker haar en lijkt geamuseerd en bedroefd tegelijk. De blonde vrouw heeft haar rechterarm om haar heen geslagen.

Soms waren er beelden die ik meteen opsloeg. Dat begreep ik pas later. En ik voelde dat ik dat deed of dat iets dat met me deed, meer dan dat ik me er scherp van bewust was. Zeg maar: een licht felle sensatie.

Ik zag pas een foto van mijn moeder toen ze acht was. Ze staat in de tuin van haar ouderlijk huis, voor bloeiende rododendrons, aan haar voeten ligt een grote, zwarte hond, met een scheve bek waardoor één hoektand zichtbaar is, misschien wel de hond waardoor ze een paar jaar later gebeten werd. Soms had ze het erover. Ze werd ziek, een ziekte die niet verklaarbaar was, iets reumatisch, maar er was nog meer aan de hand, allemaal onduidelijk, allemaal niet te genezen. Ze lag vaak voor lange tijd in bed en leerde wennen aan pijn. Een keer vroeg een van de vele artsen of ze weleens door een hond gebeten was. Dat vertelde ze op een namiddag, toen ik haar in gedachten had aangetroffen in haar stoel voor het raam in de achterkamer waar ze een sigaret rookte. Als ze daar zat met die sigaret, wist ik dat ik haar niet moest storen, dat ze dat liever niet had, dat ze dan genoeg had aan wat anders, iets buiten ons om, maar nu keek ze me plotseling aan en wenkte, ze legde een arm om mijn schouders. Ze zei dat de dokter haar had gevraagd naar een hond. Mijn moeder moest lang nadenken en toen ze zei dat dat zo was, dacht die dokter na, maar na een tijdje schudde hij zijn hoofd, hij wilde iets noteren, maar deed dat toch niet, zijn vulpen bleef boven het papier hangen. Mijn moeder had kuiltjes in haar armen, dat zei ik vaak. Soms moest ze naar het ziekenhuis om er een te laten hechten. De dokter die niets kon met de informatie over de hond, zei dat ze erop moest rekenen dat ze rond haar dertigste in een rolstoel zou zitten. De man met wie ze officieel verloofd was, zei dat hij niet met haar verder wilde, daarom. Toen mijn vader haar voor het eerst zag, was hij meteen verliefd, in zijn leven de eerste vrouw die dat veroorzaakte. Een uur nadat ze hadden kennisgemaakt (hoteldebotel was hij, zei mijn moeder, volkomen hoteldebotel), vertelde ze het, van die rolstoel, maar mijn vader vond dat geen probleem, ja, voor haar, maar niet voor hen samen, 'dat gaan we gewoon allemaal doen'.

Mijn moeder heeft nooit in een rolstoel gezeten.

Ik vergeleek die foto met een andere, waarop zij en mijn vader staan, in de tuin voor het nieuwe huis, lachend, hun ogen een beetje dichtgeknepen, de zon is de toekomst, de nieuwe tijd, ver weg van de oorlogsjaren toen ze zo doelloos jong waren. Op de foto van vroeger zie je in het kind al de vrouw die ze geworden is. Er is iets in je wat niet ouder wordt, wat altijd zo blijft. Ik let er meestal op, probeer te voorspellen wat het is, bij kinderen dus. Andersom ook, in volwassenen zoek ik het kind dat ze waren. Als ik in de spiegel kijk, wat ik met weerzin doe, want ik vind mezelf oerlelijk, met die rode haren en grote neus en ook nog die dunne glimlach, probeer ik de man te zien die ik word. Soms zie ik die man bij een laag huis, door planten en bomen aan het oog onttrokken, weg, wég van alles, een vrouw in de tuin, op blote voeten, in een zwarte jurk, Jana natuurlijk, ze buigt zich voorover, aait een mollige rode poes die genietend met zijn ogen knippert. We bestaan, denk ik, we bestaan, ik weet het zeker. Op school leer ik dat ik God alles mag vragen wat ik wil. Nog nooit heb ik iets gevraagd, ik hoef ook geen aandacht van God, maar dit wil ik. Hoe vraag ik dat? Mijn vader zegt dat ik niet per se omhoog hoef te kijken, naar de hemel, want God is overal. Hoe hij dat weet, geen idee, maar die imponerende zekerheid heeft hij meegenomen uit het westen van Brabant, zijn geboortegrond met de stralende akkers, het kleine dorp met de kleine huizen met diepe tuinen erachter. Maar ja, als ik God om iets vraag, kan ik toch moeilijk naar een vaas gele tulpen kijken of de broodtrommel. Naar de boekenkast, dat lijkt me het beste. Daar moet God zich thuis voelen.

De vrouw bij de jukebox is Jana over twaalf jaar, ik weet het zeker.

'Ach, dat is toch niks voor jou,' zegt tante Ger. Ze ruikt altijd naar Sunlight-zeep, haar stem is koesterend. 'Dat is een boek voor oom Thuur.' Ze knikt naar de mannen aan de tafel in de voorkamer. Ze pakt het boek uit mijn handen. 'We gaan een lekkere koek uitzoeken en een groot glas limonade maken.'

Die foto moet ik hebben. Moet.

Inleidende tijd

Jana was weg en ik had nog vier klassen te gaan, ik geloof niet dat ik het lange jaren vond, ook geen opwindende of gelukkige, ik was blij dat ik steeds meer kon lezen en mijn fantasie gaf me een leven dat me verwonderde en opeiste. Wat ik in de klas moest leren, onthield ik als ik het had opgeschreven, dan was het voor mij. Mijn geheugen ging ook gul om met de wereld buiten mijn hoofd.

In de eerste twee jaren op het gymnasium van het Canisiuscollege aan de Berg en Dalseweg, niet ver van het huis waar we heen waren verhuisd, op de Sterreschansweg, aan de rand van de stad, met uitzicht op de Ooijpolder, ging dat ongeveer zo door. Ik was overrompeld door alles wat er van me werd verwacht, maar het veroorzaakte verder niets in me. Mijn ouders en hun vrienden die ook kinderen op het Canisius hadden, zeiden vaak dat dit de mooiste jaren van je leven waren, zo vaak dat het waarschijnlijk niet anders dan waar kon zijn. Zij waren immers veel verder in hun leven, ze konden het weten. Het stemde me vaag bedroefd, want mij leek al zo veel voorbij als je die school verliet, terwijl je juist op die school, zéker op dat prestigieuze instituut, werd voorbereid op een veelbetekenende toekomst. Zou dan niets in die toekomst zo mooi zijn als deze inleidende tijd? Wat een ontluisterende gang van zaken. Lag het aan mij dat ik alles nog niet zo mooi vond als de volwassenen beloofden? Deze vragen vielen samen met het begin van mijn puberteit dat maar heel even een begin bleef, al snel was het een donkere doolhof waarin ik alle kanten op spattend doorheen joeg, gedreven door martelende onzekerheid, woede en onbegrijpelijke ambities, zoals de overtuiging dat ik poëzie schreef die iedereen moest lezen. Terwijl het natuurlijk beter was van niet, maar die poëzie was wel de enige manier die me dwong woorden te vinden voor een existentiële onvrede die zijn weerga niet kende. Ook was ik ervan overtuigd dat ik in mijn omgeving de enige was die zo leed aan de mooiste jaren van je leven.

Ik kwam terecht in een groep vrienden en vriendinnen bij wie ik me op mijn gemak voelde, terwijl volgens mij geen van hen dacht wat ik dacht. Ze waren inderdaad bezig met de toekomst waarvan de school het voorportaal was. Gelukkig was er nog veel omheen, de feestjes, de verliefdheden, om de haverklap het liefdesverdriet, de keurige, vluchtige en onhandige seks, de fietstochten en wandelingen op vrije dagen, korte zeilvakanties, de bioscoop. Ik zag tegen hen op, vooral tegen hun onschuldige zekerheden, de vanzelfsprekendheid waarmee ze deden wat ze deden, hun helderheid, ik wist zeker dat ik van ze hield, ze waren aardig voor elkaar, voor mij.

Misschien een versleten woord, aardig, maar ik heb het altijd van het grootste belang gevonden dat te zijn. Mijn ouders voedden me ook zo op. Ze zeiden niet specifiek dat ik aardig moest zijn, er moest niet zo veel, maar het hoorde wel bij hun levenslessen die vooral neerkwamen op aandachtig respect voor bijna iedereen, ook als het niet makkelijk is dat op te brengen. Het kwam me later duur te staan.

Mijn vrienden en vriendinnen uit die tijd zie ik eenmaal per jaar. Die gewoonte is nog niet zo lang geleden ontstaan. We komen uit alle windstreken bij een van ons samen en we stellen vast dat we nauwelijks veranderd zijn, terwijl álles veranderd is.

Op een zomerse namiddag in het vroege najaar wist ik ineens hoe het kwam, die dierbaarheid. Ik stond op het punt terug te rijden naar Amsterdam, uiteindelijk niet ver weg van Nijmegen waar sommigen van hen gebleven waren, wat ook vanzelfsprekend was – je bent geboren in een stad en daar blijf je horen. Ik nam van iedereen afscheid, tot gauw, ja graag, we blijven aan elkaar denken, natuurlijk, hoe zou het anders kunnen, en toen ik naar mijn oude groene vermoeide BMW liep, wist ik het: niemand is cynisch geworden. Ook toen waren we dat niet. Daarom waren het in dat opzicht wel de mooiste jaren van ons leven. Dat nam ik mee.

Ik weet niet meer wanneer het was, misschien niet eens zo lang daarna, dat ik me afvroeg welke momenten het waren waarmee ik die tijd samenvatte, vanuit de vraag wat je ziet vlak voordat je doodgaat, de razendsnelle, fragmentarische film van je leven zoals dat heet. Daarover had ik al een paar keer gelezen, dat mensen in het aangezicht van de dood en eeuwigheid hun leven aan zich voorbij zien trekken. Vond ik fascinerende informatie die me lang kon bezighouden, het laatste wat het leven nog aan je geeft. Wat zie je dan? Van deze tijd? Wat er in de hoofdfilm terecht kan komen, geen idee. Ik zit nog midden in de scènes voor de voorfilm, die over de mooiste jaren van je leven, ik wil ze zo blijven noemen, van de rest heb ik geen idee. Momenten, geen scènes. Met momenten bedoel ik gebeurtenissen, maar vaak zijn gebeurtenissen momenten, ja, er is van alles omheen, gevolgen, consequenties, ontregeling, conflicten, kort geluk, langer verdriet, maar de kern is een moment of een fractie van een moment. Allemaal fracties zijn het en het allerprilste begin van een zucht, een onwaarneembare beweging.

Het zijn er drie, denk ik. Samen de voorfilm.

Gezicht vol verwondering

In de derde klas, kort na de zomer, het najaar was van dun goud, bijna ijl, luister ik bij een vriendin die niet mijn vriendinnetje is naar muziek, Joke Blok. Ze hoort niet bij mijn vrienden, ik ken haar van de tennisclub, Nijmegen Quick. Op die tennisclub sluit ze zich niet hecht bij iemand aan, ze zorgt ervoor dat ze vaak genoeg kan spelen. Voor mij geldt hetzelfde. Dan heb je elkaar in de gaten.

Op weg van de tennisclub naar huis fietsend passeer ik haar, ook op de fiets, en ik zeg: 'Wij hebben nog nooit samen gespeeld.'

'You're right.' Dat hoor ik niet zo vaak. Lekker gezegd.

Zij stopt, ik ook, ze stapt af, ik ook, ze zegt: 'We kunnen dat toch gewoon regelen.'

We hadden net zo goed samen verder kunnen fietsen, maar we lopen met de fiets aan de hand, het gaat vanzelf en als we een reclamebord passeren waarop een gescheurd affiche hangt waarop nog net Soft Machine te lezen is, vraagt ze of ik die band ken. En dat is zo. Ik hunker voortdurend naar muziek. Ik koop alleen platen van Bob Dylan en The Rolling Stones, voor meer heb ik geen geld, maar ik wil van zo veel mogelijk kennisnemen. Muziek is mijn tijd, meer nog dan de gebeurtenissen en dat zijn er nogal wat, maar ik ben voor alles te jong om aan die gebeurtenissen deel te nemen, zelfs om er stoer over mee te praten.

‘Ik vind ze soms wel spannend,’ zegt Joke over Soft Machine. Vind ik goed gezegd, soms.

We praten over muziek. Ze heeft een oudere broer met veel langspeelplaten. Die broer is er bijna nooit, want hij zit op de grote vaart, wat ik magische woorden vind, grote vaart. Ik mag komen luisteren als ik zin heb. ‘Vind je dat leuk?’

Leuk? Niets liever.

Ik knik, zo beheerst mogelijk, nonchalant, ja, een andere kant op kijkend waar niets gebeurt.

‘Top,’ zegt Joke.

Ik ken niemand die top zegt.

Ze vraagt hoe laat ik vrijdagmiddag vrij ben.

‘Tien voor half drie.’

‘Kom dan, ik ben ook vrij. Kronenburgersingel, daar woon ik. Op…’

‘Kronenburgersingel!’

‘Ja. Ken jij meer mensen die daar wonen?’

‘Het Kronenburgerpark, ja, dat is…’

‘Wat?’

‘Daar kom ik vaak. Ik heb er leren lopen.’ Ons huis op de Graafseweg was daar vlakbij, de etage hoog in het huis van de familie Muskens, nog niet zo lang geleden teruggekeerd uit Nederlands-Indië dat niet meer zo heette, maar dat ze wel zo bleven noemen en waarover ze niet konden ophouden te vertellen, verhalen waarvan ik niets begreep toen ik iets minder kind was dan kort daarvoor en ernaar kon luisteren, maar die toch grote indruk op me maakten, want er was iets mee, iets vreemds, raadselachtigs, iets wat ze mee hadden genomen van de andere kant van de wereld en hier nooit thuis kon zijn, ik zag er verschillende kleuren groen bij, rook vochtige warmte, sfeer die ik razend aantrekkelijk vond.

'Daar leer je nog steeds lopen?' Ze lacht. Ik weet al zeker dat ik haar humor niet altijd zal begrijpen, maar dat geeft niet, want ik weet ook zeker dat ik niets anders met haar wil dan samen naar muziek luisteren. Ik vind haar meer indrukwekkend dan mooi. Ze is lang, even lang als ik ('Koud daarboven?') en heeft een gezicht vol verwondering. Haar ronde brilletje is uit een andere tijd, haar kleren niet, ze heeft vaak een minirok aan, een witte waardoor haar benen nog bruiner lijken. Tennisbenen, lange.

Die zal ik altijd zien. Haar benen komen in mijn oogopslag. Kijken is ook een manier van denken over de veiligheid die je zoekt en blijft zoeken.

Geschreeuw

Het is de tweede keer dat ik bij Joke ben, weer een vrijdagmiddag, de laatste van september. Haar kamer heeft een balkon en ziet uit op het Kronenburgerpark. De vorige keer dat ik bij haar was, vroeg ze of ik nog wist waar ik mijn eerste stappen zette, nou ja, uit mezelf weten kon ik dat niet, maar misschien was het me verteld. Waarom was ik daarover tegen haar begonnen? Die eerste triomf?

'Daar,' zei ik en ik wees naar het pad dat uitkwam bij de herten.

Ze knikte.

'Dan kan ik me voorstellen hoe dat ging.'

'Wat bedoel je?'

'Nou, als ik daarheen kijk, kan ik je toch zien lopen.'

'O, in gedachten.'

'Kan je zo zeggen.'

'Het meeste zie je in je gedachten, denk ik.'

'Ja, dat vind jij.'

'Jij niet?'

'Hoe kan ik dat nou weten? Maar jij zit anders in elkaar.'

'Anders dan jij?'

'Ach, ik ken je nauwelijks.'

Dat laatste zei ze niet onvriendelijk, integendeel, meer peinzend. Ik zit anders in elkaar. Ik ben blij dat ze dat zegt.

'Vanmiddag Jefferson Airplane,' zegt ze, alsof ze een programma aankondigt. Viel me die vorige keer ook op: 'Laten we beginnen met Velvet Underground.' Alsof we hoe dan ook een lange weg te gaan hadden.

Ze heeft twee albums, *Surrealistic Pillow* en *Crown of Creation*, ik kan niet anders dan zulke titels onthouden. Ik zit op haar bed, met donkerrode fluwelen sprei, mijn benen opgetrokken, mijn rug tegen de muur, zij ligt op haar buik tegenover de platenspeler, ze heeft haar schoenen uit geschopt, haar teennagels zijn donkerrood gelakt, ze passen bij de sprei, haar voeten bewegen mee op de muziek waarvan je optimistisch wordt. De nieuwe tijd wordt steeds nieuwer, maakt van iedereen andere mensen, geeft alles wat komen gaat alle ruimte, die fonkelende vooruitzichten.

Als 'Lather' begint van *Crown of Creation*, komt ze naast me zitten, tegen me aan.

'Dit vind ik zo groots,' zegt ze.

Ook weer zo'n woord: groots.

Lather was thirty years old today
They took away all of his toys
His mother sent newspaper clippings to him
About his old friends who'd stopped being boys

'Moeten we nooit mee stoppen,' zegt ze. 'Alsjeblieft nooit. We krijgen het nooit meer terug daarna.' Ze legt een arm om mijn knieën. Ik bewonder haar omdat ze zoiets zegt. Ze is al een verhaal zonder dat ik het hoef te bedenken. Waarom kwam het in me op dat ik niet verliefd op haar kon worden? Ik wil haar kussen, tóch. Ik leg mijn hand op haar wang die zo dun lijkt, ze kijkt me aan, glimlacht, ze vindt het goed. Als onze lippen elkaar raken, klinkt er plotseling geschreeuw in huis en mensen die hard door elkaar praten. Iemand roept schel haar naam, met overslaande stem, misschien haar moeder. De vorige keer liepen we rechtstreeks naar haar kamer nadat ze had opengedaan, ik zag niemand in het huis, het was duidelijk dat ze vond dat dat er niet toe deed, in dat huis hoorde ik alleen op haar kamer te zijn.

Ze springt van het bed af, ik kan niet zien of ze geschrokken is, het lijkt net alsof ze door gedachten loopt, door een donkere droom, naar de deur.

'Joke!' schreeuwt de schelle stem. 'Waar bén je dan?'

Ze loopt de kamer uit, met grote stappen, maar roept niets terug.

Ik hoor nu ook een man: 'Wat doet ze dáár dan ook, godverdomme!'

Er klinkt glasgerinkel, er valt van alles om.

Ik sta bovenaan de trap. Een vrouw drukt Joke tegen zich aan, een vrouw in groene kleren, het is net alsof haar gezicht vloeit en uit elkaar gerukt wordt door harde lijnen. Het zal haar moeder zijn, ik weet het niet zeker, ik weet helemaal niet wat hier gebeurt. De voordeur staat open, een compacte agent komt binnen, het is net alsof hij marcheert. Ook de deur van de woonkamer staat open, een kamer vol onrustig licht, mensen praten daar hard en snel door elkaar heen, ze hebben het over het dak, over daken, waarom over daken, wat doen die ertoe? Ik moet hier écht weg, ik hoor hier niet, dadelijk vraagt iemand wie ik ben en hier zou ik dat echt niet weten. Mijn naam zeggen? Ik probeer Jokes blik te vangen, maar ze kijkt langs de schouder van haar schuddende moeder naar niets, met grote ogen, haar ouderwetse bril ligt op de grond naast haar blote voeten, met de roodgelakte nagels. Ik maak een zwaaiende beweging die ik belachelijk vind. Ik passeer de agent bij de voordeur, hij ruikt naar warm leer.

Ik steek haastig de straat over en loop het park in. Ik kijk of ik mijn moeder zie, veertien jaar geleden, ze tilt me uit het wagentje en laat me dan los. Natuurlijk moeten we thuis al geoefend hebben, ik kan niet zomaar alleen lopen. Ze laat me los en ik voel dat ze dat doet, haar handen flinterdun langs mijn middel, maar ook dat ze er is, achter me, dat ze me meteen weer kan vastpakken, er kan niets gebeuren, terwijl alles gebeurt, want ik loop naar de herten met hun dartelende onrust, en als ik daar ben, kijk ik om naar mijn moeder die tot mijn verbazing niet pal achter me staat, maar een eindje verder. Ze klapt in haar handen. Herinner ik me dit of zie ik het en herinner ik me later wat ik heb gezien vandaag, tegenover het huis van Joke Blok, waar nu twee taxi's voor stoppen?

Hetzelfde als verongelukt

Thuis pak ik *Kort Amerikaans* van het kastje in de gang. Ik neem het straks mee naar boven, naar mijn kamer. Er zijn ouders van klasgenoten die niet willen dat hun zoon Jan Wolkers leest, maar de mijne vinden het niet erg. Ik moet alleen niet doen of ik het niet gelezen heb, ik bedoel dat ik er wel over moet praten, maar ik ben niet zo'n prater, zeker met mijn ouders niet.

'Heb je het gehoord?' vraagt mijn moeder die de keuken uit komt.

Ik kijk haar aan, ik weet het, ik denk dat ik het weet, alles wordt hier bijna eerder gedeeld dan het is gebeurd, maar ik doe alsof ze het me moet vertellen. Die manier van kijken heb ik me eigen gemaakt.

'Dat meisje van Blok is verongelukt.'

We wonen niet in de buurt van de Kronenburgersingel, maar ze heeft een vriendin twee huizen naast het huis van Joke, een chaotische fysiotherapeute die zo lang is dat ze wiegt in de wind. Die had verbaasd en kordaat naar me gezwaaid toen ik er voor het eerst aanbelde. En daarna natuurlijk mijn moeder gebeld.

'O,' zeg ik. Met die klank camoufleer ik mijn doffe onvermogen adequaat te reageren. Ik zeg het vaak.

'Van het dak gevallen, echt waar, van het dak. Ongelooflijk. Jij kent haar toch?'

Ik schud mijn hoofd.

‘Wel. Valli Blok. Je bent toch bij haar geweest?’

Valli. Joke heeft die naam niet genoemd, ja, ze had het over ‘mijn zus, een hartstikke rare griet’. Ik heb verder nog nooit iemand over haar gehoord, toch komt die naam me bekend voor.

‘Haar zus ken ik, Joke,’ zeg ik. ‘De rest niet.’

Waarom zeg ik niet dat ik bij Joke was toen het noodlot die familie daar verpletterde? Die angstaanjagende ontregeling. Misschien omdat ik er niets over kan zeggen. Dat we, Joke en ik, naar muziek aan het luisteren waren?

‘Wat erg,’ zeg ik. ‘Van het dak gevallen?’

‘Van het dak. Aan de overkant, de andere kant van het park.’ Mijn moeder kijkt bezorgd uit het raam, alsof daar de andere kant van het park is. Ze schudt haar hoofd, een paar keer snel achter elkaar.

‘Ze is dood?’ zeg ik. Dat woord is nog niet gevallen, het is hetzelfde als verongelukt, maar toch hoort dood erbij.

Mijn moeder knikt. Haar gedachten zijn niet bij mijn vraag.

Ik ga naar boven met *Kort Amerikaans*. Joke moet ik iets laten weten. Dat ik op de hoogte ben. Ik weet niet hoe.

Zelf gedaan

Ik kom te laat aan tafel, mijn ouders en zusje zitten er al. Mijn moeder is aan het vertellen wat ze mij al verteld heeft. Mijn ene zusje is negen, het andere vier, ze zijn veel te jong voor mij, voor mijn wereld, voor berichten als dat over de zus van Joke Blok.

Mijn moeder buigt zich naar mijn vader en zegt: 'Ze heeft het zelf gedaan.'

Ik hoor dat, want ik zit naast mijn vader. We eten nasi goreng. Mijn vader en moeder drinken bruin bier, mijn zusjes en ik water met ijsblokjes en citroen.

Mijn vader kent de familie Blok niet, de zus van Joke dus ook niet, mijn moeder ook niet, maar toch schrikt hij.

'Is dat zeker?'

'Met drie vriendjes was ze. Die hebben het gezien, die jongens. Vijftien jaar! Je kunt je toch niet...'

'Wat een wanhoop,' zegt mijn vader. Hij gooit veel te veel ketjap over zijn eten, hij doet het nonchalant, alsof de smaak van wat hij dadelijk gaat eten, hem niet zo heel veel kan schelen. Eten moet nu eenmaal gebeuren, hij wil het niet belangrijker maken. Hij prijst dagelijks mijn moeder om wat ze bereidt, maar hij doet dat vooral omdat hij het aangenaam vindt haar te prijzen.

Hij staart voor zich uit, hij kijkt bedroefd, gepijnigd. Zijn stem klinkt altijd wat heser als hij het over ernstige zaken heeft, vermoeid. Met 'wat een wanhoop' leek het net alsof hij lang aan het woord was geweest. Dan pas begin ik het te begrijpen. Zelf gedaan. Wat doe je dan zelf? Voordat je doet wat ze 'zelf gedaan' noemen? Laat je dat ineens gebeuren? Die vragen lijken meteen heel ver weg, alsof ze wegvluchten voor een antwoord. Ik kán hier niet aan denken.

Na het eten ga ik weer met *Kort Amerikaans* naar mijn kamer. Ineens weet ik weer waar ik de naam Valli zag. Mijn vader zei een paar weken geleden dat *The Third Man* op de Duitse televisie was, dat het de beste film was die hij ooit gezien had. Of ik zin had samen met hem te kijken. Ik vond de vraag zo eervol dat ik naar een antwoord moest zoeken, ik knikte met opgetrokken schouders. Samen met mijn vader naar een film kijken die hij belangrijk vindt, de beste die hij kent!

'Ze praten dan wel Duits, wat bij zo'n film natuurlijk verschrikkelijk is, maar ja. Je zult vast weleens het origineel zien, want geloof me, als je de film één keer hebt gezien, heb je meteen zin in de volgende keer.'

Mijn moeder was die avond weg, naar de vriendin de fysiotherapeute, mijn vader zorgde voor aangename omstandigheden, hij dronk bier, ik kreeg Coca-Cola en hij had een bakje met zoute pinda's op tafel gezet. Ik kende dit niet van hem.

Toen de film begon zag ik Valli staan, of bij de aftiteling. Ze was een actrice, de belangrijkste van de film.

Mijn vader had gelijk: ik wilde *The Third Man* zo snel mogelijk nog een keer zien. Alles eraan vond ik fantastisch. Omdat ik veel Duitse televisie keek, wat hoorde bij het aanbod in het oosten van het land, verstond ik bijna alles.

'Best goed,' zei ik na afloop.

Mijn vader vertelde nog wat over Graham Greene, de schrijver die hij bewonderde, maar ik wilde toch zo snel mogelijk weer naar mijn kamer. Over de film nadenken, nadenken over een verhaal dat ik wilde schrijven, dat de sfeer had van die film, de schaduwen, het licht, de spanning. Dat kon ik nu nog niet, zo'n verhaal, maar daar moest ik heen. Mijn wereld.

Ik kon niet ophouden te denken aan de laatste scène, een kerkhof in Wenen, het is laat in de herfst, half drie in de middag, een guur uur, de misdadiger is begraven, er zijn weinig mensen bij, wel zijn geliefde en zijn vriend de schrijver die geen belangrijke schrijver is, maar op een bepaalde manier toch ook wel omdat zijn belang hem niet lijkt te interesseren. Een Amerikaans officier wil de schrijver naar het vliegveld brengen, zijn vliegtuig vertrekt zo. Bij de uitgang van het kerkhof vraagt de schrijver de officier te stoppen, hij stapt uit, hij wil wachten op de geliefde van zijn vriend die hij gedood heeft in het riool van de stad, een adembenemend door het geweten geregisseerd tafereel waarover je een groot deel van je leven zou kunnen nadenken. Hij leunt tegen een houten kar en kijkt in haar richting, zij nadert hem kaarsrecht over een onzichtbare kaarsrechte streep, ze doet alsof ze hem niet ziet, ze hoort bij de kale bomen, de kille wind, de kleur van de lucht. Als je de film niet zou kennen, kon je inderdaad denken dat ze hem niet ziet. Haar manier van hem niet zien is ijzig superieur. Ze ziet hem, ze ziet alles wat hij vertegenwoordigt en aangericht heeft, hij heeft het hart uit haar leven gesneden, haar toekomst kapotgemaakt.

Die avond in mijn bed wist ik hoe belangrijk deze scène was, hoe veelzeggend voor hoe het gaat met mensen, hoe het gaan kan. Negeren waarover niets te zeggen valt, negeren omdat onmacht de dienst uitmaakt. Dat is de wereld, dat zijn de mensen, ik wist het zeker, maar ik moest mijn best doen dat liever niet zeker te weten, zeker te weten dat alles anders in elkaar zat. Zo is het: die lange weg door de gure middag, hier en daar nog wat herfstbladeren, de bomen zijn onbeduidend weerloos, links en rechts de graven, de gestorven wereld.

Heet de actrice alleen maar Valli?

Kan ik een brief naar Joke schrijven en die straks bij haar in de bus doen? Vanmiddag hoorde ik Jefferson Airplane zingen: *You are the crown of creation and you've got no place to go*. We hadden elkaar aangekeken, want met zulke zinnen doe je dat, die deel je, ze worden toegevoegd aan wat alleen wij begrijpen. Die woorden citeren? Omdat het over haar zusje gaat, denk ik. Joke blijft leven, ik ook, net als de meeste mensen, we moeten nog overal heen, we hebben ons hoofd vol met al die onbekende bestemmingen. Het zusje wilde er niet heen, waarom zou ze niet geweten hebben wat wij weten? Weet je geen plek om heen te gaan als je niet wilt blijven leven? Of is het andersom? Het zijn vragen die een duwend verdriet in me veroorzaken, misschien wel angst, misschien zelfs de angst beperkt of dom te zijn omdat ik het niet begrijp, erger nog, me niet kan voorstellen dat ik het begrijp. Ook is het een opening die ik niet kende. Ik had ervan gehoord, héél soms over gelezen, maar liet het nooit tot me doordringen, het was iets wat heel ver buiten me om gebeurt, maar het gebeurt, ik weet het. Het gebeurt hier, op de Parkweg, naast het park waar ik leerde lopen, misschien zij ook wel, ook op zo'n zonnige dag, met een moeder die je ineens losliet, triomfantelijk omdat ze zag dat je het zelf kon, het is dichtbij, zusje van Joke, zusje met wie Joke vanochtend nog gepraat heeft, aan het ontbijt, misschien ook niet, in ieder geval gezien. Wie zag je die je nooit meer ziet, wat herinner je je daarvan? Alles kan in een seconde veranderen.

Het dak, daarheen gaan, dat allang weten, misschien nog geen tijdstip, maar daar, een stap zetten, daar. Altijd als je daarvoor dat dak zag, denken: daar gaat het gebeuren, daar, er gebeurt van alles om me heen, maar dat stelt allemaal niets voor, het is die ene gebeurtenis, straks, daar.

Er is niet over te praten, maar dat doen ze vast. Over wat er is gebeurd, maar daar gaat het niet om, daar gaat het nooit om, alleen maar over waarom dat is gebeurd, waarom alles gebeurt. Dat is nooit eenvoudig, waarom.

Geweer aan de muur

Of ik veel verder kwam met mijn gedachten, toen, weet ik niet meer. Het was allemaal veel, meer dan ik kon bevatten. Ik geloof dat ik dat ook besefte: nu moet ik stoppen erover na te denken. Als jonger kind had ik dat met tijd en eeuwigheid, met de onmetelijkheid van het heelal, met hoe alles begon, niet alleen onze aarde, maar alles eromheen, waarin die aarde het nietigste fragment van een speldenknop is. Hier ook over, de sprong van het zusje. Ook dacht ik aan haar moed, dat je beslist: het is mijn leven, laat me daarmee als-je-blieft doen wat ik zelf wil. We hebben allemaal mensen om ons heen die zeggen hoe het moet, hoe je je best moet doen om dit of dat te bereiken, want dat is je leven, je moet van alles bereiken, je moet ervoor zorgen dat het een succes wordt, dat iedereen die naar je kijkt, knikt: zo moet het. Er moet immers veel, niet dat je dat zelf vindt, maar er zijn altijd mensen die het voor het zeggen hebben en dan zeggen wat moet en wat niet.

Later maak ik nog een paar keer mee dat iemand uit mijn nabijheid ervoor kiest zijn leven te beëindigen. Dan val ik weer samen met die jongen aan het einde van de zomer van 1968. Weet ik meer? Van de mensen die ik ken die het deden, was niemand ernstig ziek, ik bedoel dat het geen verlossing was van een verschrikkelijk lichamelijk lijden, wel een verlossing van iets anders, maar dat is niet te vertalen in ongelukkig of eenzaam, het begint daarvoor, het begint meteen na je geboorte, alles is er al, het geweer, het touw, het gebouw en de val of de sprong, de trein, de overdosis, het moet alleen nog gebeuren. Wat Tsjechov schreef: als er in het begin van een toneelstuk een geweer aan de muur hangt, moet dat later afgaan.

Een notitie die ik terugvond in een boek van Kafka, ik weet niet meer wanneer ik die maakte, ook niet waarom ik die in *Brief aan mijn vader* stopte: 'Wat je wordt, ben je al. Wat je bent, word je nog meer. Wat wil ik nu worden? De schrijver van een roman die er al is.'

Was dit tot het zusje doorgedrongen? Was ze daarom niet bang voor wat er moest gebeuren? Was ze daarvoor nergens bang voor? En wordt wat het leven is, helderder voor je als er niets door angst wordt gekleurd of verzwaard? De moed het helder te laten zijn?

In mijn werk zijn er weinig boeken die gaan over de grote beslissingen die echtscheidingen veroorzaken of moord en geweld, over existentiële dilemma's, niet omdat het me allemaal niet interesseert, want dat doet het wel, maar iedereen heeft het daarover. Mij fascineert vooral wat zich daaronder voltrekt, wat er begon op het moment dat je je losmaakte uit de moederschoot, mij interesseert het geweer aan de muur, wie het daar opgehangen heeft, waarom het daar hangt en niet op een plek waar het niet opvalt en niemand er dus vragen over kan stellen. Die vragen stel ik. Of ik heb antwoorden in mijn hoofd en moet de vragen ernaar zoeken en ook waarom die worden gesteld, door wie, wanneer, de omstandigheden, waar veel bij hoort, wat de kleur van het licht die dag kan zijn of de brief met een vonnis of de deur die wordt dichtgesmeten of de tranen die je niet helemaal begrijpt.

De moed van het zusje van Joke die ik daarna haast nooit meer zag, alsof ze op haar manier ook weg was van alles en iedereen, en als ik haar wel zag, soms, zwaaide ze onhandig met een rare norse beweging die een afstand veroorzaakte die ik niet durfde of wilde overbruggen. We hadden elkaar bijna gekust. Dat dacht ik telkens wel. En later, veel later, kocht ik een paar albums van Jefferson Airplane. Om naar te luisteren als ik aan haar dacht of wilde denken. Dat was ze wel, iemand aan wie ik soms wilde denken. Daarom belde ik later, weer veel later, aan bij het huis aan de Kronenburgersingel waar misschien iemand woonde die kon zeggen waar ze gebleven was.

In mijn eentje

Tweede fragment uit de film van die inleidende dagen, want zo beschouw ik die, dagen die voorafgingen aan alles wat er nog zou of kon gebeuren, ook al had ik geen idee wat me dan voor ogen stond, maar dat hoort bij de puberale koorts, bij die piepkleine kolossale emotionele woestenij waarin ik hartstochtelijk graag zeker wilde weten dat ik niets zeker wilde weten.

Paar dagen na mijn zestiende verjaardag ga ik het huis uit. Dat is te stoer gezegd, maar toch zeg ik het graag zo, ook later, ik vind het niet niks de jongen te zijn die zo vroeg uit huis wegging. Wij wonen in een appartementencomplex aan de Sterreschansweg. Je zou ook flat kunnen zeggen, maar niemand zegt dat, een flat is iets anders. Voor de oorlog woonden daar chique mensen, na de oorlog misschien ook wel, maar toen noemden ze zichzelf niet meer zo, anderen ook niet. Ik moet er niet aan denken, mijn ouders gelukkig ook niet. Voor de oorlog hadden al die chique mensen dienstbodes en die bewoonden allemaal op de bovenste verdieping kleine kamers, die na de oorlog verhuurd worden aan studenten. Bij ieder appartement hoort zo'n kamer en een zolder. Mijn ouders stellen voor dat die kamer mijn kamer wordt in plaats van de nog kleinere kamer aan de voorkant van het appartement, met uitzicht op het grote grasveld ervoor, de Ooijpolder is aan de andere kant. Ik draaide er de eerste dag onophoudelijk een nummer van

The Doors op een verzamelplaat die nog geen vier gulden kostte: 'Break on Through (To the Other Side)'. Verslaafd was ik aan dat nummer dat met dartele orgeltonen begon. Het enige wat van belang was: the other side. Meer was er niet. Er moest iets scheuren voordat die zichtbaar werd.

Ik wist toen ook zeker dat ik zo moest leven dat er telkens iets te gebeuren stond, maar hoe doe je dat? Dat was mijn manier van leven de komende tijd, antwoord geven op die vraag.

'Lekker op jezelf.' Dat zeggen ze. En: 'Je eet gewoon thuis natuurlijk.'

Ik wil het allemaal niets liever en denk ook dat mijn afwezigheid in het huis hun leven en dat van mijn zusjes iets minder drukkend maakt en dat er meer lucht komt. Lekker op mezelf.

Het sneeuwt als ik mijn spullen erheen verhuis, het is half december, ik doe het in mijn eentje, want ik wil alles vooral in mijn eentje doen. Die eerste sneeuw bevalt me. Ik vind mezelf iemand die tijdens de eerste sneeuw een nieuw leven in stapt. En dan kijken zoals Doctor Zhivago in de film, zacht en zelfbewust tegelijk.

'Je moet nog wel een of twee gezellige lampen hebben,' zegt mijn moeder wanneer ze tijdens de laatste fase van mijn povere verhuizing een kopje thee komt brengen.

Ik hoef geen gezellige lampen, maar zeg dat ze gelijk heeft, gezellige lampen maken het af. De zorgzaamheid van mijn moeder is pure liefde. Ik laat dat nooit merken, vaak niet eens aan mezelf.

Ze blijft nog even staan, kijkt om zich heen, loopt naar het raam en terug, pakt een boek dat op mijn bureau ligt, de poëziebundel *Mijn leven's liederen* van Remco Campert, bladert er doorheen en zegt dan, weer om zich heen kijkend: 'Zo wil je het, hè, jongen.'

'Ja.'

Ze zegt het nogmaals: 'Ja, zo wil je het.'

Ik zie dat ze me wil omhelzen, maar dat doet ze niet, ik ben helemaal niet weg, ik woon per slot van rekening nog thuis, maar toch ben ik weg.

'Ik zie je straks bij het eten,' zegt ze.

'Tot straks.'

'Tot straks.'

Ze sluit de deur voorzichtig achter zich, alsof ze zo stil mogelijk weg moet gaan.

Ik ga achter mijn bureau zitten, pak het boek van Campert en voel haar vingers die het zojuist vasthielden. De eerste twee regels van het eerste gedicht:

Hoe ver ben ik nu

en op welke reis?

Alles begint nu, denk ik. Ik concentreer me gespannen op de woorden van die gedachte: alles begint nu.

De tederheid van mijn tijd

Het is de vroege zomer daarna, eigenlijk nog lente, maar die lente is niet meer te houden. Het is ook niet daarna, alles gebeurt tegelijkertijd, zeker nadat ik uit het huis weg ben, niet helemaal, maar toch voelt het als weg, ik heb het eigen leven waarnaar ik altijd verlangd heb, ik kan alleen zijn wanneer ik wil, mijn kamer maakt deel uit van mijn leven dat ik me zie leven, ik zie me vooral schrijven, ik zie wat ik schrijf, het verhaal dat geen verhaal is, het verhaal over een jongen die al ouder is dan een jongen, iemand die ik wil zijn, daar gaat het om, om hem gaat het, om alles om hem heen, de wereld die hem maakt. Ik zie dat ze er is, en later weet ik: als je er bent, ben je er, je valt niet te ontkennen.

Bij mijn vrienden en vriendinnen blijf ik me thuis voelen, soms zelfs gelukkig, vooral omdat iedereen niet meer van de ander wil dan wat die is. Het woord wordt nooit gebruikt, maar er heerst respect, kinderlijk respect, natuurlijk. We snappen dat we op onze eigen manier moeten ontdekken wat we verwachten. Er zijn ook andere jongens en meisjes. Ze vallen buiten die orde, ze zijn al meer van de nieuwe tijd, ze horen meer bij de muziek van die dagen, van wat de makers van de muziek teweeg willen brengen, ze passen niet meer in de omgeving waarin ze thuishoren. Met een paar van hen trek ik op, buiten mijn eigen veilige kring om, meestal in de vroege nacht, bijvoorbeeld in Doornroosje, een weergaloos aantrekkelijk gebouw aan de Verlengde Groenestraat. Er treden nieuwe bands op, er is altijd fantastische muziek die zich niet op de achtergrond laat verdragen, ik vind dat ik al ver ben, maar de kleine uit zijn voegen vliegende wereld daar gaat nog net iets te ver voor me, ik ben geen blower, ik durf niet, ik blijf toeschouwer, ik stel me voor dat ik opga in alles wat daar gebeurt, ik fantaseer me erin. Iedereen die ik daar ken, is ver weg van de oude kinderen die we nog zijn.

Het is de avond met een band die sterk op Supersister lijkt, vreemd maar braaf, met een bas die de sound structureert, rare stemmetjes, dat ook, ze horen bij het hoogst haalbare, iedereen luistert geconcentreerd, het hoofd langzaam bewegend. Ik heb geld voor twee halve liters bier, ik sta tegen de muur zo dicht mogelijk bij de deur, ik wil altijd weg kunnen wanneer ik dat wil, Fientje van Straten staat tegen me aangeleund, haar achterkant tegen mijn voorkant, ik heb mijn armen om haar heen geslagen, ik wil graag denken dat dit de tederheid van mijn tijd is, onze tijd, de tijd in de tijd. Af en toe neemt ze een slok van mijn bier. Ze zit op het Stedelijk Gymnasium aan de Van Schevichavenstraat, een andere school dan de hautaine waar ik op zit. Praten doet ze het liefst zo min mogelijk, wat niet erg is als je eraan gewend bent, er hoeft trouwens niet altijd veel gezegd te worden.

We rijden op haar fiets naar de Oranjesingel waar ze woont, schuin tegenover haar school. Dadelijk kussen we in de portiek. Dat doen we altijd als we elkaar zijn tegengekomen en ik haar naar huis breng. We zijn mensen die alleen iets met elkaar te maken hebben als we elkaar tegenkomen. Ze heeft haar armen om mijn middel geslagen. Haar stilte is teder in de late Nijmeegse avond, ik probeer zo stabiel mogelijk te fietsen. Ze moet om twaalf uur thuis zijn, haar vader, befaamd makelaar en collectant in de Molenstraatkerk, zit in een stoel op de gang van de eerste verdieping, bovenaan de trap, hij wil dat ze hem ziet als ze de voordeur heeft geopend, ik moet dan uit zicht zijn. Ik heb hem nog nooit gezien, maar Fientje zegt dat hij altijd een bruin pak aanheeft, een kleur die ze afschuwelijk vindt. Ook dat hij een glazen oog heeft, maar dat vindt ze minder belangrijk dan de weerzin die het pak bij haar oproept. Dat glazen oog vervangt het oog dat hij is kwijtgeraakt tijdens de Vierdaagse waaraan hij altijd meedoet. Paar jaar geleden stak iemand die wat al te kinderlijk liep te juichen per ongeluk een gladiolensteel in dat oog, een paar meter voor de finish. Een foto met het bepleisterde oog haalde de volgende dag *De Gelderlander*.

Precies om twaalf uur doet hij het licht in de gang aan, een lamp die verbonden is met die onder het dak van de portiek. Dan laten we elkaar los. Fientje en ik kussen elkaar lekker, dat zeggen we ook af en toe als we even op adem moeten komen: 'Lekker.' Alles aan haar is broos behalve haar manier van kussen. Ik weet dat ze daarna naar haar kamer gaat waar ze in haar bed nog een tijdje naar *One Nation Underground* van Pearls Before Swine luistert, een plaat die ze vanbuiten kent en altijd in haar hoofd wil horen. Het flesje waarin appelsap zat, heeft ze gevuld met sherry uit de fles die naast de fauteuil staat waarin haar moeder altijd zit. Van die moeder kan ik me geen voorstelling maken. Ik weet alleen dat die sherry deel uitmaakt van een dieet dat het gezin ontwricht. Dat flesje drinkt ze in kleine teugjes leeg. Dan pas gaat ze slapen. Deze gang van zaken stel ik me vaak voor. Ik wil ooit een verhaal over Fientje in de nacht schrijven, om haar bij me te houden, want ik weet dat er een dag komt waarop ze verdwijnt, uit mijn leven, uit Nijmegen. We kennen elkaar nauwelijks, maar we willen dat wel, we weten dat het niet kan omdat we onszelf nauwelijks kennen. Dat zijn niet mijn woorden, Fientje zei het een paar weken geleden, we zaten op het muurtje voor haar school, ze had een pakje Chesterfield gekocht, we rookten, met gesloten ogen, de middagzon scheen in ons gezicht. Dat is het enige wat ze zei, verder zweeg ze, het zwijgen dat bij haar hoorde, het breekbare, geheimzinnige zwijgen.

Ze past bij hoe ik denk dat alles moet zijn de komende jaren: alles is maar een kwestie van even, maar het meeste van alles blijft in me, ik neem het meeste van alles mee. Fientje komt terug, ook als ik haar niet meer zie en waarschijnlijk nooit meer zal zien, maar *nooit meer* bestaat niet als je alles wat van belang is, hebt opgeslagen. *Nooit meer* is niets, daar moet je voor zorgen en vroeg mee beginnen, dat is mijn intuïtieve overtuiging. Ze zal er altijd zijn. Dat heeft ze me gegeven en neem ik mee, ik moet zeggen dat het mij meeneemt.

Niets was er alleen maar

De vroegzomerse Nijmeegse nacht geeft me energie waarmee ik nauwelijks uit de voeten kan. In bijna alle huizen op de Oranjesingel is het donker, de stad is in ruste, ik wil nog niet naar huis, naar mijn kamer ver weg van huis, ik wil nog niet denken aan half negen morgenvroeg wanneer de eerste les begint, Latijn gedoceerd door de pater die regelmatig in een jas met grote capuchon voor de vitrine van de bioscoop staat waar seksfilms worden vertoond, als versteend kijkend naar de vrouwen met de zwarte afplakstrips op de naakte lichamen.

Ik denk aan *Onder het Melkwoud* dat ik aan het lezen ben, wanneer ik spijbel en in het Kronenburgerpark zit: *Het is lente, nacht zonder maan in de kleine stad, zonder ster en bijbelzwart.* Dat is het hier niet, bijbelzwart, maar God is overal. Dat zei de jonge godsdienstleraar laatst: 'God zijn we allemaal. God zijn we met ons allen.' En daarna moesten we daarover discussiëren, in een kring, wat nieuw en vooruitstrevend was, maar dat kon ik niet, discussiëren, omdat ik was opgezogen door de uitspraak dat we met ons allen God zijn.

Ik loop door de film die mijn leven is, ik zie de jongen in de nacht, er is verder niemand meer, er is alleen nog deze singel met aan weerszijden voorname bomen en statige huizen, de stilte die weldadig en wonderlijk is, ik bedenk dadelijk een meisje dat uit een van die huizen naar buiten komt, ik stel het nog even uit. Wat wil ik toch met al die meisjes? Ja, ze maken alles dansend, ze horen bij de lentebries die ik in gedachten kan hebben, open ramen, open tuindeuren, een tuin, met de geur waaraan ik het liefst denk, de geur van een tuin nadat het pas geonweerd heeft, in die geur zit een nieuw begin en zachte rust. Ik ben liever met meisjes dan met jongens en hoop dat dat altijd zo zal blijven.

Bij het Traianusplein denk ik aan mijn vader. Hoelang is het geleden dat hij me vertelde wie Traianus was? Dat deed hij bijna altijd, vertellen wat hij wist waarvan hij vond dat ik het ook moest weten. Hij drong het niet op, hij dacht gewoon hardop en zijn gedachten zaten vol kennis, vol studie van alles om hem heen, al het dagelijkse had een geschiedenis, niets was er alleen maar. De historische betekenis van plekken en namen deed hem ook altijd over tijd praten. Dat Traianus aan het begin van onze jaartelling leefde en dat wij, hij en ik, nu zo ontzettend veel jaren later over hem spraken bij een plein en als we dat dan deden, was het alsof al die tijd niet voorbij was gegaan, wat altijd gebeurde wanneer een naam niet alleen maar een naam was, maar een verhaal dat zich voegde in alle verhalen van ons leven. Zoiets. Ik luisterde graag naar hem. Zijn stem hoorde bij de stad, hoe die van hem was en van mij werd, bij het kleine landschap van onze tijd.

'Bijna niets gaat echt voorbij,' zei hij.

Dat denk ik vaak, nu ook, de muziek in Doornroosje, Fientje, de woorden die haar zwijgen soms loslaten, haar armen, kus en broosheid, mijn wandeling hier over de singel, mijn vader die over Traianus spreekt, die namiddag, even later weer thuis mijn moeder die naar muziek zat te luisteren en 'Daar zijn jullie weer, jongens' zei en ik die daar trots op was, dat mijn vader en ik jongens waren, en tante Wiesje die later op bezoek kwam en lang over Indië vertelde, met tranen in haar ogen en charmant aan de drank, ook over verdriet dat ik niet begreep, maar mijn ouders wel en waarvan mijn moeder zei dat ik het later wel zou begrijpen, dat er nu eenmaal mensen waren die elkaar in de steek lieten zonder dat je daar op voorbereid was en dat ze hoopt dat ik het nooit hoefde te begrijpen, dat ze me dat zo gunde, en ik die avond een boek mee naar bed nam waarin foto's uit Indonesië stonden en mijn dromen die nacht die groene kleur van die foto's hadden. De vraag hoelang het geleden is doet er niet toe, alleen al de gedachte aan die vraag is belachelijk.

Claire

De nacht maakt de polder nog stiller. Lang wist ik niet eens wat een polder was, alleen dat deze Ooijpolder heette. In de stilte ruisen bijna onhoorbaar bomen, hoor ik bijna onmerkbare bewegingen van water, in de verte zie ik hier en daar een vlek licht, ik denk aan alles wat nog te gebeuren staat en als je daaraan denkt begint het al te gebeuren en met wat begint te gebeuren, gebeurt ook alles wat daarna gebeurt, je kunt er niets aan veranderen, alleen aan jezelf, maar je doet er vast lang over te weten hoe dat gaat, ik moet er nu niet aan denken, ik wil helemaal niet denken, de stilte om me heen denkt namens mij, ik wil dat het heel lang duurt, maar als je beseft dat je dat wilt, is er iets wat je aandacht trekt, alleen al omdat je afgeleid bent van de stilte die namens jou denkt.

Nu is het het licht van een koplamp, twee koplampen, eindje verder, haaks op de weg, alles versnelt meteen en ik loop mee met die snelheid, ik zie zwaaiende armen en: 'Kunt u me even helpen?'

Ik sta nu voor haar, een vrouw in een witte jas, ze is lang, haar gezicht is bedroefd, maar ze lacht ook: 'Kunt u, kun je me helpen? Of heb je haast?'

Ik zeg dat ik geen haast heb.

'Alleen maar een duwtje,' zegt ze. 'Ik denk dat dat genoeg is. Klein duwtje, over die steen.' Ze wijst naar de auto, een rode deux-chevaux, die met het linker achterwiel in het gras naast de weg staat, ik snap het probleem niet.

'Moet je kijken,' zegt ze en ze gaat achter het stuur zitten, start de motor en geeft gas, het wiel in het gras draait machteloos rond. 'Ik denk dat het daar nat is of zoiets. Je bent de eerste die langskomt. Vind je het vervelend?'

'Natuurlijk niet.' Ik wil vragen hoe ze het gedaan heeft, maar het antwoord op die vraag doet er niet toe, ze ziet er niet ernstig of verontrust uit, iets minder droef dan zojuist en lachend, haar auto staat alleen maar links op de weg, met een wiel in het gras, dat is alles.

Een klein duwtje, dat is het inderdaad, bijna een beweging van niets, superieure handeling.

Ze draait de auto naar de rechterkant van de weg, stapt uit, zegt: ' Mijn moeder zei altijd: als ik jou niet had.'

Ik moet lachen. 'Dat zegt mijn moeder ook.'

'Ik zou het haar nog graag horen zeggen. Ze is dood.'

Het woord maakt de nacht een beetje bitser.

'Eerder dit jaar. Nieuwjaarsdag. Toen ging ze dood. Ik was naar haar toe gegaan met twee oliebollen van de vorige avond en een fles champagne. Ze neemt een slok en pfff, afgelopen. Je leven wordt meteen anders.'

Dat we nu, hier, over haar moeder staan te praten.

'Leeft jouw moeder nog?'

Ik knik, wijs naar de silhouet van de stad, naar het appartementengebouw waar ze nu slaapt, zij die zo vaak lachend zei dat ze alles wist en alles zag 'want dat doet een moeder, zeker een moeder van een jongen als jij'. Ziet ze in haar droom mij nu staan bij een vrouw in een witte jas op een dijk in de Ooijpolder?

De vrouw steekt haar hand naar me uit: 'Claire. Claire Groen.'

Ik noem mijn naam, ze wijst naar iets wat ik niet kan zien: 'Ik woon daar. Zin in een glas wijn?'

Ik vraag me af of zij zich niet afvraagt wat een jongen van

zestien midden in de nacht in de polder doet, maar misschien houdt ze zich wel helemaal niet met dat soort vragen bezig. Alleen al die gedachte neemt me voor haar in. Ik zie er trouwens niet als zestien uit, geloof ik. Hoop ik, ik wil weg van mijn leeftijd, ik heb haast, mijn tijd tot dan toe is verschrompeld.

'Dat is toch wel het minste wat ik je kan aanbieden, een glas wijn,' zegt ze terwijl we instappen. 'Anders stond ik er nog.'

Zo gaat het, denk ik, niet in het leven op en rond school, niet het leven aan tafel bij mijn ouders of op de feestjes van mijn vrienden of tijdens de fietstochtjes of korte vakanties in steden die we opwindend vinden (mijn moeder: 'Doe je wel voorzichtig, jongen'), nee, dit gebeurt mij nu, dit is het verhaal dat zich rond mij bedenkt.

We moeten een smalle weg naar beneden af rijden om voor haar huis te komen. Het is klein, het heeft een rieten dak, in een kamer brandt licht, zou daar iemand thuis zijn?

'Entrez,' zegt ze als ze de deur heeft geopend en een kleine buiging maakt. 'Meteen naar links.'

Ik kom in de kamer waar het licht brandt en verder niemand is. De stap die ik zet, is een stap verder in mijn leven, het is een ongekende verplaatsing. Ja, ik word een paar stappen ouder, ik voel het ook aan hoe ik beweeg.

'Rood of wit?' roept Claire uit de keuken die ik aan het eind van de korte gang zag, een keuken vol koperkleurig licht.

'Wit,' antwoordt de man van de wereld die in mij aan het ontwaken is en de jongen verbaast.

'Ik heb een heel mooie!'

Alles is mooi, denk ik, deze nacht, deze kamer, deze ontmoeting, Claire Groen, ik wil hier voorlopig blijven. Op de wand voor me hangt een voor deze ruimte kolossaal schilderij dat lijkt te bloeden, donkerrood dat door donkerblauw losgelaten wordt, verf die er dik op is gesmeerd. Overal stapels boeken op de grond, geen boekenkast, wel een smalle lange tafel waarop ook boeken liggen.

Claire zet een fles en twee glazen op de smalle tafel. Ze wijst omhoog, haar wijsvinger naast haar gezicht, het is de muziek die zacht klinkt: 'Ik had zin in Miles. Ken je die film?'

Ik weet niet welke film ze bedoelt. Miles?

'Geweldige film. *Ascenseur pour l'échafaud*. Geweldige muziek.' De Franse woorden spreekt ze intens Frans uit, maar toch zonder zich aan te stellen.

Ja, het is muziek die bij mijn verplaatsing hoort, bij de tijd die zich langzaam, nog te langzaam losmaakt uit de tijd die bijna voorbij is. Er zit donker licht in, maar wel licht, duisternis die uitnodigend is, alles is geheimzinnig, maar het kan niet anders zijn dan zo.

Hoe oud is Claire Groen? Ik heb geen idee. Ze pakt een foto van een meisje die voor haar ligt, laat me die zien: 'Vind je dit geen prachtig meisje?' Het is alleen een gezicht, starende ogen, een glimlach die nooit een echte glimlach kan zijn, sproeten, ik houd van sproeten, maar het is ook de trotse uitstraling die haar mooi maakt, trots die haar hoog optilt, boven tegenslag en gezeur. Ik zou haar willen kennen.

'Lotte, zo heet ze. Zo heette ze. Vorige week liep ze weg. Ze kwam bij iemand, een man die ze van vroeger kent. Ze wilde zich daar verbergen, maar die heeft haar... De politie zoekt het allemaal nog uit. We weten heel weinig. Die man is spoorloos. Vanavond ben ik bij haar ouders geweest. In Zutphen. Ze kwam uit Zutphen. Aardige ouders, geloof ik. Ik had ze al eens ontmoet.'

Ze legt de foto weer neer. Dan ziet ze dat ik niets kan met wat ze net zei, woorden, een wereld, wanhoop.

'Ja, wat stom. Ik werk op De Hunnerberg. Weleens van gehoord?'

Van gehoord! Ik zat ernaast op de lagere school. Een gevangenis voor meisjes, maar je mocht niet gevangenis zeggen. Ik liep er vaak langs, langs de hoge hekken, nog nooit zag ik er iemand buiten de gebouwen, ik durfde ook niet te opzichtig te kijken.

'Ik ben psycholoog daar,' zegt Claire. Haar stem komt uit een ander leven waarvoor ik ineens veel te jong ben. Ik drink mijn glas leeg, zenuwachtig ben ik.

'Ik moet weer eens gaan. Het is hartstikke laat.'

'Doe niet zo gek.' Ze schenkt het glas vol, bijna tot aan de rand, een reactie op mijn kinderachtige woorden. 'Ik ben blij dat je er bent. Vind het niet erg om alleen te zijn, maar soms wel. Ken je dat?'

Na of ik een glas wijn wil is dit de tweede vraag, en niet zomaar eentje: moet iets over mezelf zeggen.

'Ik wil ook het liefst alleen zijn.'

'Daarom liep je lekker door de nacht te kuieren.'

Ik knik, misschien was het kuieren wat ik deed.

Ze buigt zich naar voren: 'Vond je het erg dat ik daar stond? Dat je wat moest? Nee, dat ik wat van je vroeg?'

'Nee hoor.'

'Maar als je graag alleen wilt zijn, kan dat knap lastig zijn.' Ik weet niet of ze me in de maling neemt.

'Helemaal niet lastig vond ik. Was blij dat ik je kon helpen.'

'Nou, als je blij was me te kunnen helpen, help je me fantastisch door hier te zijn, door nog even te blijven. Ik had op dit uur niemand anders die kon blijven.' Ze wijst in de richting van de stad, waar het stikt van de mensen die iemand anders zijn.

Ze kijkt weer naar de foto: 'Verdwijnen er uit je leven ook zomaar mensen?'

Ja, maar dat moet vooral nog gaan gebeuren, want zo stel ik me het allemaal wel voor, dat er de hele tijd mensen komen en ineens ook weer verdwijnen, dat dit de laatste jaren zijn waarin ik nog bij iets hoor. Ja, het zusje van Joke verdween, maar dat was niet uit mijn leven, we kenden elkaar niet. Ze is trouwens niet verdwenen, want ik denk vaak aan haar. In het park gisteren, ik vroeg me af of ze het park zag tussen het dak en de grond, of ze het park meenam naar haar eeuwigheid. Ik schud mijn hoofd. 'Nee, nog niet.' Ik moet niet zeggen: afkloppen.

'Geluksvogel,' zegt Claire.

Geluksvogel. Ik heb het eerder gehoord. Iemand zei het, op een verjaardag van een van mijn ouders, lang geleden, volle kamer, ik mocht opblijven, zo lang geleden is het, ik mocht opblijven en zat daar tussen gesprekken die ik nauwelijks kon volgen, ik hoorde familie en vrienden van mijn ouders lachen zonder dat ik wist waarom, en toen kwam er een oom van de wc terug en die wreef ruw mijn haar in de war en zei dat ik een geluksvogel was omdat ik nog niet naar bed hoefde. Het klonk als een grappig bedoeld verwijt. Vogel leek me prima. Geluksvogel, belachelijk. Mijn moeder zette een schaal op tafel met toastjes waarop een plakje ei lag met een toef ketchup. Een hartelijke tante imiteerde Louis Armstrong – die naam kende ik. 'Hello Dolly' zong ze met zware keelstem, haar kin op haar borst, een glas waarin sigaretten stonden was de microfoon. Iedereen applaudisseerde. Ik ging naar mijn kamer, zette het raam open, het was een nevelige herfstavond, een nevel waarin veel verdwenen leek, niets bewoog, het was begin oktober maar helemaal niet koud, de zomer was pas voorbij. Ik had een sigaret meegenomen die uit het microfoonglas was gevallen, Peter Stuyvesant. Ik rookte die zoals ik op foto's had gezien, onvoorstelbare vrouwen met lange vingers, leunend tegen een pilaar of een bar, alles konden ze aan, niets was vervelend. In die wereld was ik ook, ik kon op de vensterbank gaan staan en een stap naar buiten zetten en dan alleen maar mijn armen zijwaarts strekken en dan ging ik vanzelf, de geluksvogel die overal kon zijn waar die maar wilde, het was alleen maar een kwestie van alles vergeten en loslaten. Van wat ik me voorstel word ik zo zeker dat ik het wil opschrijven, omdat er verder niets belangrijker is dan dat. Uw wil geschiede zoals in de hemel. De woorden van mijn moeder. Het kan geen kwaad dat te vragen: Uw wil geschiede zoals in de hemel.

Claire zwaait met haar hand voor mijn gezicht: 'Joehoe! Waar ben je?' Ze lacht, een lach die onweerstaanbaar is, brutaal en gul. Ze trekt haar voeten op de stoel, ze omarmt haar knieën, haar jurk kruipt omhoog over haar gladde bovenbenen waarnaar ik wil blijven kijken maar wat ik natuurlijk niet doe. Na haar lach sluit Claire ineens haar mond, fractie van een seconde, het is me al opgevallen, alsof ze met iets stopt, ja, haar lach sluit ze af, even maar, want ze houdt van lachen, haar mond houdt van lachen, haar mond is niet alles wie ze is, dat snap ik ook wel als oud kind.

'Je hebt bange lippen,' zegt ze.

Ik moet nu langzamerhand gaan opstaan: 'Hoezo bange lippen? Wat zeg je dat raar.'

'Oké. Ik probeer maar wat. Je bent wonderlijk. Weet je dat, dat je wonderlijk bent?'

Beter dan geluksvogel, wonderlijk, daarmee kan iets gebeuren wat nog niet gebeurde. Van geluksvogels wemelt het overal, jongens en meisjes, mannen en vrouwen die precies weten hoe alles in elkaar zit en hoe ze iedere ruimte die ze binnenkomen, moeten vullen met zichzelf en daar zingende zinnen en woorden bij paraat hebben.

'Dank je. Weet ik niet. Maar als ik het wist, was het niet wonderlijk meer.' Waar het vandaan komt, geen idee, maar ineens is die reactie er. Ben er wel trots op, word er zekerder van.

Ze steekt haar duim omhoog.

Wat ik moet leren is dat ik alleen hier ben, dat de rest waar ik was of zou kunnen zijn er niet toe doet, dit is de gebeurtenis van mijn leven nu, straks afgelopen waarschijnlijk, maar nu nog niet. Zij zit daar met haar bovenbenen en haar mond die zich opent en sluit, ik tegenover haar en ben wonderlijk. Haar droefheid vervaagt, want die was hiervoor. Voor de auto die ze van de weg had gereden, voor onze ontmoeting. Ze kijkt me aan, de lach van haar mond is nu de lach van haar ogen die heel donkerbruin zijn. Ik wil haar kussen, anders dan bij het afscheid van Fientje een paar uur geleden, ik wil naar haar toe gaan, om de tafel heen en me vooroverbuigen, ik wil het doen, niet onhandig reageren op een nabijheid die ons toevallig overkomt, ik de jongen die geen jongen is, maar ook niet ouder, een aanwezigheid, een gevolg van een vroegzomerse nacht in de polder.

'Is het oké?' vraag ik als mijn gezicht dicht bij het hare is.

'Dat hoef je niet te vragen. Moet je niet doen hier.'

Ja, ik moet mezelf niet belachelijk maken, niets is belachelijk, behalve als je veel belachelijk vindt. Alleen maar meemaken moet ik het.

We verdwijnen uit en in deze nacht, gretig en popelend, en ik te zenuwachtig, omdat alles zo veel is dat ik niet meer weet waar ik mezelf moet vinden, en dan ben ik uiteindelijk toch weer een te jonge jongen in haar armen en ze zegt dat het niets geeft en ik vraag natuurlijk of dat echt zo is, zeker een keer of vijf, en zij zegt dat het echt zo is zonder daar lacherig over te doen.

'Maar ik ben tóch klaargekomen,' zeg ik even later.

'Daar gaat het dus niet om. Oók, beetje, maar ook niet meer dan een beetje. Laten we zo even blijven liggen. Beweeg je maar niet, alsjeblieft, alleen maar zo liggen. Ik zeg, geloof ik, nooit dat iets fijn is. Zo'n tuttig woord, fijn. Maar dit is fijn.'

'Ja.' Ik zou het niet anders kunnen zeggen.

'Als je het nooit zegt, is het heel veel. Vind je niet?'

'Ja.' Wat zou ik graag iets meer willen zeggen, maar ik kan het niet. Alles gaat voorbij, alle woorden die ik kan bedenken. Ik kan wat mijn leven nu is, niet meer aanraken, ik strek mijn armen ernaar uit, ik kom in de buurt, meer niet. Op een van die armen ligt haar hoofd dat warm is en naar vrolijke, slordige zoetheid ruikt, mijn hand op haar heup, alles is warm aan haar. Niemand kan ik vertellen over wie ze is nu, wat er gebeurt, wat er verandert in mij, de afstand die ik overbrug of overbrugd heb, mijn ontstellend aangename verwarring en de geheimzinnige zekerheid dat nu alles is begonnen.

Natuurlijk denk ik dat ik weg moet gaan, wie ben ik dat ik hier kan blijven liggen, dat ik er hier voor haar ben, het jongetje? Het blauwe ochtendlicht dat een bries is in haar kamer. Over drie uur moet ik op school zijn. Ik ben te vaak afwezig, ik spijbel pathetisch, mijn ouders hebben er een brief over ontvangen. Dat ik 'niet te handhaven' ben. Dat 'ze geen kant met me op kunnen'. Dat 'wanneer er sprake is van nog meer onvoldoendes' ik niet meer op school mag blijven. Mijn vader las die brief voor. Of brief, nauwelijks een brief, een briefje, zes regeltjes plus handtekening van de rector, geen handtekening, een stempel van een handtekening, zo voornaam is die handtekening, nooit meer met een pen te imiteren. Mijn vader zei dat ik daarover niet moest zeuren, want dat deed ik uiteraard, minachtend zeuren, binnensmonds: 'Ik mag aannemen dat je begrijpt wat ze bedoelen.' Ik woedend knikken, naar buiten kijkend naar de polder waar ik nu ben, waar niemand zich kan voorstellen dat ik er ben, ik die nu begin mee te doen met alles. Het is adembenemend. Maar te handhaven ben ik inderdaad niet, wie zou zich daar iets bij kunnen voorstellen?

'Alles is toch goed?' vraagt ze. Ze heeft haar ogen gesloten. Ik zie dat niet, maar ik hoor het aan haar stem die vager wordt, ieder moment in slaap kan verdwijnen.

'Kom ik hier terug?' vraag ik. 'Bij jou? Kom ik nog een keer bij jou?'

Het is al bijna haar stem niet meer: 'Je moet altijd het antwoord weten op de vraag waarom je dat wilt. Misschien is die vraag belangrijker dan het antwoord.'

Ik begrijp nauwelijks wat ze bedoelt, haar lichaam ligt tegen me aan, haar hoofd nog steeds op mijn arm, maar ze is er al niet meer, ze dwaalt richtingloos door haar slaap. Als ik haar wakker maak, nu, weet ze misschien niet eens wie ik ben.

Ik trek mijn arm voorzichtig onder haar weg, eerbiedig, geloof ik. Ik beweeg me van de bank af. Ik begin al afwezig te zijn, ik voel al de schuld die ik door mijn afwezigheid veroorzaak, waarschijnlijk alleen in mijn gedachten, maar daardoor verandert die schuld niet. Van dat schuldbewustzijn word ik bijna misselijk.

Terwijl ik me aankleed, kijk ik om me heen, maar het licht van de vroege morgen maakt alles diffuus in de kamer, ja, vlak voor me een niet zo brede plank met boeken van John le Carré, die ik niet ken, met daarboven een strook papier waarop in meisjeshandschrift staat 'Ik kan niet tegen geluk', woorden die ik begrijp, denk ik, ik maak me er makkelijk van los, het zijn woorden die bij alles horen, bij alles en iedereen, het hadden niet eens woorden hoeven worden.

Ik strek mijn hand naar Claire uit, zonder haar aan te raken, ik strek mijn hand naar haar zoete slaap uit, naar een droom die er misschien niet eens is, naar haar ogen die nu gesloten zijn, maar die mij deze nacht hebben gezien.

Het is die ochtendzon die me in bescherming neemt als ik over de dijk naar de stad loop, ik bedoel dat ik me zo gekoesterd weet dat ik niet in de war hoef te zijn door wat er de afgelopen uren gebeurde. Komt ook door het inzicht dat het allemaal te maken heeft met hoe het begon, niet eens zo lang geleden, door hoe Jana naar me keek en ik naar haar. Op dat moment snapte ik er niets van, maar het was een gebeurtenis die steeds duidelijker wordt, steeds imponerender ook. Fientje hoort er ook bij, een beetje, niet zo sterk als Claire zojuist.

De silhouet van de stad, de toren, de stad aan het water, soms alleen maar een beeld, een ongekende notenbalk, een zachte blues, de belofte dat ik erin op kan gaan om me ergens op te houden waar niemand bij me in de buurt kan komen. Als me gevraagd werd wat ik het liefste wil: dát, ergens in opgaan zonder dat iemand in de buurt komt of kan komen. Ze heeft me omhelsd, maar me ook weer losgelaten, ik heb er zelf voor gezorgd dat zij en ik dat deden. Ik kijk in de richting van het gebouw waarin op de hoogste verdieping mijn kamer is en weet zeker dat ik over niet al te lange tijd ergens anders woon. Alles is meer en meer in beweging gekomen.

Hart van mijn gedachten

De pater kijkt op zijn horloge, met secuur samengetrokken mond, langduriger dan ik ooit iemand op zijn horloge heb zien kijken. Hij heeft zich al een paar dagen niet geschoren, de onderkant van zijn gezicht zit vol grijze waas, de harde mist van de ouderdom, ik meen ook dat ik hem ruik, dit prachtexemplaar van een man Gods: 'Ja, heer Thomas, u bent negen minuten te laat. Het is u bekend dat ik niet accepteer dat iemand bij mijn lessen te laat komt, u ook niet, hoe interessant u ook doet. Dus ik moet u verzoeken, niet tot mijn spijt overigens, dit lokaal te verlaten en u bij de conciërge te melden. En dan hoop ik u een volgende keer terug te zien. Het is u ter ore gekomen dat we ons in Plato verdiepen? Ik beloof u dat u daar baat bij kan hebben. Goedemorgen namens de feestcommissie. U sodemietert nu als de wiedeweerga op.'

Hij zegt dit alles met afgewend hoofd, hij bladert door een notitieboek, met potlood in minuscuul handschrift volgeschreven en hier en daar vette ezelsoren, ik kijk naar bevriende klasgenoten die hartelijk spottend glimlachen en net boven het tafelblad het 'dikke lul'-gebaar maken.

Zonder iets te zeggen en zonder te weten wat dan (ja: 'Kunt u alstublieft normaal praten, pater?') ga ik de klas uit, knal de mintgroene deur achter me dicht, zweef door de stijlvolle gangen met de glanzende tegels, geel en groen, langs een statig Mariabeeld, de stokoude trap af, de versleten treden, duizenden jongens gingen me voor, voortdurend op weg naar een spierbrave toekomst, weer door een stijlvolle gang met deftig uitzicht op een perfect onderhouden binnentuin, ook een van de stemmige manifestaties van gezag binnen dit eerbiedwaardige instituut. Ik passeer kordaat zwaaiend haastig de gezette conciërge die iedereen Mao noemt, hij heeft Chinees bloed en een gelig gezicht, en pas buiten de poort, op de Museum Kamstraat, zucht ik hardop: 'Yes!' Dan maakt zich een uit elkaar spattend gevoel van geluk van me meester waarvoor ik misschien een fractie van een seconde niet bang ben. Dan weer wel en is het weg, wat helemaal niet erg is, want de dag is adembenemend open en ik loop naar mijn kamer om een boek te halen waarmee ik in het Kronenburgerpark ga zitten, het hart van de wereld die ik ken, het hart van mijn gedachten.

Dat zijn vooral mijn schooldagen, daar in het park, de rest van de voorfilm, de rest van de tijd voordat alles echt begint, dagen die er altijd mogen zijn, waaraan ik in ieder geval altijd wil blijven denken. Dat weet ik zeker in dat kleine landschap met glooiingen, bewegingen die me de muziek geven die ik hoorde in de huizen die ik ken, of uit de open ramen wanneer ik door de benedenstad wandel, soms blijf ik stilstaan, het is andere muziek dan die ik met vrienden beluister, zachter, ouder, muziek die mild glimlachend over alle tijd heen glijdt, de tijd die wat voorbij is, vasthoudt en laat tintelen.

Op de bank bij de toren ga ik zitten, voor de vijver. Daar zat ik eerder deze week ook, maar het is ineens ver weg. Vol gedachten was ik over hoe alles moest beginnen en nu vol gedachten over wat ik met het begin van alles moet.

Op veel te grote voeten loop ik naar het licht
in de urnen, en snel,
en geen ster
die dit sterven begrijpt
of begeleidt.

De bundel van Hans Verhagen, *Rozen & motoren*, die ik meestal bij me heb. Met een gestencilde uitgave van de songs van Bob Dylan. Ik begrijp er soms weinig van, maar dat is juist goed, het gaat er niet om alles maar te begrijpen, het moet juist niet, dat is saai, dat is niet mee te maken. Dát moet je begrijpen, dat helpt je je leven door.

Ik lees dat, Verhagen, Dylan, Campert, Leonard Cohen, en weet dat ik het altijd zal kunnen, lezen wanneer ik dat wil. En al die momenten verbinden mij en die woorden met deze momenten in het park, het hart van mijn kleine wereld waarvan ik het helemaal niet erg vind dat die klein is, het kan me niets schelen, ik kan me zelfs niet voorstellen dat het me iets kan schelen. Het park, de poëzie, mijn stille opwinding, alles wat ik aangereikt krijg om mijn leven te verzinnen, mijn avontuur, het blijft allemaal, ik zeg het: het blijft allemaal. Dát is het park daar, de ruimte die er is voor weergaloos optimisme, voor troost, het uitzicht dat troost biedt. En je dus ook niet afvragen waarvoor die troost nodig is.

Mij kon niets gebeuren

Daar, toen. Laatste fragment voorfilm, kalm inzoomend. Als ik mezelf wil vasthouden in een moment van mijn leven, in een reeks momenten die op elkaar lijken, zijn het de ochtenden in het park. Eén ochtend is het, al die ochtenden. Als ik me een beetje aanstel, zeg ik: ik zit daar nog. Het is geen aanstellerij: als ik daar zat en om me heen keek was het net of ik tussen alles in was, de tijd achter me, de toekomst of het idee dat ik van de toekomst had, de verwachtingen misschien, alsof ik onttrokken was aan de huidige tijd van mijn leven en in een tijd terechtgekomen was die zich als één ogenblik gedroeg, misschien wel het ogenblik dat iedereen is in de eeuwigheid, het ogenblik waarmee je verbonden was, hecht en innig. Mij kon niets gebeuren. Dat heb ik meegenomen naar de tijd daarna. Vaak wilde ik graag zeker weten dat me niets kon gebeuren en het is belachelijk dat zeker te willen weten, maar als ik aan het park dacht, was dat toch zo.

Ik ben sinds mijn vijfentwintigste uit Nijmegen weg en altijd als ik in de stad ben, als ik daar terugkeer (toch natuurlijk dat woord: terugkeren, wat anders is dan 'er weer zijn'), loop ik naar het park, naar de opluchting die dat park is. Waarom opluchting? Omdat ik dan naar mijn leven kijken kan en in staat ben me te verzoenen met alles wat daarin misging, omdat ik daar weer de sensatie voel dat ik met veel opnieuw kan beginnen, wat ik in gedachten ook kan, daarvoor hoef ik alleen maar op een van de mij zo vertrouwde banken te gaan zitten, alles waarop ik uitkijk is me dierbaar, de plek waar ik leerde lopen, het huis van Joke dat vol onheil was toen ik er voor het laatst was, maar ook van de namiddagen die bij de namiddagen horen die ik van het hoogste belang vind, de plekken waar ik losraakte van alles wat me verdrietig stemde omdat verdriet daar in dat kleine landschap onbevoegd was, de bank waar ik ging zitten toen ik een paar dagen na de nacht met Claire langs haar huis was gefietst en ze daar in de voortuin zat in een tuinstoel naast een andere tuinstoel waarin een man huilde met zijn handen voor zijn gezicht, het huilen zag ik alleen aan zijn schouders, en zij lauw zwaaide, met van die trage vergeefsheid, de ochtend dat ik Jana voor de tweede keer ontmoette, het begin van een tijd die ik alleen vanaf het einde ervan kan terughalen, nee, het is geen terughalen, het is kijken wat er gebeurt als ik eraan denk en het scherpst denk ik aan dat einde, wat geen einde is.

Twee

Het gebeurt opnieuw

Al best ver weg in een andere eeuw, ik weet dat ik verzeild ben in het einde van een tijd waarvan het net is alsof die alleen uit flarden bestaat, een tijd náást de tijd die zich laat samenvatten, de tijd van relaties die begonnen en eindigden, boeken, toneelstukken, vriendschappen die ontstonden en verwaterden, veel gebeurtenissen die zich razendsnel onbelangrijk verkleinden, momenten waarop ik het leven overzag en me af kon vragen wat ik ervan meenam naar daarna, allemaal zoals het gaat omdat het nooit anders gaat dan zo. En de tijd die alleen uit flarden van flarden leek te bestaan was de tijd met Nienke, de tijd die in mijn gedachten nu opnieuw ten einde loopt, zonder dat ik nog weet hoe dat zal gaan, het gebeurt opnieuw, heel intens en onontkoombaar, ik wil het opnieuw meemaken, zo sterk dat ik het inderdaad opnieuw meemaak, daarom beweeg ik me er traag in, daarom stel ik uit wat er moet en gaat gebeuren. We hebben al afscheid genomen, wanneer was het? Van iemand van wie je al afscheid hebt genomen, neem je niet opnieuw afscheid, behalve wanneer wanhoop ons verwart. Ik weet ook niet waarom ik naar haar toe ga. Mijn schuldgevoel kan niet meer veranderen. Weet ik daarom wel waarom ik naar haar toe ga? Vragen wijzen me de weg, telkens in een andere richting. Van antwoorden blijf ik ver uit de buurt.

Als je gelóóft dat het waar is

Ik ben met opzet niet met de auto gegaan, ik wilde er langzaam heen, met in ieder geval één tussenstop, op Utrecht Centraal, daarna met de streekbus. Een heiige ochtend is het, straks wordt het weer warm, net als de afgelopen weken, de hitte maakt zich klaar. Ik wilde er langzaam heen in de hoop mijn tegenzin te verdunnen. Tegenzin is niet het goede woord, ik zie ertegen op, bang dat ik alleen maar verkeerde dingen zeg, bang dat ik niets voor haar kan betekenen, bang dat mijn schuld nog meer doodloopt, ik heb alle tijd nodig om mezelf ervan te overtuigen dat ik niet schuldig ben, dat het onzin is aan die bijtende gedachte vast te houden. Wat ze van me verwachtte, wist ik niet, ik heb er ook niet dwingend naar gevraagd. Het zou ook geen vraag voor haar zijn geweest. Wist ze wel wat ze van me kon verwachten? Stond ze erbij stil?

Ik ben er nooit duidelijk over geweest, wat iemand van mij kon verwachten en wat ik van de ander, waarop ik rekende. Daardoor is er veel niet gelukt.

Bij het toegangshek dat open is, wijd open, vriendelijk uitnodigend, staat een jonge man bedachtzaam te roken, strak wit pak, zonnebril in het haar, hij lijkt op de engel die in een film van Fellini de ontregelde wereld in een Romeins gezin nog meer kwam ontregelen.

Ik vraag of ik hem iets mag vragen en vind onmiddellijk dat ik eindelijk eens moet ophouden die vraag zo te stellen, alsjeblieft meteen de vraag. Op z'n Parijs. Dat zei een Franse vriend. Dat een van de verschillen tussen Parijs en de rest van Frankrijk is dat je in Parijs rechtstreeks moet zijn, anders red je het niet. In andere steden vraag je: 'Kunt u me zeggen waar de rue dit en dat is?' In Parijs zeg je: 'Ik moet naar de rue... Waar is die?' Ik was er toen van overtuigd dat ik me die rechtstreeksheid eigen moest maken. Hoelang doe ik er nu al over mezelf te leren zelfverzekerd te zijn?

Hij knikt, geïrriteerd alsof ik hem bij iets belangrijks stoor.

'Ik ben hier toch bij Het Zondagsche Huis, de kliniek?'

De man wijst naar een bord op de muur naast de toegangspoort. Daar staat op dat hier Het Zondagsche Huis is. Niet kliniek, maar dat hoeft ook niet. Dat bord had ik natuurlijk wel gezien, maar ik zoek nog steeds naar oponthoud. En ik ben in een stemming waarin ik niets zeker weet.

Gelukkig is de weg die na de poort begint lang en het gebouw ligt blijkbaar na een bocht, want ik zie het niet, wel een grote kooi waarin mensen tennissen.

Het is niet mis, dit terrein. Glooiende grasvelden, romantische bosschages, oude bomen, paar bloemperken vol jubelende uitbundigheid. De zon zit hier ook in de grond, het is net of die gloeit.

'Fijne dag,' zegt de jonge man in het witte pak.

'Voor u ook,' zeg ik. Wanneer is het begonnen dat we elkaar fijne dagen toewensten? Ik zeg het nooit, ook omdat Julia het aanstellerij vindt. Julia en ik praten nu, jaren later, haast nooit over Nienke, maar dat is omdat ik het niet wil. Het valt me zwaar telkens mijn mislukking te herhalen, zonder dat ik helder kan maken wat die mislukking behelst. En of die mijn schuld is, terwijl ik zo'n beetje alles wat in mijn leven niet goed gaat, als mijn schuld beschouw.

Toen we onze levens samenvoegden, Julia en ik, wat in

onze leeftijdsfase een heel karwei is, namen we ons voor elkaar in het begin toch minstens iedere week over een belangrijke persoon of belangrijke gebeurtenis in ons leven te vertellen, een prima plan dat niet werkt. Dat merkte ik omdat ik Nienke erbuiten wilde houden, ook omdat zij zich tegen mijn zin buiten mijn leven had gehouden. Ik maakte het me gemakkelijk door vast te stellen dat Nienke en ik een eiland in mijn leven zijn. Een eiland is altijd ver weg.

Toen ik Julia voor het eerst meemaakte, wist ik meteen dat ze alles ging weten wat er maar over me te weten viel: *she can take the secrets out of shadows*. Nienke zou ook in onze tijd, die van Julia en mij, opduiken, soms in een woord of in het begin van een gedachte. Het verleden mengt zich altijd in een nieuwe tijd, het eist aandacht op, ook op onverwachte momenten.

Ik passeer een bord met drie pijlen, op de bovenste staat HOOFDGEBOUW, op die daaronder PAVILJOEN C en op de onderste AFGIFTE GOEDEREN. Ik denk altijd graag even na over het besluit een dergelijk bord hier te plaatsen, op een toegangsweg. Toen ik eens op een middelbare school een lezing ging geven, moest ik ook de borden AFGIFTE GOEDEREN volgen, waardoor ik die lezing minder erg vond. Als er zacht een lach in me gromt, kan ik alles aan.

Bij de kooi met tennissers blijf ik staan kijken. Zijn het patiënten of verzorgenden? Ik kan het uiteraard niet zien. Het is trouwens geen kooi, want boven zit er geen hekwerk. Ze hebben geen tenniskleren aan, maar zien eruit alsof ze de baan passeerden en toen besloten even te gaan tennissen, het hoort bij hun dag, het kan hun dag *lekker* maken.

Nog niet zo lang geleden was ik te gast op een literaire avond en iemand van de organisatie had me gevraagd of er een film of liever gezegd een fragment uit een film was dat ik graag wilde laten zien, omdat het met mijn werk te maken had. Zei ik immers niet vaak dat er veel films waren die me inspireerden, meer dan boeken? Vooral de details die meehelpen het verhaal te vertellen, en natuurlijk ook de beweging van dat verhaal, ook in tijd. Ik koos voor het einde van een film waarvoor ik op een dag spijbelde, ik ging naar de middagvoorstelling in bioscoop Studio, die er allang niet meer is, naast of aan Plein 1944, de bioscoop waarin films draaiden die bestemd waren voor een publiek dat niet alleen in kaskrakers was geïnteresseerd, het was een kleine zaal, niet geventileerd, de geur van opgewonden aandacht hing er altijd. Boven de achttien, ik was veertien, bijna vijftien, maar leek ouder door mijn lengte en veel te ernstige hoofd: *Blow-Up* van Antonioni, zijn eerste Engelse film die zich afspeelde in het bruisende Londen van die dagen, het Londen van de muziek waarvan ik hield, en alles om die muziek heen, de kleren, de instelling, de gespannen nieuwsgierigheid naar alles, maar dan ook alles, de vaart en vrolijke intensiteit van het leven, de almaar nieuwer wordende tijd waarvoor ik helemaal klaar was, maar waarvan ik nog niet wist hoe ik eraan deel kon nemen, ik verheugde me er iedere seconde op.

Op het einde van die film loopt de hoofdpersoon, de fotograaf Thomas met wie ik me enorm vereenzelvigde, door een park en ziet een groep mimespelers tennissen, zonder rackets, zonder bal, en een van de tennissers slaat de bal uit en vraagt wijzend aan de fotograaf of hij die even terug wil gooien. Eerst zie je hem denken dat hij gekke henkie niet is, nee, dat denkt hij niet, hij dénkt de vraag of hij mee mag doen met deze ietwat belachelijke omgang met de waarheid en dan loopt hij naar de bal die er niet is, maar ook weer wel, want er wordt dringend naar gewezen. Hij bukt zich, pakt de bal en gooit die terug, een vanzelfsprekende beweging. In de film gaat het voortdurend over wat waar is en wat niet, maar toch ook weer wel als je gelóóft dat het waar is.

Dat einde drong daar in de bioscoop niet meteen tot me door, ja, ik vond het grappig, absurd en bijzonder, voor mij ongekend als einde van een film, het zorgde ervoor dat ik met een ontzettend goed humeur het theater verliet, maar toen ik naar huis liep, alsof Nijmegen Londen was, wat gewoon kon als je maar zag wat je wilde zien, drong het ineens tot me door wat het betekende. Die betekenis vervulde me, meer dan honderd schooldagen, luchtte me op, maakte me sterk omdat dat einde iets te maken had met hoe ik dacht over mijn leven zonder dat ik duidelijk kon maken hoe ik daarover dacht. Het was een groot geschenk, dat einde, de hele film natuurlijk, maar vooral die laatste minuten, nog geen vijf, die de bezoekers van de literaire avond nogal lang vonden duren, er werd geschuifeld en ongeduldig gehoest, een zware, doorgerookte vrouwenstem knorde: 'Ja, nu weten we het wel.' Ik vroeg niet wat ze dan wist, ik vroeg niet of ze begreep dat alles wat ik bedoelde met wat ik schreef, doortrokken was van wat het einde van die film liet zien, ik vroeg niet of ze alsjeblieft wilde ophoepelen.

Toen, na het zien van de film, na de opzienbarende wandeling naar huis, schreef ik op wat ik had gezien, ik vertelde de film niet na, ik vertelde er schrijvend over, de waarheid van het einde, de waarheid van alles waarin je gelooft ook al is het niet waar of kan het niet waar zijn. De waarheid is geen ding waar je omheen kunt lopen. Als dat wel zo zou zijn, was het geen waarheid die voor mij betekenis kon hebben. Dan kon je die alle kanten op bewegen.

Het Zondagsche Huis is een wit hotel uit een andere tijd, de rood-wit gestreepte blinden naar beneden, nergens een spoor van leven, de roerloosheid is weldadig, hier woont Nienke, maar misschien is 'wonen' niet het goede woord, want voor wonen kies je meestal en er gaat dan een vrijwillige verhuizing aan vooraf die je met hoop vervult, hoop dat iets in je leven weer anders wordt, beter.

Nienke, die roerloosheid. Wat hoopt ze?

De laatste keer dat ik haar sprak, ze zei: 'Wat moet ik? Daar ga ik lang over doen, nadenken over hoe ik die vraag moet beantwoorden. Nee, niet die vraag. Wat dat moeten is.'

Ze keek me niet eens meer aan, draaide zich om en liep over de smalle straat naar de rivier. Dat was het laatste wat ze tegen me zei. Bij die laatste woorden veranderde haar gezicht, het werd gladder, witter, glanzend, alsof ze was opgemaakt voor een film waarin iedereen dromerig danste, met elkaar en vooral alleen, en om elkaar moest huilen, zonder verder veel te zeggen, in donkere kleding. Had ik erop gerekend dat ik opgelucht was? Omdat er meer ruimte voor alles was? Omdat ik op kon houden bang te zijn haar in de steek te laten? Omdat ik me niet meer hoefde te verwijten te weinig aandacht aan haar te besteden? Omdat ik me niet meer hoefde af te vragen wat het was dat ik voor haar moest betekenen?

Ze ging waarschijnlijk ergens drinken, ik ook, in een namiddagcafé, De Tempelier, denk ik. We dronken vaak en graag samen, vooral wanneer we even of voor langere tijd losgeraakt waren. Zo noemde ze het, losgeraakt. We konden dan geen kant op, terwijl we dat niet erg vonden. We moesten een aanknopingspunt vinden om weer opnieuw te beginnen en daar spraken we dan over, nou ja, spreken, we wisselden trefwoorden uit. Na ieder trefwoord nevelige stilte.

Het einde van je geboorte

Tweede helft van de jaren zeventig, ik kom uit een relatie waarvan ik weinig begrepen heb, samengewoond, zelfs getrouwd, niet lang, nog geen twee jaar. Ik was geïmponeerd door haar, iedereen zei dat ze op een van de zangeressen van Abba leek, niet de blonde. Ik was ook geïmponeerd omdat ze met mij wilde en dacht dat ik mijn schouders onder een succesvolle en degelijke toekomst kon zetten, want zo zag ze alles wat er te gebeuren stond. En ik zei niet dat ik niet geschikt was voor die mogelijkheden en nam me voor dat ik dat voortaan altijd wat eerder moest zeggen, maar nu kon dat niet meer, ik had verzwegen dat ik verborgen gebreken had. Ik was nog steeds puber en ik schaamde me omdat ik verstandig net deed alsof dat niet zo was.

We studeerden samen Nederlands, zij was een jaar verder. Dat was leuk, zei ik later vaak, toen ik nog geen hekel had aan het te pas en te onpas gebruiken van het woord leuk. Ik vond het aangenaam te zeggen, dat het leuk was, toen. Tijdens onze studie werkten we vier avonden in de week in een rommelig restaurant in de Hertogstraat. Ook dat was leuk.

Was ik gewond toen ik in de herfst van 1976 een aanhangwagentje vol laadde? Ik keek niet om me heen want ik wist niet waarnaar, liep cirkels in de vraag wie ik was.

Nienke kwam naar dat aanhangwagentje kijken, het gebeurde min of meer toevallig, en stelde voor 'even weg' te gaan. Ze had een auto gekocht die er voorgoed vermoeid uitzag, 'een Peugeootje', donkergroen. In de garagebox waarin dat Peugeootje meestal stond, zetten we mijn spullen neer, wat ik, pathetisch, een vrij symbolische verhuizing vond.

We reisden naar de kust van Normandië en verbleven daar misschien wel een maand in een groot hotel aan zee, het kostte nauwelijks iets, dat hotel. Het was gehavend wit en hier en daar leek het te gaan instorten als het nog harder waaide en regende dan het al deed, het was misschien wel een hotel dat superieur oploste in de zware loodgrijze hemel vol gure stormen, en met het hotel wij ook, en de vier of vijf andere gasten, omdat het gewoon niet anders kon. Alles om dat hotel heen, alles waar zich 'in het seizoen' leven voltrok, vrolijk leven, was of leek gesloten.

Waarom met haar daar?

Ik las een kleine koffer vol Simenon en zij had een opdracht bij zich, illustraties voor een reeks kinderboeken, Bijbelverhalen.

'Vind je dat stom, die Bijbel?'

'Natuurlijk niet. Belangrijk boek toch. Er staat alles in, Nien.'

'Ja, dat is prettig, alles. Je hoeft er niet per se kennis van te nemen. Dat je weet waar je het kunt vinden, alles, is genoeg.' Ze praatte vaak een beetje plechtig, kennisnemen en zo.

Ik zou ook een bijbel voor haar moeten zijn. Van alles te bieden hebben zonder dat ze zich er iets van hoeft aan te trekken. Alleen maar weten dat het er is.

Ik herinner me een middag, bijna namiddag, dat we op een klif staan, we kijken naar de zee in de diepte, kolkend als in een film wanneer men gepijnigd naar een zee in de diepte kijkt.

'Stel dat ik val,' zegt ze.

'Je valt niet. Ik sta achter je.'

'Ja, daar heb ik dus niks aan. Je moet voor me staan.'

Ze leunt met haar rug tegen me aan, ik sla mijn armen om haar heen.

'Bijvangst is dan dat niemand me ziet. Als je voor me staat. Dan sta ik achter jou. Omdat je voor me staat. Dat doe je voor mij.' Dat zegt ze ook, hard, ze moet tegen de wind in praten. IJskoud, die wind.

Die avond zegt ze dat ze altijd, bijna altijd bang is dat ze valt, niet letterlijk, maar zoals je in dromen kunt vallen en het net lijkt alsof dat een manier van leven is, of dat de reis is die je tussen je geboorte en het einde van je geboorte maakt (nooit zegt ze 'dood'). Dat ze daarom nooit zo goed let op alles om haar heen en de mensen die deel uitmaken van dat alles, omdat ze zich zo moet concentreren op hoe ze zich handhaaft tijdens dat vallen, 'want als je denkt: laat het allemaal maar gebeuren, gebeurt er niets meer. Dan ben je terug bij waar je voor je geboorte was, toen er iets moest beginnen waarmee je over een tijdje moest leren raad te weten. Praat ik ingewikkeld, Tommie?'

'Weet ik niet. Moet wel goed opletten.'

'Moeten we altijd. Moet je maar kunnen.'

'Kunnen we, Nien.'

'Is vermoeiend.'

'Maakt ons toch niets uit?'

'Daarom moeten we iedere dag een korte vakantie nemen.' Ze tikt met haar glas het mijne aan, ons zoveelste.

Wat zei haar zusje – soms denk ik even aan haar als haar zusje: 'Zorg voor haar, Thomas, zorg voor haar, ik weet niet hoe, maar je doet het. Je kunt het omdat je erover nadenkt, over hoe het moet: voor iemand zorgen.'

Momenten die nooit lang geleden kunnen zijn. Als ik terugkijk, is dat geen terugkijken, ik kijk opnieuw, opnieuw nieuwsgierig. Wat *terug* is, weet ik niet.

Ik sta voor haar, ze kan zich achter me verbergen, ze kan zich daar veilig weten, ze kan ineens weg zijn zonder dat ik dat in de gaten heb, dat gebeurt vaak, onophoudelijk.

Later had ik het daar weleens over met Frans van der Ham, de psychiater die mijn vriend werd, de enige met wie ik zo nu en dan over dat schuldgevoel kon spreken, het schurende gevoel dat ik schuldgevoel noemde maar het misschien wel helemaal niet was. Soms begon hij dan over hypersensitiviteit, maar dan kwam ik in een diagnose terecht en daar wilde ik verre van blijven. Dan kom je in een kijkdoos terecht die je neerzet op een handige plek in je leven.

Als ik al die jaren later aan Nienke denk, wat ik vaak doe, zij en ik hebben recht op die gedachten, vraag ik me af wanneer ze deels uit mijn geheugen is gestapt. Ik moet daarbij zijn geweest. Dat was haar manier van doen. Die kende ik niet, ik wist dat die me zou overkomen. Dat wel. Ik weet veel zonder het te weten. Ze maakte zich los van iedereen die aan haar dacht of denkt. Ik herinner me haar en soms meen ik zeker te weten dat ik haar máák met herinneringen. Zijn het herinneringen die ik zelf bedenk? En wat is het verschil met wat we echte herinneringen noemen? Gaat het over een andere waarheid, om dat belachelijke woord maar eens te gebruiken? Je iets herinneren kan ook een dáád zijn die hoort bij het leven dat je wilt leven. Er zijn toch twee levens, het leven dat je wilt en het leven dat moet.

Alles wijst zich vanzelf

Eind juni, 1970, mijn vriend Hans en ik zijn naar het festival in Kralingen geweest, voor The Byrds, voor Pink Floyd, voor de zoete chaos, voor de eerste keer dat ik zoiets doe, hij ook, ik word achttien dat jaar, na de zomer ga ik voor de tweede keer naar de vijfde klas, gymnasium alfa op de keurig strenge school, ook daarom ging ik naar het festival, om daar niet te zijn. Daarna gaat Hans terug naar Nijmegen, want hij heeft een vakantiebaan in een populair restaurant aan Plein 1944, ik reis met een jongen en meisje verder naar het zuiden van Zeeland, ze hebben een oude mintgroene Volkswagen en in Zeeland staan vier tenten, bij een boerderij die ze ook mogen gebruiken, ze zijn er met vrienden, 'ook iemand uit Nijmegen'. Zo zijn de dagen, ineens kom je iemand tegen of een paar iemanden, je weet zeker dat je elkaar niet hoeft te leren kennen, want daar kun je net zo goed niets aan hebben, wat verder ook niet uitmaakt.

Op weg naar Zeeland ben ik zo moe dat het net is alsof mijn achterhoofd mijn ogen onder spanning zet, ik kan niet slapen, te uitgeput om mijn ogen te sluiten. Het meisje op de voorbank steekt me een fles lauwe rosé toe. De zon is al een paar uur vurig aan het ondergaan en zet de avondhemel vol verhalen.

'Hoe heet je eigenlijk?' vraag ik.

'Manja,' zegt ze.

Een naam om een tijdje te prevelen, je kunt er van alles bij bedenken en uit die verdampende gedachten word ik met een kokend hoofd zwetend wakker als ze me aanstoot, Manja.

'En hij heet Lode.' De jongen achter het stuur steekt zijn hand op.

'Kijk,' zegt ze. Ze wijst naar een witte boerderij, met een grote tuin eromheen. Daarin staan vier donkergroene tenten en een paar auto's.

'Waar zijn we?' vraag ik.

'In Zeeland, jongen. Daar ligt Renesse. Ben je daar weleens geweest?'

'Ik ben nog nooit in Zeeland geweest,' zeg ik. Wel vlakbij, in het westen van Brabant, Halsteren, de geboorteplaats van mijn vader. De eerste keer dat ik daar logeerde, was ik bijna twee maanden oud, eind januari 1953. Later meende ik dat ik de storm uit die dagen nog steeds kon horen, toen niet natuurlijk, maar het was alsof dat woedende geluid zich in me had opgehoopt.

Manja zegt dat ik het portier niet van de binnenkant kan openen. Zij stapt uit en rukt er een tijdje aan.

Even later pakt ze me bij de arm: 'Alles wijst zich vanzelf.'

Haar arm is ook de arm van mijn moeder, ik geloof haar, ook dat mijn leven op een of andere manier opnieuw begint.

Vloeibaar geluk

Waar ik lang heb geslapen, zie ik pas als ik wakker word omdat iemand de gordijnen opentrekt. Nee, dat zie ik niet, ik zie alleen het meisje bij het raam, ik zie haar niet goed, ze is lang. Ik besef dat ik niet moet vragen *waar ben ik?*, omdat het zo voor de hand ligt dat tegenzin verhindert die woorden uit te spreken.

'Ik ga naar de bakker,' zegt het meisje dat voor het open raam staat, in de blakende Zeeuwse zon. 'Wil je ook iets?'

'Ook iets?'

'Je komt uit Nijmegen, hoorde ik van Man. Ik ook. Zei ze dat? Ik geloof het wel. Dat ik ook uit Nijmegen kom. Lang geleden hoor, nou ja, zo lang geleden ook weer niet natuurlijk. We zijn er pas teruggekomen, in Nijmegen, paar weken geleden. Ik ben Nienke, Nienke van den Berg. Jij bent Thomas. Toch? Aangenaam. Ze hebben ook kant-en-klare broodjes, stokbrood, geloof ik. Kaas of ham? Best oké, die stokbroodjes. Ze doen er ook, dinges, tomaten op. En van die kabouteraugurkjes.'

Ze praat schor. Ieder woord versta ik. Het is net alsof ik me eraan optrek. Ik zie haar nauwelijks in dat Zeeuwse licht.

Ze kijkt om, alsof ze geroepen wordt, ik heb niks gehoord. Ze loopt de kamer uit, haastig, op verende voeten, ze heeft een spijkerjack aan, en slordig opgestoken bruin haar, glanzend in de zon, bijna vuur, meer kan ik niet over haar zeggen nu. She's so pretty, fluister ik, she's so pretty. Als een bries was ze, paar seconden geleden, ze liet het licht toe, het verwarmde mijn gezicht, mijn ogen. Dat wil ik haar zó graag zeggen: 'Je maakt mijn ogen warm.'

Geluk is vloeibaar en zo onvoorstelbaar, en zo onvoorstelbaar kort. Mijn ouders hadden het vaak met ons over het geluk in hun leven en dan bedoelden ze iets wat afgebakend is, iets waarvoor je gezorgd had, en bleef zorgen. Met alle goede wil die je in je had, met interesse, zorg en aandacht. Met idealen voor ogen, nee, vooral met één ideaal: een goed mens zijn. Als ik daaraan denk, en dat doe ik vaak, weet ik dat wat ze zeiden niets zalvends had, dat het ook niet makkelijk gezegd was, dat ze iemand napraatten of op hun manier reproduceerden wat ze in boeken hadden gelezen. Een goed mens zijn, daar was het in hun leven om te doen, en de ander helpen ook een goed mens te zijn, dat verlangen was een instelling die hen min of meer de hele dag bezighield. Ik weet zeker dat iedereen die hen kende, graag met hen omging. Geluk hoorde bij hen, omdat ze ruimte hadden gevonden waarin ze konden zijn wie ze wilden zijn of wie ze vonden dat ze moesten zijn, het was ook een plicht. Er moest weinig, alleen dát. Of ik toen al wist dat het geluk in mijn leven zich zo niet zou laten bepalen, dat het zich zo onmogelijk kon gedragen, weet ik niet meer.

Ik lig in een lage kamer waarin ik nu pas om me heen kijk, grote en kleine schilderijen en foto's van sneeuwlandschappen, kriskras door elkaar, daarom aantrekkelijk geordend. Op die schilderijen staan ook sneeuwlandschappen, wit, grijs, grauw, met overal één accent in een felle kleur, een streep, een ster. Daardoor kijk je ernaar, daardoor wordt het iets anders dan alleen een landschap, je wordt gealarmeerd, wat niet eens verontrustend hoeft te zijn. Niets is wat het is, niets is gewoon, die gedachte die natuurlijk niet nieuw is, nee zeg, wordt vol in me, en juichend en hunkerend naar wat komen gaat. Het meisje dat net hier was, de gordijnen opende met dansende gebaren, vroeg of ik iets wilde eten, haar stem, haar manier van lopen, ik wil zo graag dat dit zich allemaal herhaalt, en dat ik dat wil is geluk, ik weet het zeker, en als het onzin is, blijf ik zeker weten dat het geluk is. Ik wil het zo lang mogelijk blijven willen. Misschien moet ik wachten tot ze terugkomt.

Dat doet ze niet. Ja, dat doet ze wel, maar niet in de kamer waarin ze de uitzinnige ochtend aan me gaf. Ze zit buiten in een rieten fauteuil aan een tafeltje waarop een helgeel bord staat met stukken stokbrood.

'Slaapkop,' zegt ze.

Nu zie ik haar gezicht pas goed, alle zon van die ochtend is erin getrokken, haar huid is er voor zomerlicht dat gevierd wordt door oneindig veel sproeten. Ook zie ik aarzeling, onzekere waakzaamheid. Er is niemand aan wie ze me doet denken en ik verwijt mezelf dat ik haar meteen alleen vind. Waarom moet ik zoiets vinden? Ik vraag zelf niet eens om een bevinding.

'Lang geleden dat iemand dat tegen me gezegd heeft.'

'Slaapkop?'

'Ja. Zo'n oud woord. Plaagwoord van onze ouders.'

'Ja, mijn vader zei het vaak, slaapkoppie. Ik was klein, een van de weinige woorden die ik me herinner van toen. Vond ik leuk, slaapkoppie. Was helemaal geen woord voor hem. Hij hield niet zo van dat soort intimiteiten, ging hij onhandig mee om. Maar op een dag hield hij daarmee op.'

Het is alsof ze die laatste woorden nakijkt. Ik wil haar aanraken. Dat verlangen hoort bij het vloeibare geluk.

Ze wijst naar het brood voor zich: 'Tast toe, Thomas.'

'Waar is iedereen?'

'Zwemmen.'

'Wilde jij niet?' Altijd als ik zenuwachtig ben, stel ik overbodige vragen.

Ze houdt haar hoofd een beetje scheef: 'Je was net een slaapwandelaar. Gisteravond. Toen je uit de auto kwam. Manja pakte je bij je bovenarm vast. Lode de andere arm. Je verontschuldigde je. Weet je nog? En ik dacht meteen: zo ben je niet. Je hoeft je nooit te verontschuldigen. Ik hoorde het aan je stem. Je hebt een stem die andere dingen moet zeggen dan de meeste mensen.'

Ik herinner me er niets van. Waarom begint ze over die verontschuldiging? Kom alsjeblieft dicht bij me. Dat denk ik ook.

'Je ging het huis in.' Ze wijst. 'En ik verheugde me erop je weer te zien. Ik zeg het maar zoals het is. Ik dacht: die wil ik morgen weer zien, was het maar alvast morgen. Het is zoals het is.'

Het is zoals het is.

'Dat heeft nog nooit iemand tegen me gezegd,' zeg ik.

'Ik toch. Die iemand ná nooit.'

'Jij. Ja.'

'Ik voel me goed. Dat heb ik niet zo vaak. Kan ik uitleggen, maar doe ik niet, hoor. Zonde van de tijd als je je goed voelt.'

Ik begrijp niet wat ze bedoelt, maar het klinkt niet slecht.

Over een paar maanden word ik achttien, als het bijna winter is en de volgende zomer veel te ver weg. Nooit heb ik me *genoeg* gevonden, niet goed genoeg, niet interessant genoeg, zeker niet aantrekkelijk genoeg, niet waardevol genoeg. Die onzekerheid kan me vergrauwen en hef ik op door op volle kracht te beseffen dat er het leven is dat ik bedenk. Natuurlijk weet ik dat zeker, het is de basis van alles, ik leef het in mijn eentje en weet iedereen om me heen te vinden. Vaker dan ik wil lijkt het of het leven buiten het leven dat ik bedenk me in beslag neemt, me opeist, ja. Vaker dan ik wil weet ik zeker dat ik nergens aan kan voldoen, een onvermogen dat me belachelijk maakt. En ook weet ik zeker dat ik me er nooit van kan losmaken. Merkwaardig dat onzekerheid zo veel zekerheden aan zich verbindt. Ik snapte Valli, toen, de val die een sprong was, of de sprong die een val bleek, van het dak, iemand moet haar losgelaten hebben, ik word niet losgelaten, mijn ouders zijn er, mijn vrienden die ver weg zijn, nu ik hier in Zeeland ben waar ik nog nooit was en waarvan ik nu denk dat het de belangrijkste plek op aarde is omdat Nienke tegenover me zit, een meisje van wie ik niets weet behalve dat ze bij de zomer hoort. Het is zoals het is. Vloeibaar geluk dient zich aan op momenten die helemaal niets te maken hebben met de momenten die je kent en waarop je rekent omdat die momenten een gewoonte zijn. Ik heb nooit tegen gewoontes gekund, ben er zelfs huiverig voor.

'Ik zie je zo denken, denken, denken,' zegt Nienke. 'Het is alsof jij dat bént, alleen dát bent, dat denken. Ben je altijd in je hoofd?'

Ik moet het zeggen, ik zeg dat ik, naar woorden zoekend, onder de indruk ben van iemand die zegt, jij, dat je me wilt zien, dat je dat gisteravond al dacht en dat ik natuurlijk tegenval. Ik heb het nog nooit gezegd, dat ik onder de indruk ben van iemand die dat zegt.

'Natuurlijk tegenval?'

'Een manier van tegenvallen, bedoel ik.'

'Ik snap het niet,' zegt ze.

Misschien is dat vloeibaar geluk: dat de reden dat je er bent je overvol maakt. Ik wil dat zeggen, maar de woorden zijn te ver weg. Misschien gaat het altijd over willen, dat iemand je wil, niet iets of van alles met je wil, maar jou. Nooit kan dat lang duren, maar het is er, het bestaat, het verbindt je met een toekomst, dat je daar zin in hebt.

'We beginnen deze dag opnieuw,' zeg ik. 'Hij is te mooi om dat niet te doen. Je komt naar mijn kamer en doet de gordijnen open.'

Ze knikt. Ze vindt dit een uitstekende gang van zaken. Ze hoort niet bij de mensen met wie ik tot nu toe omga. Velen van hen zijn me dierbaar, maar ze leven voorzichtig, wat weer komt doordat we bijna allemaal zonen en dochters zijn van voorzichtige ouders die zich geen raad weten met de vrijheid van de nieuwe tijd. Ze beschouwen die vooral als een ontregelende verrassing. De beste muziek in hun oren zijn de Nijmeegse kerkklokken die een hemelsblauwe zondagochtend bejubelen. Aan de duizend mogelijkheden het leven ruimer te maken, komen ze niet toe. Dat hebben ze niet geleerd, zo zijn ze niet opgegroeid, de oorlog onderbrak die periode van opgroeien, maakte alles wat te verkennen was onbelangrijk, maakte hen onbelangrijk, hief alle mogelijkheden op. En een paar jaar later was dat allemaal voorbij en waren ze ouder geworden en keken ze om zich heen zonder veel raad te weten met wat hun te doen stond.

Onvoorstelbaar was het dat The Beatles meer te bieden hadden dan God of hun redelijkheid. Als mijn vader, net als de godsdienstleraar, zei dat God in ons allemaal zat, wat hij vaak zei, en hij bedoelde dat goed, beter kon niet, vroeg ik me af of hij de God bedoelde die in zijn overtuiging hemel en aarde had geschapen en alles wat daarin van belang was of kon zijn. Voortuintjes die op orde waren, geveegde stoepjes en gestreken vitrages voor de ramen waren toch iets anders. Maar misschien was God ook voorzichtig aan zijn grootse karwei begonnen, en een beetje bangig, want dat zijn veel van onze voorzichtige ouders ook, een beetje bangig. Het maakt hen ontroerend, dat wel. Ontroerender dan God.

Mijn vrienden en vriendinnen doen er lang over elkaar te leren kennen, ik heb alleen écht seks gehad met Claire, hoefde haar niet te leren kennen, ze kwam uit de nacht tevoorschijn met een lach die voller was dan de volle maan. Ze maakte mijn leven anders, sneller, ruimer.

Waar Nienke vandaan komt, welke voorzichtigheid ze negeert, geen idee. Ze staat op en ik ga haar voor om de gordijnen te sluiten die zij met vrolijke ernst weer opentrekt. Als we elkaar omhelzen, weet ik zeker dat ik elke seconde wil onthouden van wat hier gebeurt. Ik denk aan de titel van een lied dat ik pas hoorde, 'La tendresse', ik zocht het woord op. Ik zeg dat niet, we zeggen niets, alles wat ze doet, doet ze met innige aandacht, ik volg haar, ik ken haar niet, weet niet wat ik moet doen, maar ik doe alles wat ik niet weet, onze lichamen zijn vloeibaar, met het geluk dat het zonlicht in ons brandt.

Niet moeilijk doen

We konden het geen 'verhoudingen' noemen, hoe we tijdens de schooljaren met elkaar omgingen, eind jaren zestig, begin zeventig. 'Verkering' was een manier van zeggen die ons ook niet beviel, die kwam uit de brave vormvolle wereld van onze ouders. 'Met elkaar gaan' klonk goed, maar toch zeiden we dat niet. 'Iets hebben met'. Dat. Twee of drie keer had ik iets met vriendinnen uit onze vriendenclub. Je kon ook weer niet te veel hebben, anders was het snel afgelopen met die vriendenclub, want niemand kon tegen barsten en al te veel slecht nieuws: 'Niet te moeilijk doen, alsjeblieft'. Het was meer proberen, een poging iets te hebben wat je niet met iemand anders had, toen niet: kussen, rommelige seks die nooit te ver ging, ook al wisselden we nooit uit wat we dan als te ver beschouwden, bij wederzijdse ouders op bezoek gaan, meestal 'toevallig', daar opzitten en met luchtige ernst autobiografische verkooppraatjes debiteren. Alles hoorde bij de fase die je achter je moest laten. Mijn vertrek uit die fase begon voor mij de ochtend waarop ik door de Ooijpolder van Claire naar huis liep, zo'n ochtend in de vroege zomer, boven de velden mist die er al warm uitziet. Een jaar geleden is het en in dat jaar kon ik erop teren, leerde ik van wat het me gedaan had. De fase waaruit ik moest vertrekken had ik losgelaten, ik zat er nog in, maar het was alsof ik ernaar keek.

Veiligheid

Onze Zeeuwse dagen. Dat zeiden Nienke en ik een paar keer per dag tijdens die dagen, onze Zeeuwse dagen, en we wisten ook zeker dat we het daar nog vaak over zouden hebben, later, over onze Zeeuwse dagen, waarbij we er gewoon maar van uitgingen dat er dat voor ons was, een later waarin we dit soort dingen graag zouden zeggen. Zeeuwse dagen.

'Ik ga wel naar Nijmegen, even, volgende week, maar de week erna vertrek ik.'

'Vertrek je? Hoezo vertrek je?'

'Hoe moet ik het zeggen? Ja, de simpele versie is dat ik niet in Nijmegen woon.'

'Maar je zei dat je uit Nijmegen kwam.'

'Kom ik ook, maar ik woon in Zwitserland. Ik zit daar op school. In Lausanne. Ik woon daar op school, moet ik zeggen. Het is een internaat. En in de vakantie kom ik soms naar hier, soms, meestal blijf ik in Zwitserland, bij mijn oom en tante. Ze wonen in de buurt van Genève. Mijn oom is de broer van mijn moeder, haar enige broer, Louis, Loetje voor mama. Hij betaalt die school ook. Die is hartstikke duur. Belachelijk.'

Ze praat alsof dit allemaal op een papiertje staat dat ze met tegenzin van buiten heeft geleerd. Snel, toonloos, vaag geïrriteerd. Ik moet vragen waarom, maar dat is de enige vraag die ik kan stellen.

'Waarom, Nienke?' Ik moet er iets aan toevoegen: 'Wil je dat?' Natuurlijk weet ik al dat ze dat niet wil, maar het werd weer tijd voor een overbodige vraag.

Haar antwoord is een antwoord dat ik inmiddels bij de Nienke-antwoorden voeg. Ze slaat vaak een fase over.

'Papa wil natuurlijk dat ik er niet ben, niet thuis ben, bedoel ik. Nou ja, misschien wil hij ook wel dat ik er niet ben, helemaal niet ben. Niet meer. Het is zoals het is.'

Ik moet niet zeggen dat ik het niet begrijp. Dat heb ik me de afgelopen dagen eigen gemaakt. Soms praat ze alsof ze droomt, soms zegt ze dat ik het maar niet moet proberen te begrijpen. Vaak zijn pogingen iets te begrijpen tijdverlies. Ze heeft mijn woord *enorm* overgenomen: 'Enorm tijdverlies.'

We hebben het nauwelijks over onze levens gehad, voor zover je onze levens wel onze levens kunt noemen, ik was nog geen achttien, zij net zeventien, hoezo 'onze levens', maar er was zich wel wat aan het vormen, ik weet niet wat precies, ik weet ook niet hoe dat gaat, iets wat het leven máákt, wat de werking van het leven in gang zet. Het was onze manier van kijken, onze manier van denken, het was een ontiegelijk karwei, met veel schemerige eisen en ontregelende haken en ogen, zeker als je het op eigen houtje moest doen, en dat moesten we, we konden niet anders, we mochten het niet anders doen van onszelf. Aan die inspanning ontsnappen we nu, in elkaars nabijheid, vooral in elkaars armen.

Ze zei vaak: 'Zeg maar niks.'

En ik herhaalde dat: 'Nee, zeg maar niks.'

Dan lagen we een tijdje niks te zeggen. Wat heel perspectiefrijk was. Letterlijk, want voor het eerst zag ik een horizon, waarschijnlijk ook omdat ik van alles meemaakte wat ik nog nooit had meegemaakt en een aanzet had gekregen in de poldernacht. Het was meer en dat zei ik wel, vaak nadat we hadden gezegd dat we maar niks moesten zeggen, en het zijn grote woorden, voor het eerst durfde ik grote woorden uit te spreken: 'Ik geloof dat ik me veilig voel, ik geloof dat dit veiligheid is.' Nienke zei het ook een keer of zei dat ze het snapte, wat hetzelfde is. We zeiden dat trouwens niet als een van ons gezegd had: 'Zeg maar niks.' Dan moest je niet over veiligheid beginnen. Dat spaarden we op tot andere kostbare momenten, het waren er veel, die kostbare momenten, ik had er nog nooit zo veel meegemaakt tot dan toe. We zeiden soms ook tegen elkaar dat we veiligheid moesten loslaten, want niets was veilig, althans niet zo veilig als we ons wensten of waarop we hoopten te mogen rekenen.

'Waarom wil je vader dat niet?'

'Als ik dat vertel komt het tussen alles wat we nu hebben, Tommie. Alsjeblieft niet. Als je het weet, had je het echt niet willen weten. Geloof me maar. Ik wil niet eens weten dat jij het weet. Klaar dus. Het is zoals het is.'

We zitten in het zware licht van de namiddagzon. Morgen moet ik weg. De afspraak met de boekhandel kan ik niet verzetten, een vakantiebaantje waarmee ik nauwelijks wat verdien, maar alles is beter dan horeca of fabriek, niet omdat ik opzie tegen hard werk, maar wel tegen een buitenwereld die me totaal ontregelt. In de boekhandel moet ik me met de bestellingen van schoolboeken bezighouden, die bestellingen in kaart brengen en klaarmaken, in een klein kamertje hoog boven de zaak, met een groot raam van waaruit je uitziet op het lelijkste plein van Nijmegen, Plein 1944. Aangenaam is het je met boeken bezig te houden met een lelijk plein voor ogen.

Ja, dat heb ik wel tegen Nienke gezegd: dat ik belachelijk gevoelig ben voor bijna alles, dat mijn emoties een flinterdunne huid hebben en ik soms opzie tegen de onbeheersbaarheid ervan, dat ik daarom het liefst alleen ben, dat ik in gezelschap een rol heb leren spelen, wat me goed afgaat, maar dat ik altijd strikt moet weten hoe ik zo snel mogelijk weg kan, want ineens moet ik dat. 'Bij jou heb ik dat niet.' Ik herhaal dat nu, in de zon die steeds zwaarder in onze gezichten prikt. Woorden die ik zo meen dat ik er tranen van in de ogen krijg, maar het is alsof ze weg is, ze knikt, pakt mijn hand vast, ik vind me tekortschieten want ik moet nu iets voor haar betekenen in plaats van dat ik het over mijn veiligheid heb, ze knikt nog een keer, ze zegt: 'Ik zal blij zijn als ik ervan af ben.'

Ze ziet dat ik wil vragen waarvan af.

'Van papa en alles. Ik dacht dat het anders werd toen we teruggingen naar Nijmegen. Vorig jaar. Ik trouwens maar een kleine maand. Toen ging ik weer naar oom Loetje.'

'O, jullie gingen terug.' Bang ben ik dat me iets is ontgaan.

'Papa kon er niet meer blijven wonen, daar. Iedere dag zag hij... Iedere dag zag hij vooral mij, maar hij kon me daar niet wegdoen. Wel zijn werk, het mooie huis, Parijs natuurlijk.'

'Parijs?' Ik herhaal het woord automatisch, alsof ik het niet zelf ben die het herhaalt. Het alarm gaat af zonder dat ik besefte dat het er zat.

'Ja, binnen een uur waren we daar. Korter nog. Hing van het verkeer af. Mama was daar zo gelukkig, toen ze nog gelukkig kon zijn uiteraard, want voor iedereen hield het op.'

Nienke moet het glashelder vinden wat ze zegt, maar ze slaat voortdurend iets over.

'Jullie woonden daar?'

'Papa moest weer terug naar het ziekenhuis. Nou ja, het Radboud, maar toch een ziekenhuis. Moeilijk voor iemand die eigen baas was. We hebben het wel geprobeerd, daar te blijven, maar iedereen wist meteen dat het niet kon, dat het zinloos was dat we het probeerden. Maar soms moet je zeggen dat je iets geprobeerd hebt. Het is zoals het is.'

'Wat was er gebeurd dan?'

'Wat er gebeurd is?' Even stilte. 'Waarom zou ik dat vertellen? Wat verandert dat? Je hebt er niets mee te maken. Wees blij.'

'Ik heb toch met jou te maken?'

Ze lacht anders dan ze de afgelopen lichte dagen deed. Op uitlachen lijkt het. Of kwaad lachen, grimmig, naar binnen gekeerd, een lach die niet te delen is.

Ze buigt naar voren, ze moet een beetje omhoogkijken om me in de ogen te zien: 'Dat moet dan misschien maar niet.'

'Dat...'

'Niet herhalen. Dat je met me te maken hebt. Misschien heeft wel niemand wat met een ander te maken. Het is zoals het is.'

Ze steekt haar handen naar me uit, haar handpalmen verstrakt naar voren, het gebaar dat nu de grootst mogelijke afstand moet veroorzaken, ik deins automatisch terug, weer lacht ze haar lach van zojuist en dan staat ze op, ja, dát doet ze, ze staat op en in dezelfde beweging draait ze zich om, van me af en nog steeds in dezelfde beweging, lijkt het, loopt ze naar het huis alsof ze al weet hoe ze daarin moet verdwijnen. Ik moet haar niet achternagaan, dat weet ik zeker. Ik zit daar en kijk naar het huis waarin ze verdwenen is.

Die momenten.

Natuurlijk bleef ik niet zitten en liep ik haar wel achterna, een paar minuten later. Haar rug gebogen over een reistas, haar verkrampte onwil zich om te draaien, haastige, nijdige bewegingen, alles aan mij dat te veel was, in een kamer achter me te hard Velvet Underground, muziek uit Nijmegen van niet lang geleden. Plotseling was die tas ingepakt, ze was er nog, maar ook vertrokken.

'Mag ik erlangs alsjeblieft?'

Zo'n vraag is niet te beantwoorden, nooit. Je maakt je alleen maar zo snel mogelijk uit de voeten, niet enorm, maar je zorgt voor afstand, voor ruimte.

In die momenten dacht ik: alles gaat zo, het kan niet anders. En ik kon er vijftien jaar later aan toevoegen: alles is zoals het is. De woorden van het meisje van de Zeeuwse dagen.

Een portret

Die avond vroeg ik aan Manja – geen idee wie er nog meer waren daar – of ze wist wat er met Nienke was. Dat wist ze niet.

'Waarom ging ze weg?' vroeg ze.

'Daarom vroeg ik of je wist wat er met haar was.'

Een van de vreemdste plekken uit mijn leven tot dan toe werd het, het huis met het grasveld met de tenten, ik had er niets te zoeken, ik had er niets mee te maken, ik hoorde er niet. De nacht zag er zacht uit, maar was kwaadaardig.

De uren daarna zat ik op bed door het raam naar de duisternis buiten te kijken, het was net alsof ik geluiden zag die niet te duiden waren, onder meer in de nabije verte van de zee waaruit rokerig licht kwam.

Manja brengt me naar het station van Goes en als ik al afscheid heb genomen, haar heb bedankt voor haar gastvrijheid en de uren met Nienke, ja, dat zeg ik, wil ik zeggen, iemand moet weten dat ik dat wil zeggen, draai ik me om en loop terug naar de auto die aan het starten is, een hard schurend geluid, en ze draait het raampje open en vraagt of ik iets vergeten ben en ik zeg ja, dat ik iets vergeten ben, nee, niet vergeten ben, maar dat ik moet vragen zonder dat ik weet of ik het moet vragen, maar ik vraag het toch: 'Nienke heeft een zus, weet jij hoe ze heet?'

'Is dat je vraag? Geen hoogst ingewikkelde, moet ik zeggen. Jana heet die zus. Ze is een jaar ouder, of twee jaar. Ik heb haar een keer gezien. Nogal een portret.' Ze lacht. 'Ja, dat zegt mijn moeder over sommige mensen. Dat ze een portret zijn. Ik snap dan wat ze bedoelt zonder dat ik dat portret kan opschrijven.'

Mijn moeder zegt dat ook soms over iemand: een portret. Maar dat kan ik nu niet zeggen. Het is alsof dat een vage herinnering is. Alles is een vage herinnering, ik sta midden op een vlakte die uit vage herinneringen bestaat, fijnstof dat door een lauwe, vinnige wind alle kanten op geblazen wordt. Eén moment is niet vaag en kan ook nooit meer vervagen: ik sta in een tuin en zie Jana voor het eerst. Mijn gezicht is nat en rood. Een katholieke feestdag.

'Wat is er?' hoor ik Manja vragen. Van heel ver weg komt die stem, ver weg in een vriendelijke verte.

'Niets,' zeg ik. Het woord klimt omhoog tegen een berg zeepbellen. 'Niets en van alles.' Dat voeg ik eraan toe.

'Je trein vertrekt zo. Van mij mag je blijven staan.' Een lach als een vogel. 'Je moet het zelf weten.' Weer een fladderende lach. 'Maar je trein vertrekt zo. En de volgende gaat pas over een uur. Als het meezit. En dat weet je nooit, hier in Zeeland.'

Uit het niets

Natuurlijk zie ik haar terug, zo'n afscheid corrigeert zichzelf, het is herfst geworden, het is stil in de stad, een donderdag van dof goud, mijn eindexamenjaar is op gang gekomen, mijn ouders hebben weer een brief gekregen waarin de rector waarschuwt dat ik niet te veel afwezig mag zijn want anders kan hij geen succesvolle afsluiting garanderen. Ik heb zojuist een boek gekocht van Nabokov, *Lente in Fialta*. In de boekhandel las ik de eerste pagina van het titelverhaal, de beschrijving van de geur die in het dorp hangt: 'De lucht is stil en warm, met een vage branderige geur. Het zout van de zee verdrinkt in een oplossing van regen en de zee zelf is meer grauw dan zeegroen, met golven die te traag zijn om schuimend te breken.'

Het overweldigde me ongekend: ik róók wat daar stond, daar midden in die boekhandel, zoiets had ik nog nooit meegemaakt, er gebeurde wat ik las, het waren de woorden die de geur maakten, ik kon wel juichen. Met het boek loop ik over de Parkweg, het ruikt naar het dorp aan zee, dat boek, mijn gedachten knallen bijna van optimisme uit elkaar, en misschien komt het door die magische energie dat ik inééns weet wat me gaat overkomen, dadelijk, binnen nog geen minuut, ik spreek haar naam uit, het gebeurt vanzelf, alsof mijn stem zo onafhankelijk van me is dat die dat gewoon uit zichzelf doet, haar naam noemen, en ik besef haarscherp dat dit niet zomaar kan. Ik geloof niet dat het mijn gedachten zijn die voor alles wat gebeurt uit kunnen snellen, maar het zijn mijn emoties bij wat er dadelijk gaat gebeuren, misschien zijn ze zo sterk dat het al gebeurt voordat het gebeurt, misschien trekken ze het allemaal naar zich toe. Ik heb het nog nooit aan iemand uit kunnen leggen, ik geloof dat mijn moeder het weet zonder dat ze kan zeggen wat ze weet, maar ze zei het een keer, dat ik precies voel, zo zei ze het, dat ik precies voel wat er dadelijk aan de hand is en dat ze snapt dat ik daar last van heb, dat ze alles zou doen om dat anders te laten zijn, maar dat ze dat niet kan. Het is niet altijd zo, soms, vaker dan soms. Meestal probeer ik er geen aandacht aan te besteden, probeer ik het gewoon te ontkennen.

Uit het niets, altijd uit het niets dat alles is, uit het niets zie ik hen in de verte die niet ver is, tevoorschijn komen, ik weet dat het Jana is, ik zie haar door een dun vlies van twaalf jaar. Nienke zoekt ondersteuning aan Jana's arm, ze loopt moeilijk, het is alsof ze haar been met zich meetrekt, alsof dat hier niet wil zijn, maar in een andere wereld waar alles moeiteloos beweegt, als een lentebries.

Duizend keer heb ik hier al aan gedacht, heb ik het me voorgesteld, dat ik Nienke terug zou zien, in Nijmegen, ook al is ze daar nooit en woont ze min of meer het hele jaar in Zwitserland, bij 'die oom' die het ongetwijfeld geweldig vindt zo'n nichtje in zijn Zwitserse buurt te hebben. Dat ze zich zo zou bewegen, daarvan had ik uiteraard geen idee, ik weet ook niet wat dat bewegen is, een surrealistische choreografie.

Meer dan duizend keer heb ik me voorgesteld dat ik Jana terug zou zien.

Ik zwaai, verrast, ingehouden luchtig, alsof ik nergens op reken, alsof alle verrassingen horen bij je dagen als je daar tenminste niet al te nonchalant mee omgaat, wat ook niet kan als je snapt dat er maar een paar zijn die ertoe doen, gewoon een zwaaiende hand dus op een namiddag in de herfst bij een park in Nijmegen, Nederland, Europa, de wereld, het heelal, 16.12 uur.

Niet dramatisch, houd ik mezelf voor, me niet dramatisch op Nienke richten, niet op haar zus – die is van lang geleden toen ik nog nauwelijks bestond.

Ik geloof niet dat ze me met tegenzin tegenkomt. Ze lacht verontschuldigend, ik geloof dat ik vind dat we ons niet al te vaak moeten verontschuldigen, wat ik vooral vind omdat ik het te veel doe, nog steeds. Ook niet vragen wat er met haar is gebeurd, want dat vraagt iedereen.

'Het valt niet mee, zie ik.' Dat zeg ik. Daarvan heb ik meteen spijt. Alles licht houden kan nuttig zijn om het elkaar niet al te moeilijk te maken, maar we moeten het niet overdrijven. Dat is slap gedoe.

Nienke kijkt naar haar zus en wijst naar mij: 'Ik vertelde je toch over hem? De Zeeuwse dagen.'

Gelukkig noemt ze die nog zo.

Ik geef Jana een hand. Dat doen we nooit, elkaar handen geven. Dat is een van die plechtige gewoontes van onze ouders. Ik wil haar hand voelen, haar hand van lang geleden naar me toe trekken, want natuurlijk weet ik zeker dat zij het is, nog zekerder dan in Zeeland toen ik me nauwelijks kon voorstellen dat ik het zeker wist, ik zie het aan hoe ze kijkt. Zo deed ze toen ook en daarom wist ik zeker dat ik haar nog zou tegenkomen. Je kijkt zo als je je iemand eigen maakt, als je weet wat er van dat kijken gaat worden. Haar aanraken is alles wat ik wil in die exploderende seconden die me isoleren uit alles wat er aan de hand is, de stad, de bewegingen van de stad, de tientallen stemmen die de klank van mijn omgeving vormen, het permanente oponthoud dat de school is, alles, alles wat er mislukt ook of gaat mislukken een dezer dagen, alles wat niet doorging, verwachtingen, illusies, schaamte, weg van de zich herhalende sensatie dat ik veel van wat ik meemaak al heb meegemaakt, in ieder geval in gedachten. Het is een gloednieuwe gebeurtenis. Ze lacht niet. Misschien moet ze even de herinnering veroveren aan de jongen die zijn gezicht had gewassen in de regenton bij haar in de achtertuin, bij het huis dat ze spoedig zou verlaten. Nijmegen werd vervangen door Parijs, logisch dat zo'n herinnering zich niet meteen vol laat samenvallen met een onverwacht moment in een andere tijd.

Nienke wijst naar haar been: 'Tussen het perron en de trein gekomen. Ik was te haastig, te laat op het station, veel te veel bagage ook, ik stapte mis. De trein vertrok nog net niet.' Ze houdt haar hoofd even naar achteren: 'Mijn kin sloeg op de rand.'

'Dat zie je niet meer,' zegt Jana, het eerste wat ze zegt. Ze spreekt die woorden geruststellend uit. Ze kan zangeres worden, met die stem, smachtend Frans repertoire. De stem komt hees uit een geheimzinnige diepte.

'Nee,' zeg ik. Ik wil het meteen met haar eens zijn, maar ze ziet ook wel dat ik de kin van haar zusje niet goed heb bekeken.

'Ik heb een maand in het Radboud gelegen. Nu om de dag fysio.' Ze maakt niet de indruk het erg of lastig te vinden. 'In november kan ik weer naar school.'

'Naar Zwitserland,' zeg ik.

'Je moet zo vaak je kunt een stukje zelfstandig lopen,' zegt Jana. Ik hoor aan haar dat ze gewend is de leiding te nemen, dat situaties beheersbaar voor haar moeten zijn. Ook daarom verlang ik ernaar in haar nabijheid te zijn. Ik doe altijd of beheersbaarheid niet belangrijk voor me is, maar dat lijkt me toch onzin. Alleen het leven dat ik verzin, beheers ik zo nu en dan, alles daarbuiten nauwelijks.

'We gaan toch naar het park?' vraagt Nienke.

Jana knikt.

'Ik loop naar de overkant, maar je moet me in de gaten houden. Ik wil niet vallen. Als je denkt dat ik struikel, moet je meteen komen.'

Wat een grappige woorden: als je denkt dat ik struikel.

Nienke begint de straat over te steken, Jana meent dat ik haar achterna wil en ze houdt me met een hand tegen, maar ik wil haar helemaal niet achterna, ik wil ook helemaal niet tegengehouden worden.

Als Nienke halverwege is, zegt Jana: 'Ik moet je spreken. Kan dat deze week?'

Ik vraag niet waarover, ik weet niet of ik er blijk van moet geven dat ik het liever wil dan alles wat ik wil, ik vraag alleen, de zwijgzame die ik nog steeds ben: 'Waar?'

Ze wijst naar het park: 'Daar bijvoorbeeld. Of houd je niet van dat park, van parken?'

'Ik probeer er zo vaak mogelijk te zijn. Ik heb er leren lopen.' Dat laatste zeg ik meteen als het park ter sprake komt. Dat begin ik in de gaten te krijgen. Het mag niet te koket worden.

'Morgenmiddag. Kun je dan? Na school. Bij de bank bij de watertoren. Half vijf? Zoiets?'

Dat ik er was

De volgende dag, op de bank voor de watertoren, zegt Jana het: 'Zorg voor haar, Thomas, zorg voor haar, ik weet niet hoe, maar je doet het.' Ze kijkt me niet aan terwijl ze dat zegt, het is alsof die woorden zich in een verte bevinden die meer aandacht van haar vraagt dan ze normaal voor wat dan ook kan opbrengen.

'Wat moet ik dan?'

'Ze moet merken dat je het belangrijk vindt hoe het met haar gaat. Vraag haar daar soms naar wanneer je haar ziet, maar je ziet haar vast nog wel. Aandacht, dat vooral. Je hoeft verder niets te doen, als je dat bedoelt, niets te regelen of zo. Voor haar zorgen.' Ze knikt en kijkt weer naar de verte waar haar woorden zich nu bij andere woorden voegen. Ze zegt het weer: 'Voor haar zorgen.'

Met die woorden begint een nieuwe fase van mijn leven, net zo belangrijk als leren lopen en later een richting vinden waarheen je dat kunt. Dat stel ik vast wanneer er ruim vijftig jaar later weer een nieuwe fase begint, misschien wel de laatste nieuwe fase, wat ik natuurlijk niet weet en waarover ik niet doodernstig wil doen, ik bedoel over de vaststelling dat die nieuwe fase de laatste kan zijn, de nieuwe fase zelf geeft geen aanleiding er doodernstig over te doen, nog niet, maar ik ben niet iemand die vaak denkt in *nog niet*.

Ik kan niet zeggen dat ik alles aan het terughalen ben, het is er allemaal, meer dan ooit, lijkt het wel: dit is het, dit is wat het was.

'Voor haar zorgen? Jana, ik ben negentien!'

'Nogmaals, dat ze weet dat je er bent. Dat is genoeg.'

'Weten dat ik er ben?'

Met de punt van haar schoen trekt ze een streep door het harde zand voor ons: 'Jij wist toch ook altijd dat ik er was?'

Ik herhaal haar woorden in mijn hoofd, woorden die door de tijd tuimelen. Ja, dat wist ik altijd. Ze hoort bij mijn leven, ik heb haar van mijn leven gemaakt, het daarmee een richting gegeven. Dat nauwelijks te duiden begin is die richting, de eerste keer dat je leven je overkomt, met zo'n kracht dat je leven voor het eerst echt tot leven wordt gebracht. Natuurlijk komen er andere richtingen, óók, maar dat zijn zijwegen, zijpaden.

Ze zegt: 'Je dacht toch niet dat het moeilijk was te weten te komen wie je was? Paar huizen bij ons vandaan woonde ook een jongen die die dag zijn eerste communie had gedaan. Misschien ken je zijn naam nog, misschien weet je nog welke jongen bij die naam hoorde, Hugo Bartels.'

Ja, een vage herinnering aan Hugo Bartels. Ik ben weleens bij hem thuis geweest. Hij had singletjes van Adamo en avonturen van Buck Danny. Die las ik bij hem. Maar wat doet Hugo Bartels ertoe? Na de lagere school stuurden zijn ouders hem naar een internaat, een seminarie in Limburg. Toen ik hem later toevallig nog eens tegenkwam, was hij tijdens ons korte, nietszeggende gesprek onophoudelijk gejaagd met zijn autosleutel in de weer, hij gooide die de hele tijd met zijn rechterhand een stukje omhoog, ving die dan met die hand weer op en kneep er even in. Moest met zijn leven te maken hebben, dacht ik.

Ik knik. Ik probeer een spanning weg te knikken die ik bijna niet kan verdragen.

'Wat vond ik het interessant, dat jongetje toen.' Ze pakt even mijn onderarm vast. 'Een jongetje met poep in zijn gezicht boven onze regenton. Je keek naar me alsof ik een spook was. Toen je weg was, leek het wel of je nog naar me keek. Ik liep weer de tuin in, met Nienke trouwens, en overal keek je naar me. Wij gingen een week later weg, maar toen Hugo me verteld had wie je was en waar je woonde, liep ik die week door je straat, die nieuwe straat, langs je huis, ik keek naar binnen, het was vroeg in de avond, ik zag je niet, wel je ouders, die zaten aan tafel, gebogen over iets, misschien lazen ze. Ik zag een fiets in de tuin staan, een blauwe. Die moest van jou zijn.'

Die blauwe fiets was het cadeau dat mijn ouders me gaven de avond van mijn eerste communie. Ik was een uurtje thuis, terug van onbevattelijke avonturen, de familie zat in de kamer wijn en bier te drinken en mijn vader en moeder namen me apart.

'Je dacht toch niet dat je van ons geen cadeau kreeg?'

Ik had er geen seconde aan gedacht, nee. Het enige wat ik dacht toen de dag begon: straks is alles weer voorbij, dat moet ik de hele dag krachtig denken, straks is alles weer voorbij.

Ik had al leren fietsen natuurlijk, maar die fiets hadden mijn ouders geleend van een nicht van mijn moeder, er was blijkbaar even niet genoeg geld voor een fiets, misschien was het wat anders, misschien wilden ze eerst weten of ik wel tot fietsen in staat was, hun kwetsbare zoontje. Nu was er ineens de echte fiets, blinkend blauw, alles aan de fiets zag er snel en sterk uit. Hij rook ook goed, naar een machtig voertuig.

'Nu kun je de wijde wereld in,' zei mijn vader.

‘Als je ’s avonds maar weer thuiskomt,’ zei mijn moeder.

Die fiets zag Jana, de fiets waarmee ik de wijde wereld in kon.

‘Ik keek naar die fiets en hoopte dat je naar buiten kwam, maar tegelijkertijd hoopte ik van niet, want ik wist echt niet wat ik tegen je moest zeggen.’

Ineens is alles zo ver weg dat het me niet lukt er iets zinnigs over te zeggen.

‘Hoe weet je dat ik altijd aan je heb gedacht?’ vraag ik.

‘Ik zag het toch. Net. Ik zag toch hoe je keek.’

‘Je herkende ook mijn rare kop?’

‘Ik snapte ook wel dat je veranderd zou zijn, maar ik wist zeker dat ik je gezicht zou herkennen. Het was de eerste keer dat iemand zo naar me keek toen. En Nienke vertelde natuurlijk over Zeeland.’

‘De Zeeuwse dagen.’

‘Ja, dat zei ze ook.’

‘Wat is er met haar, Jana?’

Appelsap

Het park wordt kleiner, alles om ons heen komt naar ons toe, neemt ons op, het lijkt op een omhelzing, maar dat is het niet, want er is ook iets alarmerends, iets waarvoor ik uit moet kijken.

'Ik vertel het je,' zegt Jana. 'Ga alsjeblieft met me mee, met alles wat ik zeg, het is belangrijk.

Het huis ligt in de bocht van een weg, een smalle weg die tussen de velden loopt, gras voor de koeien, mais, zonnebloemen, in de vroege ochtend dampende dauw, honderden vogels, de geur van dat alles, in de verte, wat lager gelegen het dorp, vierendertig huizen, een kleine supermarkt, een café, een gemeentehuis en een kerk met in de smalle toren een klok die glasachtig zingt, nooit gaat de tijd daar voorbij. Ons huis is wit en de tuin is erachter, een Engelse tuin in Frankrijk, begrensd door een tennisbaan die de vorige eigenaar al twintig jaar geleden wilde opknappen. Er is een vijver in de tuin, best groot, een kleine brug eroverheen, met aan één kant een leuning; op het hoogste punt van de leuning staat een grote blauwe vogel met een strenge snavel en vriendelijke ogen, één oog moet opnieuw geschilderd worden.

We hebben allemaal een grote kamer, Nienke, ons kleine broertje Lars en ik, Lars naast de kamer van papa en mama, want hij raakt gauw in paniek.

Vooral Nienke zorgt voor hem, dat is voor ons allemaal de normaalste zaak van de wereld geworden. Mama is altijd op de achtergrond, maar heeft alles in de gaten. Lars voelt zich bij Nienke meer op zijn gemak dan bij mama. Dat is zo gegroeid, mama haalt het niet in haar hoofd dat het aan haar ligt: "Nienke is een klein moedertje. Het zit in haar."

Dat is ook zo. Voordat Lars geboren werd, was ze een stil kind, heel erg gesloten, op zichzelf, maar toen werd alles anders.

Moet ik verder vertellen?

Misschien denk je dat ik jaloers ben. Nee, nooit geweest. Ik vind het fijn getuige te zijn van hoe Nienke en Lars samen zijn, van alles in ons gezin, papa die vroeg vrolijk naar zijn werk gaat, mama die gaat tekenen, we zijn een gelukkig gezin, een mooi gezin. Er is een vrouw die voor ons zorgt, Cleo, ze is ouder dan papa en mama, maar jong in alles, in haar bewegingen, haar vrolijkheid. Ze kookt verrukkelijk. Dat doet ze zingend, van die oude Franse liedjes die de ziel van het land vieren.

Het is allemaal te mooi toch, dit? Dat kan toch niet?

Ik denk: natuurlijk kan het wel. Alles wat je vertelt, kan, anders zou je het niet vertellen, alles wat je vertelt is waar. Daar ga je heen, naar toen, naar wat je nu vertelt.

Er zijn duizend dingen te vertellen, de avonden, de stille winters, de late middagen in de tuin aan de ranke witte tafel. Mijn ouders maakten snel vrienden, er is veel bezoek, mensen uit Parijs, de meesten collega's van papa. Sommigen van hen hebben een tweede huis in de buurt. Allemaal van die mensen die zo vanzelfsprekend leven, alsof alles wat het leven te bieden heeft in dienst staat van hoe zij dat willen. Ik dacht niet alleen dat ik het ook zo wilde, ik was ervan overtuigd dat het zo moest.

Weet je, papa is een wat stille man. Hij leeft vooral in zijn hoofd. Vaders doen dat meer dan moeders, geloof ik. Papa zegt op een avond: "Het is wel heel veel geluk zo, hier, wij. Jullie moeten niet denken dat het altijd zo kan, dat het leven zo is." Hij zegt het lachend, hoor.

Volgens mij moet je het nooit over geluk hebben. Dat heb ik niet van mezelf. Ik denk dat ik het ergens gelezen heb. Als je het over geluk hebt, vráág je er gewoon om dat het kapotgaat. Dat doe je niet zelf. Geluk brengt zichzelf om zeep door ervoor te zorgen dat er iets gebeurt wat verschrikkelijk is en waaraan inderdaad niemand iets kan doen, niemand. Dat denken we: niemand.

Vertel ik alles maar? Ga ik door? Het heeft toch geen zin dat ik het over geluk heb?

Ik sla alles over, ik sla al dat geluk over. Er is een zomerdag, halverwege de ochtend, van die warme, droge lucht en van die groene geur overal. Nienke speelt met Lars voor het huis. Het is niet lang geleden. Nienke is vijftien en Lars vijf. Hij is moeilijk voor ons allemaal, er is iets met hem wat niemand begrijpt, hij is altijd ongeduldig en niet zo'n beetje ook, hij kan ook heel lief zijn, we houden zielsveel van hem, maar het is net alsof hij maar niet bij het leven kan horen, ik weet niet hoe ik het moet zeggen. Hij zegt niet veel, maar dat heeft hij van papa. Die zegt ook niet veel terwijl ik hem ook niet zwijgzaam zou willen noemen. Je hoeft niet alles met woorden te zeggen, denk ik.

Dus let op, zusje en jonger broertje op een ochtend voor het huis, ziedende zomerdag.

Moet ik het langer maken? Dit is het toch? Je hebt het toch nu?

Ik ben er niet bij. Ik zit op mijn kamer met huiswerk, zeg maar strafwerk. Ik ben over, maar ik moet nog een proefwerk overdoen. Wiskunde. Ik vertel je helemaal niet dat we als het niet zomer is, iedere dag gehaald worden door een wit busje dat ons naar school brengt, tien kilometer verder, een strenge school waar alleen maar vrouwen lesgeven, vrouwen die nooit lachen, maar heel mooi en statig zijn, misschien is lachen dan wel iets overbodigs, weet ik veel. Oké, ik moet wiskunde overdoen. Hier heet dat toch een taak? Weet ik veel, niet belangrijk. Ik zit op mijn kamer en kijk naar buiten, wat ik bijna altijd doe. Dat is het belangrijkste in mijn leven, naar buiten kijken.

Het is geen verhaal, hoor. Ik doe verslag, maar waarschijnlijk is het overbodig. Je bent niet achterlijk. Je weet vast wat ik ga vertellen, je vermoedt het, maar soms is dat hetzelfde als weten.

Ik hoor Cleo gillen. Dan mama. Ik denk: ik moet hier blijven, er gebeurt iets waarmee ik niets te maken wil hebben. Mama gilt, geloof ik, omdat Cleo gilt, het is geschrokken gillen. Het gillen van Cleo komt van buiten. Het is echt waar, ik zit dat boven allemaal te bedenken, terwijl ik door de open ramen naar de tuin kijk, naar alles wat daar maar zomers kan zijn. Er staat ook muziek aan, ik draai telkens opnieuw "La tendresse" van Marie Laforêt. Ik heb haar weleens bij ons thuis gezien, die Marie Laforêt, ze was met een kennis van papa meegekomen. Ze is een aanstelster, denk ik, maar ze kan prachtig zwijgen, zwijgen als kunst, als levenshouding, ik ben er jaloers op. En dat lied is het mooi-

ste lied dat ik ken. En dan is het stil. Ik geloof dat ik alleen stilte de normaalste zaak van de wereld wil vinden en dan ga ik naar beneden, naar buiten. Ik zie Nienke op haar hurken zitten, ze heeft haar armen om haar hoofd geslagen, ze schokt. Natuurlijk loop ik meteen naar haar toe. Ze zegt: "Ik ging een glas limonade halen. Lars wilde dat. Appelsap." Ik weet ook wel dat er meer aan de hand is dan dat verdomde glas appelsap, ik hoef me alleen maar om te draaien, ik hoef Nienke hier alleen maar op haar hurken te laten zitten, maar het kost me moeite, omdat ik weet dat alles veranderd is, alles, ons hele leven, alles wat met ons leven te maken heeft. Weer geschreeuw. Nu een stem van een Franse man, het is wanhoop. Ja, ik draai me om, ik zie de blauwe sportwagen, het opengeslagen portier, ik zie de tractor voor die auto, en tussen de tractor en die auto ligt Lars. Ik schrik zo van zijn hoofd.

Nienke had hem alleen gelaten, even, voor het glas appelsap. Aan tractoren is hij gewend. Die hoort hij aankomen. Hij zal heus niet de weg op rennen als er een tractor aankomt, maar die auto meteen na die tractor, er rijdt hier bijna nooit een auto, aan de overkant van de straat ligt zijn bal, een blauwe met gouden sterren.

Dan hoor ik de ambulance in de verte en ik vraag me van alles af wat er niet toe doet: hoe kan die er zo snel zijn? Wie heeft die dan gebeld? Mama en Cleo staan tegen elkaar aan, Cleo heeft haar armen om haar heen geslagen, de man van de auto loopt naast zijn auto heen en weer, hij huilt, waarom laat iedereen hem maar huilen? Waarom zit er niemand bij Lars? Als ik naar hem toe loop, roept Cleo: "Niet aan hem komen, niet aan hem komen." Ik kijk haar aan, ze wijst naar waar de sirene vandaan komt. Ik ren naar binnen, ga achter de bank zitten, mijn rug tegen de rug van de bank, ik wil er niet zijn, ik wil met al die gebeurtenissen niets te maken hebben, ik ben misselijk maar weet dat ik niet kan overgeven, dat ik wel naar de wc kan gaan en mijn hoofd boven de pot kan houden maar dat alleen mijn ogen tranen braken.

Je vindt het toch niet erg dat ik het zo zeg, ik heb iedere dag over die dag nagedacht, die dag in woorden proberen te vangen, omdat ik er niets anders dan woorden voor kan hebben. Je vindt het niet erg, ik zie het, ik geloof wat ik zie.

Mijn naam hoor ik als het avond begint te worden, iemand roept mijn naam, het is papa, ik herken de stem van papa niet. Ik sta op, alles in mijn lichaam doet pijn, alsof ik in een veel te kleine kist heb gezeten, ik sta op en papa zegt: "O, daar ben je."' Dat is het enige: "O, daar ben je." Hij is dikker geworden. Er zit een schreeuw in hem die heel groot is, ontiegelijk groot, zijn gezicht is lelijk, natuurlijk omdat hij die schreeuw voelt, iedereen met een schreeuw kijkt ontzettend lelijk. Hij zegt: "Alles is kapot, alles."

Ik vraag: "Waar is Nien? Heb je Nien gezien?" Ik roep haar: "Nienke!"

Papa zegt: "Ik weet godverdomme niet over wie je het hebt! Over wie heb je het?"

"Ik vraag waar..."

"Over wie heb je het?"

Ze bestond niet meer, vanaf die dag. Dat zei hij, dat wilde hij zeggen, ik verbaasde me erover dat ik dat monsterlijke vonnis meteen begreep, ook al kon ik niks met wat ik begreep. Het was net alsof hij niets meer zag, terwijl hij dat zei, alsof het woorden waren die alleen maar in volstrekte duisternis gezegd en gehoord konden worden. Zijn ogen keken in de binnenkant van zijn hoofd, naar een kolkende zee van zwarte woede. En ik wist dat ik het allemaal mee ging nemen naar de rest van mijn leven. Dat begon nu. Daar. In die kamer waar Nienke niet was, van waaruit ik haar ook nooit meer zou kunnen vinden. En ik wist ook dat ik haar niet kon helpen, vraag me niet waarom, maar het was messcherp en zuur zeker dat ik dat niet kon doen, ik kon niets meer voor haar betekenen, want ik was erbij, ik was erbij geweest, niet bij de gebeurtenis, maar bij wat die gebeurtenis wás, de gebeurtenis van de gebeurtenis, volg je me?

Hoe het allemaal ging de dagen daarna, ik weet het niet. Alles loopt door elkaar, donker water met dingen erin, stemmen, bewegingen. Ik weet niet eens of Nienke erbij was. Ja, ik zag haar een keer met Cleo in de tuin, Cleo trok aan haar arm, ze verzette zich tegen iets, ik weet niet wat, Cleo trok niet kwaad aan haar arm, het kon niet anders, dat was goed te zien, het zonlicht puilde de middag uit, alles was onrustig, er was geschreeuw in de verte, dieren die geslacht werden, zieke vogels in de struiken.

Snap je wat ik vertel? Het zijn maar woorden, woorden die ik overal vandaan sleep. Alleen maar woorden.'

Het is heel lang stil, een stilte die niet anders kan zijn dan een lange stilte na al die woorden. Trage zwanen in het water, waardige rust die jaloers maakt, mompelende geluiden van de stad, een geur, iets vissigs, bomen die niet ruisen maar zacht zuchten.

'Jij kunt voor haar zorgen. Ik weet het zeker. Op jouw manier, alleen maar op jouw manier. Je hoeft heus niet met haar te leven, maar haar leven moet je aangaan. Ik vraag het je. Wij gaan elkaar ook aan, daar kunnen we niets mee, omdat we het niet begrijpen, maar daarom mag ik je wel vragen voor mijn zusje te zorgen, soms, ze moet weten dat je er bent, meer is niet nodig, maar dat is al hartstikke veel, weten dat er iemand is die best voor je wil zorgen. Ik moet het ook tegen haar zeggen, niet nu, geloof ik, maar over een tijdje.'

Godvergeten in de war

Hoe had ik voor je moeten zorgen, lieve lieverd? Wat begreep ik van je? Van al die schrale rommel waarmee je op onverwachte momenten opdook. Er viel nauwelijks op te reageren! Stond je ineens voor de deur: 'Ik krijg een kind, het moet weg, hoor. Ga je mee? Laat je me niet alleen?' Ja, ik zorgde op een bepaalde manier wel voor je, want ik ging mee en zat op een muurtje voor de instelling te wachten tot je weer naar buiten kwam en dat deed je natuurlijk ook, rozig en monter en zo godvergeten in de war, o ja, met een hoofdletter, zo Godvergeten in de war. Natuurlijk liet ik je niet alleen! Of: 'Dit is Martin. Mag hij blijven slapen? Bij mij kan dat niet, geen denken aan. Ik moet dat geschreeuw niet.' Of: 'Heb je toevallig achthonderd gulden? Zo stom, maar ik heb dat geld nodig nu.' Of: 'Kun je met me mee naar de huisartsenpost?' Of: 'Ik heb bloedvergiftiging. Heb me gesneden. Je weet toch dat ik dat soms doe. Ga je mee naar de apotheek?' Zoals er ook mensen zijn die op die manier vragen of je mee gaat dansen. We hebben nooit gedanst, Nienke en ik.

Misschien ook daarom dat ik die momenten snel vergat, of beter gezegd kwijtraakte. Wist ik ooit wat er aan de hand was? Nee. Ik merkte er alleen de gevolgen van en daarmee wist ik me geen raad. Waar wist ik wel raad mee? Ik was zo graag de jongen die overal zwijgend aanwezig was en alleen maar keek zonder dat iemand zich daarover opwond. Er zijn was genoeg, vragen daarover was iets voor later. Ik was iemand voor later.

Beloofd

Er moest een laatste keer komen. Ik wist dat die er ineens zou zijn, zonder dat ik erop gerekend had, maar hoe zou ik ook? Het meeste van wat van belang is, gebeurt onverwacht, het begin van de meeste veranderingen in je leven overkomt je terwijl je op iets heel anders aan het letten bent en met iets heel anders bezig. Is net als met kijken naar een goochelaar, je let altijd op de verkeerde hand.

Laatst legde ik een boek op een plank achter me, achteloos gebaar, een dag later valt dat boek ineens, al die tijd was die val er al, die beweging waaraan niets te doen viel, die alledaagse onontkoombaarheid, het moest alleen nog gebeuren. En het gebeurt, je wist het, je kon het weten, maar dan is het er ineens. Nienke viel zo, denk ik, om mezelf gerust stellen. Ze viel en op dat moment had ik niet gerekend, ik was er alleen bij, het was niet eens spectaculair.

Kort daarna, nadat ze er dus voor het laatst is, wat natuurlijk niet te geloven is, we hebben veel gedronken, zij nog meer dan ik, zegt ze: 'En op een dag word ik gewoon gek.'

'Raar om te zeggen dat je gek gewoon vindt.'

'Dat zeg ik niet. Ik zeg dat het bij mij hoort, gewoon. Dat het de normale gang van zaken is. Niet nu, nog niet, het gaat over een tijdje die kant op.'

Ze loopt naar de boekenkast, haar hand waait naar de C, naar Campert, pakt er *Mijn leven's liederen* uit, slaat het even open, leest iets, ik mag niet vragen wat, zo afwijzend gesloten ziet ze eruit, en zet het kleine boek dan terug. Dan draait ze zich weer om. Haar gezicht heeft die boze weerloosheid waarvan ik weet dat ik er niets over moet zeggen, zeker niet: 'Is er iets?' En dat doe ik niet, ik vind het belachelijke woorden, ze vroeg me eens met de hand op het hart te beloven dat ik nooit zou vragen: 'Is er iets?' Daar denk ik telkens aan als haar gezicht die boze weerloosheid heeft. Het is alsof ze dingen twee keer tegelijkertijd ziet, in helder licht en verdwijnend in duisternis.

Ze kijkt weer zoals ze keek toen ze net zei dat ze gewoon gek werd: 'En dan zoek je me, misschien zoek je me en dan kun je me niet vinden. En dan hebben we hetzelfde probleem, want ik weet ook niet waar ik ben.'

'Ik zorg voor je. Dat heb ik beloofd.'

'O ja. Dat heb je beloofd.'

Ze pakt de fles van tafel, komt tegen me aan zitten en schenkt de glazen vol. We kijken naar het uitzicht, de lucht boven de rivier, een witte lucht waarin van alles beweegt, net alsof die lucht ademt, gejaagd, voller en leger wordt.

'Beloofd,' zegt ze. 'Je hebt het beloofd. Waarom? Zelf zou ik bang zijn zoiets te beloven.'

'Zei Jana trouwens dat ik dat beloofde?'

'Ja. En wat vond ik dát vreemd. Zoiets is toch niet te beloven. Ik kan toch ook niet vragen of je altijd aan me blijft denken, of je je herinnert wie ik was. Aan wie denk je dan? Wie herinner je je? Kun je zeggen wie ik was? Natuurlijk niet! Met wat verbond je je? Met wie? Wat werd godverdomme van je gevraagd?'

'Het is wat ik ben. Jij bent daarbij.' Ik geloof dat ik nooit zoiets wezenlijks heb gezegd.

'Beloofd, hè?'

En dan is het een woord dat vervaagt, er blijven even een paar spatten van hangen, en dan is het weg, alsof het nooit, nooit heeft bestaan.

Onder dekens liggen

Een paviljoen, dat is het, zo heet het, een paviljoen, raar woord, nauwelijks met iets in verband te brengen, ja, vakantieachtige dingen, maar goed, een paviljoen, het is een hotel, parmantige statigheid, terwijl je ook uit de buurt moet blijven, ook dat is te zien, álles is te zien, wie we zijn, wat we willen, onze onbeholpenheid, onze gekte, ons onvermogen, het totale onvermogen, al die godvergeten angsten, de onbeduidendheid.

PAVILJOEN C, met een pijl. Dat staat er op het bord.

Een gebouw, twee verdiepingen, laag dus, maar wel met die zonneblinden, rood-wit gestreept. Een gebouw alsof daarin alles ordelijk gebeurt, alsof daar alles onder controle is, maar we weten dat dat wel het laatste is, die controle. Controle bestaat niet.

Naast het betegelde pad naar de glazen deur staat een bank. Er ligt een krant op, van gisteren, zie ik, foto van de ingestorte torens in New York, de veranderde wereld, de nieuwe tijd die natuurlijk allang begonnen was maar zich nu radeloos manifesteert. Ik wil die glazen deur uitstellen en terwijl ik ga zitten, denk ik aan het gesprek met mijn ouders gister in de namiddag, telefonisch.

'Zit je ook te kijken, jongen?' Mijn vader belt nooit, altijd mijn moeder. Nu wel. Maar: 'Hier is je moeder.'

'Ik weet niet wat ik moet zeggen,' zegt ze. 'Alles begint weer.'

Ik moet even op haar spoor komen: 'Alles?'

'Ja, we bleven er bang voor. Ik zeg net tegen vader: hoelang bleven we er bang voor? We denken tot jij naar het Canisius ging, toen was het over.'

Wat heeft het te maken met mijn gymnasiumjaren? Misschien hoorde ik toen bij de hoop dat de nieuwe tijd voorgoed de nieuwe tijd was.

'Natuurlijk was het niet één moment, maar ik weet nog wel, ja, weet je wat het was, ja, toen jij die eerste dag van school kwam, je moest nog wennen, ja, je moest nog zo wennen, je deed net alsof je niet trots was op de agenda die je van school had gekregen, je ging meteen naar je kamer, je had nog geen huiswerk, maar toch ging je naar je kamer, ja, dat deed je altijd. Vader maakte een fles wijn open, mooie wijn, je weet wel, een van die flessen die naast de boekenkast lagen, "voor speciale gelegenheden", dat zei hij altijd, ja, hij zei dat het nu een speciale gelegenheid was, de eerste dag van onze zoon op het gymnasium. Ja, hij zei dat je aan je tijd in een betere wereld begon, een betere wereld dan toen hij op het gymnasium zat en de wereld donker en grimmiger werd en alles uit elkaar spatte, ja, zo zei je vader dat, je weet dat hij alles graag zo goed mogelijk wilde zeggen...'

Stem van mijn vader op de achtergrond. Ik kan hem niet verstaan. Protesterende klanken. Normaal zou er dan een lach in de stem van mijn moeder komen, nu niet.

'En wij geloofden het echt. Nou, hoelang heeft het geduurd? Nog geen vijftig jaar! Toen waren we jong en nu zijn we oud. Ach, dat heeft er niets mee te maken! Nou ja, toch, want het is toch erg dat alles weer opnieuw begint. Daarvoor hebben we het toch niet gedaan allemaal.'

Onze ouders bouwden aan een nieuwe wereld en wij versierden die en even later waren we bezorgd over de plekken waar de wereld niet nieuw wilde worden, in de jaren zeventig spraken we over niets anders, terwijl we steeds verwender werden en alles om ons heen alleen maar makkelijk was.

'Nog geen vijftig jaar? Toch bijna zestig?'

'Nee, toen jij naar school ging.'

Ze hadden hun tijd afgebakend: voor de oorlog, na de oorlog, de jaren na de oorlog. Daarna lieten ze de tijd gaan, een eigen gang. En ineens de vliegtuigen, de torens. Het was allemaal erg hoog.

'En wat denk jij nou, jongen?'

Wat ik denk?

Ik zat in de jury van een literaire prijs. Ik haast me naar het Beursgebouw in Amsterdam, naar de uitreiking, en bij de boekhandel op het Spui word ik gewenkt door een vriendin die daar werkt: 'Moet je kijken. Je gelooft het niet. Moet je kijken.' De televisie hangt aan het plafond boven de trap die naar een lagere verdieping leidt. Ik sta naast twee Amerikaanse toeristen, een jongen en een meisje die niet kunnen praten, ze houden elkaar verbijsterd vast.

'Ik moet gaan,' zeg ik. Moet ik dat? Wat moet ik?

Bij de ingang van de Beurs van Berlage loop ik de bekroonde schrijver tegen het lijf, zijn gezicht is vlekkerig rood, hij heeft veel gedronken, dat is te zien, het is niet erg, iedereen doet alles op geheel eigen wijze, natuurlijk heeft hij zijn prijs gevierd. Ik zeg: 'Ik wil naar huis. Ik wil thuis zijn.'

De schrijver knikt, het is aan hem te merken dat hij niet begrijpt wat ik zeg, en ook niet weet wie ik ben en dat hem dat ook niet interesseert. Hij wordt ondersteund door zijn uitgever die hij vragend aankijkt, een oude hond die aandacht nodig heeft. Die zegt: 'Iedereen is natuurlijk emotioneel.'

Ik kijk nog even om me heen. De burgemeester van de stad staat in paniek te telefoneren, een befaamd boekenbespreker met wie ik in de jury zat, ruim begiftigd met een hysterisch temperament, zogenaamd een vriend van Philip Roth ('Hij belt haast iedere avond!'), roept dat de derde wereldoorlog is begonnen en vraagt zich af waar hij heen moet: 'Schuilen heeft geen zin!' Ik ga naar huis, waar ik met wodka voor de televisie ga zitten, wat mijn jonge geliefde me kwalijk neemt, daarom is ze ook van me aan het weggaan, vanwege te vaak wodka, wat me nog ouder maakt dan ik ben en verder weg, en dan dus de telefoon, mijn ouders.

'Ik weet niet wat ik denk, mam.'

'Vader en ik vinden het zo erg.'

Ja, erg. Alles is erg. Waarom kan ik niet gewoon adequaat reageren?

'Ik snap het,' zeg ik. Ik moet duidelijk maken wat ik snap, anders heeft mijn moeder niets aan zo'n reactie, maar ik weet niet wat ik moet zeggen, wat ik veel te vaak heb, een gevolg van mijn behoefte een zwijgende aanwezigheid te zijn, Alain Delon in *Le Samouraï*, groot voorbeeld, niet zijn daden. Zijn uitstraling.

Dan vraag ik: 'Zijn jullie bang?'

Mijn moeder is even stil, ik hoor dat ze knikt.

'Ja,' zegt ze. 'Vader zegt dat we toch niet al zo lang leven om opnieuw bang te zijn.'

Ze zegt alleen maar *vader* als ze het met mij over hem heeft, ze heeft ontzag voor hem – dat wil ze delen.

Ik moet niet weer zeggen dat ik het snap, ik wil haar helpen met mijn begrip, want ik zit er vol mee, met dat begrip, ze ontroeren me, mijn ouders, ik gun hun een leven zonder angst, ze hebben geen angst verdiend, ze zijn bijna tachtig, ze hebben hard gewerkt, ze hebben mijn zusjes en mij opgevoed, wat ook hard werk was, ze hebben veel werk aan elkaar gehad, ook hard werk, en nu is er de rust die hen verbindt met hun kindertijd, de jaren twintig van de vorige eeuw, West-Brabant, Zuid-Limburg, alle foto's uit die dagen, het zijn er niet veel, getuigen van geluk, iedereen lacht, alles om hen heen lacht, alle foto's lijken in tuinen te zijn gemaakt, vol bloemen, onder een heldere hemel vol optimisme, iedereen was klaar om aan een gelukkig leven te beginnen, ze houden elkaar nog even vast, nog even maar en dan niet meer, maar hun handen blijven naar elkaar uitgestrekt. Soms was ik jaloers om die jaren van hen. Het hoeft voor mij allemaal niet zo ingewikkeld te zijn. Met hun angst nemen ze afscheid van het grootste deel van de tijd die hun leven was, het misverstand, de illusie. Ik ben hun zoon aan wie de toekomst hoogtepunt na hoogtepunt bieden zou. Het is ook gebeurd, vind ik, de boeken die ik schreef, vooral het schrijven ervan, meer dan wat er daarna mee gebeurde. Ze zijn er trots op, ik weet het, trotser nog dan ik. Ik heb niets gedaan met het gymnasium, niets met mijn studie aan de universiteit, die niet eens een studie was, maar vooral een oponthoud. In wie geloofden ze? Na mijn eerste boek werd het anders. Ze dachten: hij doet het toch. Of: hij doet het toch maar.

Het begint te waaien. De krant op de bank beweegt, de foto op de voorpagina verwijdert zich van me en daarmee ook het gesprek van gisteravond en daarmee ook de gedachten waarin ik me wat meer zou mogen verdiepen en waaruit ik haastig vertrek. Meestal weet ik niet waarheen, nu wel, de glazen deur van Paviljoen C. Achter die deur zie ik een balie met daarachter een vrouw die onophoudelijk telefoneert. Ze heeft vuurrood haar, een onnatuurlijke kleur, uit niemand groeit zulk haar. Haar dat bij carnaval hoort, bij de eeuwige polonaise van de mensheid. Ik weet nu al dat het me moeite kost haar iets te vragen, het is onnozel, maar ik kan mezelf daarbij niet helpen, voor de meeste mensen ben ik ongeschikt. Bijna altijd denk ik: jij staat daar en ik hier, tussen ons een ravijn, ik zeg iets, maar het is alsof aan die woorden stenen hangen en ik die over een over het ravijn gespannen draad naar je toe moet zien te krijgen. Alles begon zo: wie ben jij? Die ontzettende vraag. Zoals het begon, bleef het. Bijna iedereen camoufleert het onvermogen die vraag te beantwoorden. Veel antwoorden die ertoe doen, zijn bijna niet te vinden, er is veel te veel overrompelende werkelijkheid, veel te veel schemering van schaamte en schuld. Wie ben ik? Zie het maar aan de weet te komen.

De vrouw met het te rode haar gebaart dat ik aan de deur moet trekken, ik duw, dat is niet goed, zo kom ik niet binnen, ze kijkt of ik haar gebaar gehoorzaam, haar hand die het gebaar maakte is een vuist geworden die loos in de lucht hangt.

'Ja, u moet trekken,' zegt ze. 'Het staat er, het staat op de deur. De meeste mensen lezen het niet.'

Moeten we het onderwerp van nog meer kanten benaderen? Ik weet het niet.

'Ik zag het niet staan,' zeg ik.

'Ja, dat zag ik. Ik zag dat u het niet zag.' Nu lacht ze. Ik ook. We moeten even lachende mensen zijn, dat is goed, dat maakt deze momenten makkelijker.

Ze gaat achter de balie zitten en maakt een aantekening, kijkt even naar wat ze noteerde, kijkt me aan en voegt er iets aan toe. Ik ben al meer dan iemand die nog niets gevraagd heeft.

Aan weerszijden van de balie zijn gangen die door een glazen deur zijn afgesloten. Ze zien eruit alsof ze niet zomaar opengaan. De vrouw met het rode haar zal dat ook niet kunnen regelen zonder iemand om toestemming te vragen. De deur van de linkergang zoeft open en een man op sportieve schoenen nadert de balie. Hij heeft een zeker gezicht waarbij ik me meteen ongemakkelijk voel. Onder zijn gedistingeerde tweedjasje draagt hij een oud T-shirt, het soort waarin deskundigen in praatprogramma's op televisie uitleggen wat de meeste kijkers allang begrepen hebben. Hij buigt zich naar de vrouw met het rode haar: 'Ik ga naar de papierwinkel en daarna maar naar huis. Nessa heeft rijexamen gedaan. Ik heb nog niets gehoord, het zal dus wel mis zijn, ik weet wat me te doen staat. De wereld zal te klein zijn voor haar verontwaardiging.' Blijkbaar is hij aan die omstandigheid gewend, hij lacht minzaam. 'O ja, niemand kan me bellen vandaag.' Hij maakt een juichende beweging en loopt naar de uitgang. Dan komt hij terug: 'Heeft iemand mijn sjaal hier gebracht? Je weet wel, die kobaltblauwe. Ik kon die gisteren nergens vinden. Zojuist heb ik weer gezocht. Heb jij...'

De vrouw schudt haar hoofd. Het onderwerp interesseert haar wel, maar ze kan hem niet helpen en dat spijt haar, want ze helpt hem graag.

De man kijkt op zijn horloge en loopt dan weer snel naar de uitgang, waar hij zwaait zonder zich om te draaien.

Zou Nienke met hem gesprekken voeren? Hij speelt vast een belangrijke rol binnen deze instelling, dat is aan alles aan hem te zien. En ook te horen, want hij heeft een stem met een luisterende intonatie.

Zou ze veranderd zijn door haar gedachtewisselingen met hem? Vertelt hij wat veiligheid is of biedt hij die haar? Dat het laatste een mogelijkheid zou kunnen zijn, zal ze niet geloven.

Eén keer ging ze in therapie. Zo zei ze het natuurlijk niet: 'Ik ben met iemand gaan praten.'

We zitten in een klein restaurant in Rotterdam. Ineens woonde ze in die stad. 'Nogal een stap vanuit Nijmegen.' Dat zei ze erbij toen ze me belde om het te vertellen.

'Zeg dat wel.'

'Hier gaat alles veel sneller.'

'Dan wat?'

'Dan in Nijmegen. Ik geloof dat ik hier meer in een stad woon.'

'Vind je het prettig?'

'Dat is niet meteen het woord waaraan ik denk, prettig.'

Het is een Spaans restaurant dat vooral tapas serveert. Het meisje dat bedient, heeft een hemd aan waarop het logo van The Ramones staat, een van de beste bands *ever,* met daaromheen de namen van de mannen, haar blote armen zijn roomwit, haar nagels zilverkleurig. Nienke is magerder geworden, waardoor haar ogen groter lijken. Ze woont in een gekraakt schoolgebouw in Delfshaven, voor een groot deel de studio en repetitieruimte van een band, deels Nederlands, deels Frans. Ze is nu ook gaan schilderen, werk dat niet lijkt op haar illustraties van kinderboeken. Haar atelier in het schoolgebouw is ruim. Het zijn landschappen, haar schilderijen, zonovergoten landschappen met wegen die ineens stoppen, geen mensen, geen dieren, alleen landschappen, alleen wegen die nergens heen gaan.

We bestellen wijn, een fles, witte.

'Drinken we nog steeds te veel?' vraagt ze.

Ik knik met gebogen hoofd, zij knikt met gebogen hoofd.

'Soort veiligheid, even niet te veel voelen,' zeg ik. 'Net als vroeger onder een deken liggen. Een kleine boot midden op de Stille Oceaan, ver weg van alles, nergens stemmen, ook niet de stemmen van vragende ogen, ook niet de stem van een vragende mond, alleen het geluid van de golven, het geluid van de wind. Maar dat waren de geluiden die bij stilte hoorden, de stilte waarin ik verdween.'

'Later deden we dat niet meer, onder dekens liggen.'

'Omdat het geen zin had. Dat snapten we ook wel.'

'Ik ben met iemand gaan praten. Daarom.'

'Therapie.'

'Dan lijkt het net of het helpt. Als je therapie zegt. Alsof je de vlag uithangt.'

'Niet?'

'Ik zei dat het om veiligheid ging. Hij: dan moeten we praten, wil je dat? Ja, natuurlijk. Wat moet je daar anders? Ik zei: snap ik, maar niet te vaak. En hij zei: hangt ervan af.'

'En jij vroeg toen: waarvan? En hij zei toen: van jou?'

'Ja. En toen dacht ik: jij bent ervoor opgeleid, en daarvoor was je niet iemand die dat kon, veiligheid bieden of over veiligheid praten. Tenminste, dat denk ik. En daarna wel. Wat heb je dan geleerd? Ik wil leren wat jij geleerd hebt. Dan hoef ik minder te praten. Maar ja, dat kun je de eerste keer natuurlijk niet zeggen. Maar dat bleef ik de hele tijd denken: jij hebt ervoor geleerd. Als ervoor te leren valt, zegt hij dan alleen maar van alles wat ik ook kan leren. Ik bedoel, heb ik er dan wat aan?'

'Je moet alleen iets aan jezelf hebben.'

Zo'n gesprek, zoals bijna alle gesprekken. Buiten het restaurant stopt de stad met bewegen, er is alleen de avond die onze avond is. We houden elkaars handen vast omdat we zo de veiligheid voelen die nauwelijks te vinden is. Het meisje met de romige armen en zilveren nagels zet een bedauwde fles naast onze handen. Nooit praat ze over de jongen, het broertje, over de brandende zon op die dag, het benauwende licht, de geur van de auto, het schreeuwen. Ik ben daar ook, ik hoef er niet mijn best voor te doen, ik kan door haar ogen kijken, met haar oren horen, ik voel wat er in haar borst grauwt, de net te onderdrukken verstikking. Bij haar begon toen alles. Ik was duizend kilometer van haar vandaan, in het noorden, ik wist het, ik werd gealarmeerd, ik kan dat tegen niemand zeggen, je kunt niet altijd helder uitleggen waardoor je verontrusting wordt gevoed. Riep ze haar zusje? Zoals toen, ik in de tuin, Jana in haar zwarte jurk, Jana die zei dat ze naar binnen moest, omdat zij haar nodig had, toen mijn leven richting kreeg.

'Kijk me alsjeblieft aan,' zegt ze. 'Je bent zo ver weg.' Ze schenkt de glazen in, schuift er een naar me toe, onze glazen raken elkaar, ze lacht, ze maakt van niets een lach, dat kan ze, ze bedenkt een lach, ze kan het niet uit zichzelf, want wat je uit jezelf kunt moet wel eerst in jezelf zitten, het moet ergens vandaan te halen zijn.

Ik herhaal die woorden in mijn hoofd, dwingend, daar bij de balie in Paviljoen C. De vrouw met het rode haar lijkt niet meer te beseffen dat ik daar sta.

'Ik kom voor mevrouw Van den Berg,' zeg ik.

'Wat is er van uw dienst?' vraagt ze zonder dat haar ogen het scherm loslaten. Ja, ik ga verkeerd met de volgorde om, ik zeg te snel waarvoor ik hier ben.

'Ik kom voor mevrouw Van den Berg,' zeg ik weer.

Nu kijkt ze op.

'Mevrouw Van den Berg,' zegt ze.

'Nienke.' Ik noem zo graag haar naam.

'Bent u familie?' vraagt ze.

'Nee. Maar toch ook wel.'

'Hoe bedoelt u dat?'

'Niet in de strikte zin.'

'Dat moet ik weten.'

Ze pakt een potlood. Wat moet ze met een potlood? Ze bestudeert de pas geslepen punt, waarmee ze daarna tegen haar lippen tikt. Ze kijkt over mijn schouder naar iets wat niet te zien is. Dat zie je aan hoe ze kijkt. Sommige mensen kunnen dat nodig hebben, kijken naar iets wat niet te zien is.

'Mevrouw Van den Berg is overleden,' zegt ze. 'Dat weet u niet? Mevrouw Van den Berg is gistermiddag overleden.' Ze kijkt me nog steeds niet aan.

Die woorden moeten ergens heen, maar dat kunnen ze niet. Ze hangen log en vuil tussen ons in.

'Wat is er? Wat was er? Hoezo?' vraag ik. 'Wat was er met haar? Was ze ziek? Ik heb vorige week nog een kaart van haar gehad.'

De vrouw met het rode haar is even stil, alsof ze die stilte eerst moet bestuderen voordat ze er woorden uit kan halen. Ze kijkt naar het potlood, weer naar die punt, dan: 'Daar kan ik u geen mededelingen over doen.'

Mededelingen? Ik hoef geen mededelingen.

'Maar ze is een vriendin, een dierbare vriendin, mijn beste, ik mag toch wel...'

Ze onderbreekt me: 'Ik mag er niets over zeggen. Het spijt me. Dat is de regel hier. Behalve als u familie bent, maar dat bent u niet. U heeft gezegd dat u geen familie bent.'

'Mag ik haar dan zien? Mag ik naar haar toe?'

Ze schudt haar hoofd, heel langzaam om me de gelegenheid te geven goed te zien dat ze haar hoofd schudt.

'Haar familie is nu bij haar.'

'Haar familie! Wie dan?'

'Dat zeg ik u: haar familie.'

'Maar kunt u alstublieft doorgeven dat ik er ben? Kunt u zeggen dat...'

'Meneer, dat kan ik niet, dat mag ik niet, dat wil ik niet, dat gaat buiten mijn bevoegdheid.'

O, het verlammende woord bevoegdheid.

'Dan wacht ik hier tot de familie hierlangs loopt. Dat doe ik.' Ik voel dat verdriet me tot boven in mijn keel vult. Dadelijk kan ik niet meer praten.

Ze kijkt me diep geïrriteerd aan: 'U bedoelt dat u hier gaat zitten wachten. Dat kan niet. Dat kan echt niet. Ik kan niet weten of dat de bedoeling is, of de familie dat op prijs stelt.'

‘Nou, haar zus waarschijnlijk wel. Is zij er, Jana, Jana van den Berg?’

‘Meneer, ik kan u alleen zeggen dat haar familie bij haar is. Dat is het echt. En u mag hier niet wachten. Dat is niet aan mij om daar toestemming voor te geven.’

‘Ik hoef geen toestemming, ik wacht gewoon.’

Nu staat ze op: ‘Meneer, ik kan er iemand bij roepen, maar dat wil ik niet. En u ook niet.’

‘Dan wacht ik buiten.’

‘Wat u buiten doet, is uw zaak.’

‘Fijn! Fijn dat het mijn zaak is!’

‘Meneer!’

Geen mededelingen

Buiten is enorm buiten en daar is het werkelijk ongelooflijk stil, een namiddag die zich in zichzelf heeft teruggetrokken, waar je alleen maar bij kunt als je je nauwelijks beweegt en niet met woorden voor wat dan ook komt, je moet dat zelfs niet eens willen, woorden doen er niet toe. Ik ben deze namiddag, de namiddag waarin alles van mijn leven samenkomt, ik merk dat ik het zo formuleer in mijn gewonde gedachten, maar ik moet het zo pathetisch zeggen, het kan niet anders. Waar ik nog nooit opkwam, is wat ik nu wil, ineens oplossen in de hemel boven de tijd van je leven, als een zucht die alles is, die alles was, dat er niets meer van je over is, dat je er niet meer dan geweest bent. Dat is het: je bent er, in het korte leven, en dan ben je er geweest. Je ogen openen, even kijken, en dan weer sluiten, een hand uitsteken, met je ogen knipperen, niet eens tijd om een fractie van een seconde om te zien.

Wat is er met Nienke gebeurd? Hoe gebeurde Nienke? Welke gebeurtenis was ze? En met die vragen andere vragen, alleen maar andere vragen: wat weet ik van haar? Of wist? Is wat je weet iets anders dan wat je wist? Misschien nu, nu ik langs de omkooide tennisbanen loop naar een bank vlak bij de toegangspoort waarachter het avond wordt in het dagelijks leven vol angstige haast van mensen die willen thuiskomen. Wat wist ik? En wat weet ik daarom?

Er zit kou in de lucht. Natuurlijk. Gure wind die alleen

maar irritant is, die je wegvaagt, waartegen verzet zinloos is. Er is niets van te zien. Alleen maar stilte, ontstellende stilte.

Mijn leven gaat voorbij op die bank. Ik probeer op te sommen wat het was, maar het blijft een poging, ik wil schreeuwen, maar de stilte verzet zich, sluit me op. Je moet me helpen, Nienke, je moet zeggen dat ik bij je ben, dat er daarom niets kan gebeuren wat we niet willen, dat onze handen elkaar vasthouden en dat we daarom veilig zijn. Onder de dekens. In een klein, piepklein schip op de onmetelijke Stille Oceaan waar we ook verloren zouden kunnen zijn, maar dat maakt niets uit. Ik ben bij je, ik zorg voor je. Je zegt altijd dat het moeilijk is, maar voor je zorgen is niet moeilijk, omdat ik ook voor mezelf zorg, de hyper-, hypergevoelige. Het lukt me voor jou te zorgen, omdat ik het snap, omdat ik snap wat ik moet doen, ook al heb ik veel te vaak te weinig tijd gehad. En te weinig tijd, dat zeggen, is altijd, áltijd onzin, omdat te weinig tijd niet bestaat, omdat er niet veel tijd is en ook niet weinig tijd, tijd is er niet, er is iets wat we zo noemen. We mogen elkaar niet kwijtraken, we vragen nooit naar de bedoeling van wat dan ook, maar dat is niet de bedoeling, elkaar kwijtraken. Hoezo ben je overleden? Dat kwam toch niet in ons op, die mogelijkheid. Je weet dat ik er ben. Ik zit hier op een bank aan de rand van een grasveld, het is koud, alles in de wereld tocht, alles in de wereld trekt koud op, het is zomer, maar het is geen zomer, het is niets, een tijd van niets, want ik weet niet waar je bent, ik weet niet wat je hebt laten gebeuren of wat je moest laten gebeuren, kan ook, maar het lijkt me sterk. We moeten elkaar niet alleen laten. Als ik jou alleen laat, laat ik mezelf ook alleen, zo is het.

Ik moet overgeven, ik heb niets gegeten. Wat ik overgeef is loze substantie, zuur, bleke spatten. Niet zo lang geleden gaf ik over als ik even ontspannen was. Meteen. Op de bank liggen, lekker naar voetbal kijken of een popmuziekprogramma, en hup, daar hing ik me leeg te dringen. 'Je kotst van alles,' zei Frans van der Ham, de psychiater, hij stelde het terloops vast. 'Die woorden zijn er niet voor niets. Je bént die woorden, Thomas, je kotst ze uit je vandaan.' Ik zei: 'Goed gezegd, dokter.' Ik hoefde hem geen dokter te noemen, gewoon zijn voornaam was ook goed, maar soms moest het dokter zijn. Toen we bevriend geraakt waren, bleef ik hem zo nu en dan dokter noemen.

En nu, Nienke, ik zit hier te kotsen op een bank naast tennisbanen op jouw terrein wat jouw terrein natuurlijk helemaal niet is, misschien ben je er nooit overheen gelopen, misschien weet je helemaal niet waar je je bevindt. Dat wisten we alleen lang geleden, in de benedenstad van Nijmegen, vlak bij de rivier, de rivier van onze jeugd en alle dagen daarna, we keken naar het water zoals we nergens naar water keken, het was onze rivier, onze stad, ons licht boven de rivier en in de rivier en vanuit de rivier in onze ogen, vol tranen van de drank die we dronken omdat we zo godvergeten genoeg hadden van onze overgevoeligheid. Die belemmerde ons voluit te leven. Nog. En over jou kunnen nu geen mededelingen gedaan worden. Er zullen over jou nooit, nóóit mededelingen gedaan kunnen worden. Ik houd je vast. Ik weet niet wat er aan de hand is, ik houd je vast.

Ik zie beweging bij de deuren van Paviljoen C, het lijken wel ingestudeerde bewegingen. De man die ontzettend gedienstig de glazen deur openhoudt, de twee vrouwen die naar buiten komen, gearmd, zij is het, Jana, de andere vrouw is haar moeder, ze lopen hetzelfde, ze lopen ergens vandaan waar ze nooit meer zullen terugkomen, vrouwen die zich vastberaden voortbewegen over één lijn, één lijn naar de uitgang, één lijn over het pad langs de omkooide tennisbanen, ze lopen alsof ze een plan hebben, voor dadelijk, voor de rest van de avond, voor de rest van het leven, een plan dat verder niemand kent behalve zij, ze weten dat van elkaar door hoe ze elkaar vasthouden, gearmd. Het maakt hen sterk.

Wat moet ik zeggen?

'Ik ben hier. Kijk maar. Ik ben hier.'

Maar wat zijn die woorden dan?

Ik zit daar op de bank, ze lopen over het pad, zeer gearmd, in de ban van een gebeurtenis die afgerond is, zoiets. Dat weiger ik te denken, maar wat heb ik te weigeren? Ik ben er gewoon niet, dat besef ik ineens op volle kracht, ik ben er gewoon niet.

Ze passeren de bank waarop ik zit. Jana ziet me heus wel, ik zie dat haar ogen naar links draaien en wel zo dat het bijna pijn moet doen, het is op z'n minst bár geforceerd. Ze lopen door. Alsof het moet. Alsof iemand op hen wacht bij de poort. Maar dat is niet zo.

We kennen elkaar niet, we weten dat we er zijn, niet wie. We hebben momenten met elkaar meegemaakt, maar het er nooit over gehad wat die momenten betekenden, hoe ze bij ons hoorden. Hoeveel woorden hebben we uitgewisseld? Toch is ze er, zo denk ik over haar: toch is ze er.

De poort is nu een poort die onzin is, een poort die geen ingang en ook geen uitgang is, die er alleen maar staat om poort te zijn.

Natuurlijk roep ik haar. Of roepen, het is geen roepen, ik prevel haar naam, zoals toen, levenslang geleden, de namiddag van mijn communiedag, toen voor het eerst, ik grom prevelend haar naam, het domme gerucht dringt vast tot haar door. Wel twee keer, haar naam, in een vuist van gesmoorde tranen. Maar ze doet alsof ze me niet hoort, misschien hoort ze me niet, omdat ze helemaal niet bezig is met wat ze hoort en wat niet, maar ik denk dat ze doet alsof ze me niet hoort. Het is allemaal niet waar, zeg ik onhoorbaar tegen mezelf, ik bedenk het maar, omdat ik wel iets moet bedenken, ook omdat het niet waar kan zijn wat de vrouw met het rode haar over Nienke zei, over wie ze geen mededelingen kon doen. Ik ken, geloof ik, niemand over wie mededelingen te doen zijn waaraan je iets zou kunnen hebben, allemaal schimmen, allemaal vluchtigheid. Ik moet mijn adem inhouden om angst niet toe te laten. Ik weet niet waar die angst vandaan komt, waarvoor ik bang ben. Misschien ben ik bang omdat ik juist wel weet waarvoor.

Even voelen

In de tenniskooi staat een man naar me te kijken. Ik knik, weet niet waarom, ik wil altijd beleefd zijn en nu helemaal niet, ik knik, hij niet, hij kijkt alleen maar naar me. Hij heeft een bruin pak aan. Hij doet me denken aan iemand van lang geleden, ik zie hem zitten aan de Waal. Joop heet hij. Hij woont aan de overkant, hij heeft altijd een ouwelijk bruin pak aan, ik ruik het nu ook, een muffe geur, niet vies, maar netjes muf. Hij is ouder dan wij, ik weet niet hoeveel ouder, iedereen zegt 'iets' ouder, 'Ja, Joop is nu eenmaal iets ouder'. Aan veel wat er werd gezegd over ons was geen touw vast te knopen. We zitten in de zesde klas, hij is eerder twee keer blijven zitten, 'omdat het thuis moeilijk is'. Hoezo moeilijk, waar hebben ze het over?

Hij vraagt of ik een meisje heb. Die vraag is zo groot. Hij vraagt of ik weleens met een meisje gezoend heb. Ja, één keer, nou ja, gezoend, onze lippen raakten elkaar angstig. Ik zeg: het is de eerste keer dat ik het zeg, ik zeg dat ik bang ben iemand aan te raken omdat ik ook bang ben aangeraakt te worden. Waarom zeg ik dat tegen deze Joop in zijn roestbruine pak uit een tijd van lang geleden? Ik weet het niet, misschien omdat ik bang ben en dan zomaar iets zeg, omdat ik denk dat de tijd gewoon maar voorbijgaat als je iets zegt, en dan kun je beter iets belangrijks zeggen.

'Waarom ben je daar bang voor? Waarom durf je niet iemand aan te raken?'

Mijn antwoord moet zijn dat ik bang ben dat ik dan mezelf verlies of zoiets, of grip op mezelf, weet ik veel, ik ben bang, dat is het. Als je iemand aanraakt, ga je ergens in op.

'Misschien moet je het leren,' zegt Joop. Hij buigt zich naar me toe. Zijn vale huid hoort bij het roestbruine pak met de muffe geur, zijn stem heeft er ook alles mee te maken. Waarom sta ik niet op en loop ik niet gewoon weg? Dat doen jongens toch, normale jongens, maar ik ben geen normale jongen, ik zit voortdurend vol van alles wat ik niet begrijp en waarvan ik volstrekt in de war raak, ik voel alles – dat zegt mijn moeder: 'Je voelt te veel, lieve schat.' Te veel? Alles! Ik wil zo graag een normale jongen zijn. Die hele Joop is een open boek, ik zie het huis waar hij woont, de kamer in dat huis, zijn bed, piekfijn opgemaakt, strak, alles in zijn kamer, een bureautje waarop alles onveranderlijk geordend is, pennen bij pennen, rechts een lullig gummetje met de afbeelding van een tekenfilmhond, foto's aan de muur van Anneke Grönloh en Rob de Nijs en The Lords.

'Je moet er niet bang voor zijn,' zegt Joop. Hij pakt mijn hand en legt die op zijn broek, eerst gewoon op zijn bovenbeen, daarna schuift hij mijn hand hoger. Mijn hand is een verbaasd ding, ik kijk die hand na. Het is net alsof dat buiten me om gebeurt, ik ben met iets anders bezig, maar weet ook niet met wat, ja, de rivier, de geur waarover ik iets wil denken, het geluid van het water, het geluid van de richting van het water, in de verte de stad, de toren die de stad is, ik wil zo graag alleen maar alleen zijn, zo graag.

'Even voelen,' zegt Joop. Hij duwt mijn hand in zijn kruis, op zijn harde lul, ik weet wat een harde lul is, natuurlijk, wie weet dat niet, en toevallig ben ik een jongetje dat meer dan alles weet, een raar wijsneusje.

Ik maak me van hem los en daar verzet hij zich tegen, ik duw hem naar voren en hij verliest zijn evenwicht en knalt tegen het versteende strand, hij richt zich op en ik zie dat zijn hoofd bloedt, niet zijn hele hoofd, alleen boven zijn ogen, hij schreeuwt en huilt, het is alsof hij brakend schreeuwt, het bloed vermengt zich met zijn tranen, ik snap niet hoe iemand zo snel zo erg kan huilen en zo snel zo veel geluid kan maken.

Ik ren van hem vandaan, ik weet hoelang ik erover doe in de stad te komen. Het pad dat de uiterwaarden begrenst is gelukkig harder, zodat ik snel kan lopen. Ik draai me om en zie dat Joop staat waar ik hem achterliet, hij beweegt zich niet meer. Ik ben ineens bang dat er iets met hem aan de hand is waarvoor hij hulp nodig heeft.

'Joop!'

Hij blijft zich niet bewegen.

'Joop!'

Hij moet horen dat ik hem roep, dat hij niet alleen is. Het mag niet mijn schuld zijn dat hij daar aan zijn lot overgelaten staat te zijn, maar ik ga niet naar hem toe, het is zijn schuld dat ik dat niet doe.

Ik ga op een restant van een muurtje zitten, hij ziet me, dat kan niet anders, hij weet dat ik daar zit te wachten, hij hoeft alleen maar in beweging te komen.

Het wordt kouder, het licht boven de stad in de verte donkerder, de hemel grauw, een onrustige bende.

Joop draait zich om, zijn rug naar me toe, hij kijkt naar de rivier, dan draait hij zich weer om en begint te lopen, het bloed lijkt wel op zijn hoofd geschilderd, het is een vlek, een landkaart. Aan zijn manier van lopen is niet te zien of hij pijn heeft, of hij last heeft van wat er zojuist is gebeurd, er lijkt ook veel tijd te zijn verstreken.

Joop is een wat logge jongen, maar nu loopt hij licht. Als hij dichterbij is gekomen, kan ik de muffe geur van zijn pak ruiken en ook nog een andere geur, ik denk dat hij in zijn broek heeft gepist, ik weet het niet zeker, het is niet te zien, maar zo ruikt het. Als hij voor me staat, wil hij iets zeggen, maar het is alsof wat dat moet zijn uit zijn mond verdwijnt, over zijn lippen wegvliegt, het is net alsof hij zich afvraagt waar die woorden gebleven zijn, en zich even niet van mijn aanwezigheid bewust is. Ja, dan ziet hij me weer, minachtend haalt hij zijn schouders op en loopt verder, nog steeds licht, alsof hij zich dadelijk losmaakt van het pad, van de aarde, van alles wat deze middag heeft plaatsgevonden. Ik kijk hem na totdat ik hem niet meer zie, maar als ik hem niet meer zie, zie ik hem nog steeds, lopend door de straten van de stad, naar het huis in de Dominicanenstraat, waar hij zijn muizige maar veel te aardige moeder in de smalle gang tegenkomt, die geschrokken een hand op zijn schouder legt, en voordat ze hem iets kan vragen, bijt hij haar toe dat hij gevallen is toen hij met, en hij noemt een naam die ik niet ken, aan het spelen was, en dat hij nu naar zijn kamer wil, zijn kamer met dat geordende bureautje en aan de muur foto's van The Lords die bij Rob de Nijs horen en gekke bekken trekken. En daar verdwijnt hij, lost hij op in de giftige schraalheid van deze middag. Dat hij er even was, dat ik even aan hem dacht, komt door het wurgende schuldgevoel dat niets met die Joop te maken heeft, maar toch ook wel, omdat het mijn leven is, mijn hele leven. Mijn schuld laat me aan hem denken. Die gedachten zijn niet tegen te houden.

Ik kijk naar de tenniskooi. Er staat niemand meer. Niets wijst erop dat er zojuist iemand was, maar er stond wel degelijk een man die leek op Joop uit een tijd die niet verdwenen is, maar zich wel terugtrok, zoals de zee.

Ik loop terug naar het gebouw, Paviljoen C. Achter de balie, achter de glazen deur zit niemand, het gebouw lijkt verlaten, maar dat is het niet, Nienke moet er bijvoorbeeld zijn. Ik kan langs de ramen lopen, alles kan, dat weet ik ook wel, het is juist zo veel dat alles kan, te veel voor me nu. En stel dat Nienke me ziet. Ze is erg op zichzelf daar, ze leest een boek of luistert naar muziek, meestal filmmuziek omdat die haar verhalen geeft, ze houdt erg van de Franse zangeres Barbara, van haar elegante geheimzinnigheid, ze luistert met gesloten ogen, maar juist door haar concentratie op de muziek, op de stem van de zangeres, is zelfs de geringste storing voelbaar, en ineens weet ze dat er iets voor het raam aan de hand is, ze opent haar ogen en ziet mij staan, midden in een buitenwereld die veel te groot is, en ze heeft afscheid van me genomen, dat was toch duidelijk, voor mij, voor haar, en nu sta ik daar.

Ze maakt een korte nijdige beweging met haar hoofd, een beweging die vraagt naar wat ik daar doe. En dat weet ik niet. Ik weet niet wat ik daar doe, wie ik daar ben.

Verhaaltjes schrijven

Ik moet niet langs de ramen lopen. Ik moet voorkomen dat me gevraagd wordt wat ik doe, waar dan ook, want die vraag zegt meteen dat je wat je doet, niet goed doet.

Elf jaar ben ik en ik sta achter het schoolplein van onze school, half elf, speelkwartier. Ik ben te laat, moest met mijn moeder naar het ziekenhuis, controle, soms moet er iets getest worden, ik probeer te doen of ik er niet ben. Ik sta daar en kijk naar de jongens op het schoolplein, ze rennen achter elkaar aan, zijn zogenaamd aan het vechten. Bij de schuur waar de oude kranten naartoe gebracht moeten worden, staat Frenkie van de Pol. Als je hem een stuiver geeft, mag je even in *De Lach* kijken, hij heeft altijd een exemplaar bij zich, beduimeld en schor makend onweerstaanbaar. Van mij heeft hij ook een paar keer een stuiver gehad, ik houd van vrouwen die verlegen maar ook brutaal kijken, van borsten die je net niet helemaal ziet, van benen, schouders. Mijn stuiver was meestal weggegooid geld, niet erg, want je moet goed weten dat je op zoek bent naar van alles wat bij je leven hoort.

Een hand op mijn schouder, het is het hoofd van de school, broeder Ronaldus, hij vraagt, niet streng, eerder verbaasd: ‘Wat sta je hier te doen?’ Een jaar later wordt hij mijn onderwijzer in de zesde klas. De manier waarop hij die vraag stelt, herinner ik me wanneer hij aan het einde van de schooldag, het laatste kwartier, bedwelmend voorleest uit een avontuur van Pim Pandoer, *De schrik van de Imbosch*.

Ik voel tranen in mijn ogen, kan de vraag niet beantwoorden, omdat ik écht geen antwoord kan bedenken. Ik zeg dat ik buikpijn heb, dat ik moet overgeven.

'Dan moet je maar naar huis gaan,' zegt hij, vaderlijker kan haast niet.

Ik zet het op een lopen, niet bepaald een manier van doen van iemand die buikpijn heeft en moet overgeven, maar het kan me niet schelen, ik moet naar huis, dat heeft de broeder zelf gezegd. Ik weet dat daar niemand is, mijn moeder is naar een vriendin en komt pas na de lunch thuis en mijn vader is naar zijn werk op de universiteit. Maar dat is juist goed. Ik vind het prettig alleen thuis te komen. Ik ben het liefst overal alleen, niemand vraagt dan wat ik doe. Op het dressoir ligt een plaatje van Roy Orbison, ik weet niet hoe het daar komt, 'In Dreams' heet het, ik draai het graag, er zit een verdriet in dat ik ken maar toch ver weg is. Ik wil ook een zonnebril, en zwarte kleren. Maar ik ben voor alles te jong.

Ik zet 'In Dreams' op, de tekst zegt me weinig, maar dat maakt niets uit, ik weet dat dreams dromen zijn. Daar kun je het niet genoeg over hebben. Het woord alleen al is goed, in het Nederlands, in het Engels.

Daarna open ik de deuren naar de tuin. De houten stoel van mijn vader staat nog uitgeklapt voor de seringenstruik waarvan in het groen de geur te zien is. Ik ga zitten waar hij gisteren zat, ik zie wat hij zag toen hij na zijn werk een flesje bier dronk, met op zijn schoot de avondkrant en het boek dat hij op weg naar huis kocht, van een Franse schrijver van wie ik de naam vergeten ben, mijn vader zei dat die belangrijk was voor de tijd van zijn leven. Dat zei hij: de tijd van zijn leven. Ik vond het leven ineens klein toen hij dat zei. Tijd is een klein woord voor iets wat ik oneindig groot vind.

Mijn tijd van leven moet nog beginnen, tot nu toe was het een haast onmerkbare beweging die ik alleen zelf meemaakte.

Ik sluit mijn ogen en zie stille steden in de ochtend, roerloze wegen door weilanden, het meisje uit de tuin, de tuin waarin ik voor het eerst besefte iemand nodig te hebben om te zijn wie ik wilde zijn, zo niet-natuurlijk. In die woorden besefte ik het niet, dat was pas later, het meisje dat van daar verdween naar Parijs waar ik zo vaak mogelijk wil zijn, niet om haar te zoeken, hoewel ik niets liever wil dan haar tegenkomen en haar dan zeggen dat ik wel duizend keer aan haar dacht, maar om mee te maken hoe haar tijd van leven begon, misschien om mee te doen met haar tijd, ik zie ook verontrusting, vaag ver weg, verdriet dat niet te bevatten is. Het hoort allemaal bij me.

En ineens moet ik naar binnen. Naar mijn kamer. Verhaaltjes schrijven. Ik heb nog weinig woorden tot mijn beschikking, te weinig stel ik vaak woedend vast, maar ik kan met die woorden iets zoeken. Pas als ik die woorden heb, ben ik op weg naar waar ik wil zijn, wat dat dan ook is.

Ik weet dat er iets begint, iets wat veel groter is dan iets, en dat zal de rest van mijn leven zo zijn. Daarom durf ik te kijken naar wat komen gaat, niet doordat ik op school zit en daar dingen leer die me vervelen, niet door mijn vriendjes van wie ik weet dat ze tijdelijk zijn en die niet zo goed weten wat ze met me moeten, wat ik mezelf natuurlijk verwijt, niet door alles wat mijn ouders me vertellen over wat ze van het leven denken.

De vrouwen zijn achter de poort verdwenen. Er is niets meer van hen te zien, ja, dat ze weg zijn, soms laat dát zich zien, iets of iemand die verdwenen is, het is er een paar seconden alsof er iets ontbreekt, maar dan loopt dat ineens weer razendsnel vol met de orde van de dag.

Uit de taxi die voorrijdt klinkt loeihard de stem van André van Duin, een van zijn gevoelige liedjes, over zijn vader die zijn allergrootste fan is. Het dak van de auto staat een stukje open waardoor het lied openbaarder wordt dan het eigenlijk verdraagt. De chauffeur luistert met gesloten ogen, terwijl zijn hoofd af en toe een knikkende beweging maakt.

'Graag naar station...'

De man gebaart dat ik moet zwijgen, een kolossale veertiger met een glimmend kale schedel en een heftige snor die dagelijks veel aandacht nodig zal hebben. Om zijn gespierde nek hangen twee dikke gouden kettingen. Hij heeft een rood, mouwloos hemd aan met daarop een cobra in gevechtshouding, met giftige ogen.

Als de laatste woorden van het lied geklonken hebben, slaat hij goedkeurend op het dashboard: 'Kan ik altijd horen, dag en nacht. Ja, soms sta ik ervoor op. Als ik niet kan slapen, bedoel ik. Ga ik naar de huiskamer en draai dat lied, niet één keer, maar soms wel vijf keer achter elkaar. Borreltje erbij. Gebakken eitje.'

Ja, hij ruikt naar nacht en eieren.

Op weg naar het station spreekt hij onophoudelijk over dat lied en André van Duin. Ook nog als ik op het stationsplein ben gearriveerd en heb betaald: 'Kent u dat lied van André over vriendschap?'

'Nee,' zeg ik.

'Wel. Ken je wel.'

Hij legt zijn warme hand op mijn onderarm: 'Dat moeten ze op mijn begrafenis draaien. Niemand hoeft iets te zeggen. Alleen dat lied. Dan zullen ze wat beleven.'

Het is net alsof hij zich erop verheugt. Misschien ook een vorm van levenskunst.

Twee dagen later zie ik Nienkes naam in de krant staan, een klein rouwbericht, alleen maar dat ze is gestorven en wanneer ze begon met leven, Jana's naam en die van haar moeder, niet die van haar vader. De advertentie heeft het kleinste formaat, alsof het belang ervan zo dun mogelijk moest zijn.

Die middag zegt mijn vriendin dat ze van me weg wil, dat ze verliefd is geworden. Dat ik twee dagen heb gezwegen, zal het besluit dat ze al had genomen, hebben gerijpt. Ik kan nog steeds niets zeggen, ja, ik zeg wel wat, maar weet niet wat. Misschien zal ik het me later herinneren. Het is nu net alsof iedere gebeurtenis tot minimale proporties wordt samengevat, alsof alles maar een fractie van een seconde duurt. Komt ook doordat het net is alsof ik alles in mezelf heb uitgeschakeld en niet weet hoe ik dat ongedaan moet maken. Ik sta in een tuin ver weg, een tijd die adembenemend onschuldig was, ik hoor dat Jana geroepen wordt, het is Nienke die haar roept, ik hoor haar stem in een huis dat spoedig leeg zal zijn.

De volgende dag ga ik naar Parijs.

Drie

Mogelijkheden te schuilen

Voor het Gare du Nord staat een auto met motorpech, een oude blauwe Volvo, van dat stoffige blauw dat aan veel te warme zomers doet denken, van die nare klamme hitte. De motorkap is open om rook de ruimte te geven, het is een gouden septemberdag, de rook kruipt traag in de goeiige warmte van de middag. De buikige eigenaar staat machteloos naar het tafereel te staren. Achter hem roept een agent woorden in zijn dikke nek. De defecte auto belemmert een bus vol bewegingloze Chinezen.

Hier in Parijs stap ik uit de vorige eeuw die al bijna twee jaar oud is. Dat denk ik. Van zulke grote gedachten houd ik, ik spreek ze zelden uit, ze leven plechtig in mijn hoofd en tillen me even op. En die rook en de machteloze toeschouwer en het machteloze gezag horen bij wat ik zo spits aan het denken ben, nog steeds, die gedachten houden niet op. Hoort bij het verhaal dat in mijn kop zit.

Ja, nog steeds, twintig jaar later, de nieuwe eeuw is niet meer te stuiten, de gebeurtenissen die die eeuw onheilspellend en beschamend maken ook niet. We denken minder sterk aan de toekomst, maar vooral aan mogelijkheden te schuilen, veel minder erg te maken dan het is.

Laatst zei ik tegen iemand dat ik bijna zeventig ben. Het was op de sportclub, waar een nieuwe coach werd ingewerkt, een lange vrouw met een grappige lach en felle soepele bewegingen. Ik zat op een fiets nergens heen te fietsen en ze vroeg of het niet wat sneller kon. Ze stelde die vraag lachend en toen zei ik het. Het was de eerste keer en ik verwachtte dat ze zei dat ik er helemaal niet zo uitzag, maar dat zei ze niet. Ze besteedde nauwelijks aandacht aan mijn woorden, veranderde alleen iets aan het verzet van de fiets.

Murakami begon een verhaal met: 'Wat ik vreemd vind aan ouder worden is niet dat ik zelf oud word.'

Ja, ik ben het wel, maar ik word het niet, zoiets is het. Julia, met wie ik al zo'n twintig jaar leef, is iets ouder dan ik, maar ze is niet veranderd sinds ik haar voor het eerst zag. Ja, we hebben soms klachten waarmee we naar een specialist moeten, we doen iets aan onze leefwijze en zeggen na een tijdje dat we toch maar mooi niets meer van die klachten merken, we lachen er niet om, maar de klachten veranderen ons nauwelijks.

Ik heb het even druk als ik min of meer mijn hele leven had, zo druk dat ik niet in de gelegenheid ben lang over mezelf na te denken, wat ik ook niet per se hoef, ik verwacht altijd dat het nog wel komt, later, ja, ik blijf aan later denken, terwijl er steeds minder later is, wat ik ook wel weet, maar wat me verder niet beangstigt.

Er zijn gebeurtenissen waar ik wat langer bij zou moeten blijven stilstaan, langer dan lang, misschien wel heel lang, maar ook dat stel ik uit. Ik heb mijn handen vol aan de verhalen in mijn hoofd, de columns voor de krant van mijn geboortestreek, lessen op de toneelschool en alles wat met dat alles te maken heeft.

Maar er zijn van die momenten die maar blijven gebeuren: bijvoorbeeld hoe ik daar met een niet al te grote koffer uit het Gare du Nord loop op een zonnige middag in september en een taxi neem naar het appartement waarover Wiesje vertelde, terwijl ze kortgeleden afscheid van me nam, waarschijnlijk voorgoed, wat nauwelijks voorgoed is als ik denk aan hoe ik daar sta voor dat station en kijk naar de auto met pech.

Wiesje is een verhaal dat ik nog moet vertellen.

Draaideur

Wiesje heeft me op het appartement gewezen. Ze maakt er zelf ook zo nu en dan gebruik van. Het is van een filosoof die ze vaag kent, die ze via iemand uit Nijmegen heeft ontmoet. Hij is vaak weg, elders in de wereld, een reiziger. Alain Perret heet hij, hij is ook politicoloog, ik moet van hem gehoord hebben, maar dat heb ik niet. Ik begrijp niet altijd wat ze allemaal vertelt, soms niet, dan praat ze vlug, alsof alles wat ze wil zeggen over elkaar heen struikelt. Dan is ze in een andere wereld. Die ken ik, maar ook niet. Het kan ook zijn dat ik zelf weleens in de war raak als ik naar haar luister.

Een appartement waar ze af en toe ook is, daar ben ik heen gegaan, een reis die maar een paar uur duurde maar toch veel langer leek. Ik weet waar ik terechtkom, ik heb foto's gezien: het woongedeelte is wit, de werkkamer een bibliotheek, de keuken een café, de slaapkamer een fotomuseum, met een fenomenale foto van Brigitte Bardot die op een tafel danst, het lijkt wel een bedacht appartement, het is bijna niet te geloven dat het bestaat, een steenworp van het Luxembourg vandaan.

Toen ik er voor het eerst van hoorde, Wiesje omschreef het aandachtig, vroeg ik of Alain van zijn werk miljonair was geworden.

'Nee, van zijn vader. Banden.'

'Banden?'

'Autobanden.'

De dag waarop de dood van Nienke in de krant stond, belde ik haar 's avonds.

'Nienke is dood.'

De stilte die zulke woorden zacht opeisen. Ik moest het tegen iemand zeggen, dan pas drong het scherp en kraakhelder tot me door dat het waar was, door die woorden, altijd woorden die het moeten doen, soms lijkt het alsof er niet meer is dan dat, ook al doe ik mijn best eraan voorbij te gaan.

'Afgelopen maandag, 11 september.'

Ik geloof dat ik de datum noemde omdat die nu in mijn leven ook een historische is.

'Hoe?' Ik weet dat Wiesje zeker weet dat ze een overbodige vraag stelt, maar soms is zo'n vraag er ook voor de zekerheid.

'Ja,' zeg ik. Waarom weet ik dat zeker? Omdat het soms niet anders kan zijn?

'Heb jij haar gevonden?'

'Nee, ze is in een inrichting doodgegaan. Ik was ernaartoe om haar te bezoeken. Waarschijnlijk wilde ze dat niet, maar ik ging toch. Het was altijd moeilijk te zeggen wat ze niet wilde en wat wel, altijd een gok. Ik had haar al een paar jaar niet gezien. En toen ze me een tijdje terug schreef dat ze daar zat, beschouwde ik dat toch als een uitnodiging, nou ja, een uitnodiging, als een vraag. Het was een kaart met een tekening uit een avontuur van Kuifje, kapitein Haddock die door een draaideur naar buiten wordt geslingerd, doordat hij niet in de gaten had dat het geen gewone deur was die hij woedend achter zich dichtsloeg. Ze weet dat ik erg kan lachen om dat beeld, dat ik er lang vrolijk van blijf.'

'Kreeg je een indruk van haar? Ik bedoel, vond je het niet ondenkbaar dat het zou kunnen gebeuren?'

'Ik heb haar niet meer gezien. Het was al gebeurd toen ik er kwam. De dag ervoor.'

'Hoe...?'

'Weet ik niet.'

'Er is daar toch toezicht!'

'Weet ik ook niet. Ik neem aan van wel.'

'Zit je stuk?'

'Ja.'

Ik wilde over dat appartement beginnen, maar dat hoefde niet. Ze kent mijn gedachten soms beter dan ik zelf.

Ze zei: 'De conciërge heeft de sleutel. Wil je wel overdreven met twee woorden spreken? Daar is ze ziekelijk op gesteld. Ze leest altijd een boek van Alexandre Dumas, sommige telkens opnieuw. De bewoners noemen haar madame Dumas. Ze is daar trots op.'

Bijna twintig jaar geleden. Ook voor zo'n gesprek hoef ik niet eens mijn best te doen het me te herinneren alsof het een paar minuten geleden plaatsvond.

En nu is Wiesje aan het weggaan uit mijn leven, maar het is nu later, veel later, weer dat zuchtende woord, later.

Meer dan goed genoeg

Ik onthoud getallen nooit, jaartallen ook niet, maar soms moet ik me er toch op concentreren. Af en toe heb ik behoefte aan structuur. Dan denk ik aan data, noteer ik die in een notitieboek waarin ik op de eerste pagina in mijn netste handschrift STRUCTUUR heb geschreven, zet er plaatsen naast, namen, details die me te binnen schieten, aantekeningen die uiteraard alleen ik begrijp, ik vind het zelf geruststellend dat ik de enige ben. Ze vertellen veel over mijn leven, ook al zijn het voor een belangrijk deel raadselachtige notities. Maar nu niet: Gemert, Wiesje!

Ik ga niet terug, de tijd gaat terug naar mij, halverwege de jaren negentig, een lezing, in Gemert, waar ik vroeger vaak met mijn ouders kwam. Of het vaak was, weet ik trouwens niet. Het lijkt zo, van die zonovergoten momenten. Ik moet mijn ogen dichtknijpen als ik eraan denk, zo fel en warm is het licht.

Een kasteel. Mijn vader heeft daar een tijdje gewoond, op een internaat, een seminarium. Vanuit Halsteren ging hij erheen om zijn gymnasium te doen. Hij wilde pater worden of dacht dat hij dat wilde. Misschien moest het wel van zijn ouders, van zijn moeder dan, zijn vader leek me geen sturend iemand. Misschien was het wel een gewoonte, de oudste zoon van een rooms-katholiek Brabants gezin. Vreemd dat ik er zo weinig van weet, vreemd dat ik mij er nooit toe kon zetten dat te vragen. Toen. Vooral na zijn dood donderden de vragen over elkaar heen en wist ik niet eens welke ik het belangrijkst vond. Ook dat verontrustte me. Dat ik dat niet wist, dat ik mijn vader zo slecht kende dat ik uit die vragen geen keuze kon maken. Ik zag toen pas in hoe ver weg ik van hen had geleefd, van hem en mijn moeder, 'van moeder' zeg ik nu graag, zonder bezittelijk voornaamwoord, ik heb behoefte aan die kinderlijke intimiteit die alle veiligheid suggereert die je maar kunt wensen.

Mijn genegenheid voor hen is altijd groot geweest, mijn bewondering ook, hoewel ik veel idealiseer, omdat ik dat wil, omdat ik voorbeeldige ouders wil hebben, mensen vol zorgzaamheid en te delen plezier. Dat waren ze niet en dat waren ze wel. Maar ik was ver weg en als ik dichtbij kwam speelde ik een rol die ik graag wilde spelen, de zoon die graag thuiskomt, die dat belangrijk vindt en van wie zij kunnen zeggen dat ze een zoon hebben die ze gelukkig zo nu en dan zien. Zo nu en dan, niet vaker: 'Dat hoeft ook niet. We moeten elkaar onze eigen levens gunnen. We weten dat je het druk hebt. We maken ons daar weleens zorgen over, jongen.'

Soms is het een karwei jezelf een leven te gunnen, maar je moet het zo nu en dan wel zo zeggen.

Dit zijn gedachten tijdens een trage busreis in de lauw verlichte namiddag door verstild en halfvergeten Nederland, minstens een uur of langer uit de buurt van het gewoel en de gure haast en alles wat dwingend, zeurend ja, om aandacht vraagt. Het is net of ik nergens ben en dat bevalt me zo goed dat ik inzichten toelaat die ik in mijn omgeving uit de weg ga. In de bus ruikt het naar stof, naar crème waarmee mensen zich insmeren om minder oud te lijken, naar zoete limonade, broodjes kaas.

Ik heb iemand verlaten, alles daaraan is diep verdrietig, ik ben weer aan een ander leven begonnen, zonder meer verstand van mezelf te hebben. Als ik me bind aan een geliefde, komt er in me iemand tevoorschijn met wie ik me geen raad weet. Bang aan te raken, bang aangeraakt te worden, bang op te gaan in een betekenis waarvan ik niet weet hoe ik die moet handhaven, niets is goed genoeg terwijl alles meer dan goed genoeg moet zijn, veel meer dan meer dan goed genoeg, veel meer. Ik denk veel aan de vrouw die ik verliet. Ze wilde me beschermen tegen wie ik was. Dat kon natuurlijk niet. Dat iemand dat wilde, had ik als het hoogste goed moeten beschouwen, maar ik maakte mezelf wijs dat ik het beklemmend vond.

Omhels me, maar laat me dan weer zo snel mogelijk los.

Mijn ouders gingen dikwijls op bezoek bij paters die vrienden van mijn vader waren, ze woonden in dat kasteel. Ik vond dat interessant, paters die hun vrienden waren, toen, en dan ook nog een kasteel. Het hoorde bij een tijd die alleen nog maar oud is, vergeelde foto's in bestofte en uit elkaar vallende boeken.

Wist mijn vader zeker dat hij wilde worden waartoe hij daar in dat kasteel werd opgeleid? Ik kan me nauwelijks een voorstelling maken van zijn jaren daarvoor, de jongen, de puber, van wat hij dacht, van hoe hij zich een leven voorstelde waarin niet veel later de oorlog kwam. En kort daarna mijn moeder.

Ik werd zijn oudste zoon die schrijver wilde worden, en ik wist zeker dat ik dat wilde, het kon niet anders, mijn fantasie was de baas over mij en mijn fascinatie van alles te maken wat er nog niet was. Hij juichte het toe, 'maar je moet wel gaan studeren, je moet wel een vak hebben waarmee je je geld verdient'. Onverdraaglijke woorden vond ik dat. De puber in mij schreeuwde dat je iets moest doen waarmee je Het Leven verdiende, weg met dat stomme geld!

Pas na zijn dood kwam ik een foto van hem tegen in paterspak. Ik wist hoe dat heette, ik was misdienaar geweest, maar had geen zin meer om aan van die enorm katholieke woorden te denken. Ook omdat ik kort daarvoor had gehoord over de hoogst ranzige gebeurtenissen, de katholieke misdaden op mijn deftige middelbare school, dat paters, die in hoog aanzien stonden, jongens hadden misbruikt, een woord waarover ik altijd verduisterd moet nadenken. Wat is de tegenstelling ervan? Ik had genoeg van paters en paterachtige dingen en paterachtige uitdossingen en herinneringen aan paters en praten over paters.

Het misstond hem niet, het gaf hem zacht gezag. Waarom hij ervan afzag, heeft hij me nooit verteld. Het was voordat hij mijn moeder ontmoette, wat een uitstekende reden was geweest. Hij bleef hechten aan de banden met de paters die hem opleidden. De pater die een van zijn beste vrienden werd, was een filosoof die later een belangrijke functie in het Vaticaan kreeg, terwijl hij alles wat het Vaticaan vertegenwoordigde verafschuwde. Ik heb hem weleens bezocht, samen met een vriendin, mijn vriendin toen, in de snikhete zomer van 1974, kort voor het WK voetbal. Hij leidde ons rond in het Vaticaan, ook langs plekken waar je niet mocht komen, we gingen naar cafés waar je ontzettend goede espresso kon drinken, volgens hem de beste dorstlesser op snikhete Italiaanse dagen. In de avond aten we soms met hem, hij kende van die kleine restaurants die je echt moet weten, en hij vertelde over Rome en over mijn ouders en waarom hij priester was, wat me net als mijn vader zeer interesseerde, waarom hij geloofde in een wereld waarin priesters een rol konden spelen, wie God voor hem was, de ultieme waarheid en schoonheid, niet iemand aan wie we persoonlijke eigenschappen moeten toeschrijven, daar moeten we mee ophouden, de schoonheid van de waarheid, hoop, optimisme, tolerantie. Alles was waar, alles nam ik mee, alles herinner ik me, alles hoort bij mijn vader, ook bij mijn moeder, bij mijn Nijmeegse jeugd, de stad onder de diepblauwe lucht waar de kerkklokken puur feestelijk doorheen golfden en waarin je gedachten meegingen, gedachten met als middelpunt de heilige zekerheid dat alles goed zou blijven of goed zou komen, dat zorgen echt niet nodig waren, alleen maar tijdverlies veroorzaakten.

In de buurt komen

Bij de ingang van de zaal word ik verwelkomd door een vrouw van wie ik de stem herken van het telefoongesprek waarin we deze afspraak maakten. Ze is hartelijk, ze heeft zin vaak te lachen, aan sommige mensen is dat meteen te zien, mensen die het leven gul maken, hun plezier aan je doorgeven: 'We hebben ons op je verheugd.'

Wat hoor ik dat graag, ik ben gek op complimenten. Beter begin van een lezing kan ik niet bedenken, ook al ben ik nog niet eens begonnen.

'Ik heb me ook op deze middag verheugd.' Ik meen het, graag maak ik de sfeer die het compliment veroorzaakt, nog wat voller, onze goede bedoelingen moeten een juichend leven leiden, soms is dat het enige wat ons siert, goede bedoelingen.

Terwijl ik vertel en voorlees en de lachers op mijn hand krijg en vragen beantwoord en de charmantste versie van mezelf etaleer, voel ik de hele tijd dat er iets is, er is altijd iets, maar iets met een betekenis die ik nog niet ken, en ik ben niet in de gelegenheid me erop te concentreren, terwijl ik weet dat die concentratie me helpt. Ik voel geen verontrusting, het is meer een kwestie van waakzaam zijn, er is iets aan het veranderen en ik weet niet wat, terwijl ik met die verandering te maken heb.

Sommige vragen komen me zo bekend voor dat ik niet

over het antwoord hoef na te denken ('Is het autobiografisch wat u schrijft?'), het antwoord komt automatisch uit me. Het doet me ook genoegen, antwoorden die blijvend bestaan. Tijdens die momenten zie ik iemand naderen, lachend, vastberaden. De uitgang van de zaal is gesloten, ondanks het warme weer ('in de zaal hiertegenover repeteert ons kerkkoor, we hebben nog geprotesteerd, maar de pastoor is hier de baas en die zei dat het mocht'), en de deuren zijn volgens mij niet opengegaan, het was me opgevallen. Terwijl ik iemand zie naderen, gromt er zacht schuldgevoel in mij. Ik ben wat vergeten, misschien zelfs iemand, ik heb iets niet geweten wat ik had moeten weten, nonchalant geweest, zoiets. Een hoofd buigt zich met stoere aandacht naar me toe. Ken ik dat gezicht? Ik moet me op de mensen in deze zaal concentreren.

'Kunt u de vraag herhalen?' zeg ik.

'Thomas – ik mag toch Thomas zeggen? Thomas, soms is het alsof je een collage maakt van de ingrediënten van een verhaal in plaats van dat je dat verhaal van a tot z vertelt.'

'O, het is geen vraag,' zeg ik. 'Maar het hoeft ook niet. Al die vragen! Er zijn al genoeg vragen.' Ik kijk haar aan, het is waar wat ze zegt. Een gezicht met bruine ogen die bij innige warmte horen. Er is iets met haar mondhoeken, ze verschillen van elkaar, ze lacht, maar het is een gehavende lach, misschien een verkeerde corrigerende operatie, ze zal een jaar of veertig zijn. Ongeluk kan ook. Ja, een van de mondhoeken hangt een beetje, klein beetje maar, maar net genoeg om opvallend te zijn.

Ik zeg dat ik schrijf om ergens in de buurt te komen.

'Van wat?' Ze lacht weer. Wat er mis is met een van haar mondhoeken, maakt haar onweerstaanbaar. Ik stel me voor dat ik haar zeg dat het niet erg is, dat we allemaal barsten hebben, dat mensen zonder barsten oersaai zijn, ook barsten in je gedachten, 'anders zou ik dit allemaal toch niet tegen je durven zeggen!' En haar dan kussen, zacht, lang.

'Ja, van wat? Ja, in de buurt van een antwoord dat niet bestaat, het antwoord op de vraag hoe te leven. Dat antwoord is ondenkbaar, maar we kunnen erbij in de buurt komen, we kunnen in de buurt komen van een onvoorstelbaar antwoord, van een ondenkbaar antwoord.'

'Maar waarom dan vooral ingrediënten?'

'Ja, dat is mijn manier, ik stamel en tast, ik verken een landschap dat zich niet laat kennen. Sorry dat ik uw, je vraag niet beter kan beantwoorden.'

'Het was geen vraag. Wat je net zei: er zijn al genoeg vragen. Ik begrijp wat je bedoelt. Ik denk graag na over wat je schrijft. En wat je daarover zegt.'

Ik knik. 'Dank je.' Ik steek mijn duim omhoog. 'Fijn te horen.'

De vrouw die deze middag heeft georganiseerd, komt naar voren. Ze knikt me toe en terwijl ze dat doet, knijpt ze even haar ogen dicht, zoals tantes in je kindertijd deden, om je gerust te stellen.

'Ik denk dat ik namens iedereen hier spreek als ik zeg dat het een onvergetelijke middag was. Met name het kijkje in de keuken zal vooral voor de dames van de leesclubs verhelderend zijn geweest. Mag ik u danken voor uw openhartigheid?'

'Graag gedaan,' zeg ik. En daar ga ik weer: 'Ik vond u ook een inspirerend publiek.' Natuurlijk schepje erbovenop: 'Ik voelde me meteen thuis.' Nu ophouden!

'Ik heb begrepen dat u bereid bent uw boeken te signeren. We hebben in de gang een tafeltje gezet. En onze boekhandelaar...'

Ik ben nog niet in de gang, toch zie ik het tafeltje al, mijn boeken erop, misschien het pastelkleurige geldkistje van de boekhandelaar, maar er is nog iets, een aanwezigheid. Die is er al.

'Met alle plezier,' zeg ik.

'Maar natuurlijk...' De vrouw wenkt een andere vrouw die zich met een intimiderend grote bos bloemen naar haar toe haast, met grote ongemakkelijke passen, een bos waaruit ondecoratieve pluimen steken. Het plastic eromheen maakt het geluid van forse dreigende insecten. 'Natuurlijk hoort er een bloemetje bij.'

'Prachtig, prachtig,' kakel ik. 'Daar kan ik mee thuiskomen.' Waar blijft het schepje? Daar is het: 'In de trein vraagt de conducteur vast of ik iets goed te maken heb. Of nog erger: dat had u niet hoeven doen.' Ik hoor weer lachers. Uitstekend. Nog een schepje: 'En als ik dan van het station naar huis loop, kom ik altijd wel een vrouw tegen die vraagt: zijn die voor mij?' Nog meer lachers. Ik zeg er natuurlijk niet bij dat ik af en toe tegen zo'n vrouw zeg: ja. Alstublieft. Dan haar bloemen geven en haastig doorlopen. Dat die handeling enorme voldoening veroorzaakt.

O ja, daar is die, een mistige namiddag. Die namiddag komt automatisch in me op. Laat ik specifiek zijn, laat ik het hebben over het voorjaar nog niet zo lang geleden. Bij die middag hoort een vrouw voor wie ik meteen woorden heb, het is onvoorstelbaar dat ze zich vanmiddag onder mijn gehoor zou kunnen bevinden, maar ik kom haar wel tegen natuurlijk. Ja, daar is ze. Ze neemt de bloemen in ontvangst alsof het niet anders kan gaan dan zo.

Ze zegt: 'Wil je niet zien hoe ik ze in een vaas zet? Ik woon daar.' Ze wijst nonchalant naar de overkant van het park waaraan ik ook woon, maar dan aan de andere kant die de 'stille kant' wordt genoemd. Haar kant is niet stil, er haast zich onophoudelijk verkeer doorheen. Ik knik: 'Maar daarom gaf ik ze niet.'

Ze zegt: 'Dat hoef je niet te zeggen. Ik stelde toch die belachelijk impertinente vraag, zo'n grapje dat je eigenlijk niet moet maken, maar ach, die dingen gebeuren.'

'Die dingen gebeuren,' herhaal ik. Altijd zijn het die dingen die gebeuren.

Ze loopt dicht tegen me aan, onze lichamen raken elkaar. 'Ik zie je weleens in een van de cafés hier. Je zit altijd te lezen.'

'Ik houd ervan in cafés te lezen.'

'Dat is te zien. Goed gezicht is het. Waren die bloemen voor iemand? Of voor jezelf? Kijk daar.' Ze wijst naar de eerste etage van het huis waar ik dagelijks wel een keer voorbijloop. 'Interessant,' zegt ze. 'Dat jij het interessant vindt te zien hoe iemand bloemen in een vaas zet. Wat doe je?'

'Schrijver, ik ben schrijver.'

'Wat toevallig. Ik ook.'

'Hoe heet je?'

'Ik schrijf niet onder mijn eigen naam. Thrillers. Beetje paranormale. Sommige zijn populair.'

'Thrillers,' zeg ik. Ik moet niet vragen onder welke naam ze die publiceert. Ze wil het daar niet over hebben, dat is helder. Ik snap dat trouwens wel. Het gaat altijd alleen maar om de boeken. Liefst zou ik hebben dat ze allemaal anoniem werden uitgebracht, goede kaft, goede titel, verder geen gedoe eromheen.

De deur van het huis waarin ze een etage bewoont, heeft drie sloten. Ik moet naar haar kijken, denk ik ineens. Als ik straks zou moeten vertellen hoe ze eruitzag, had ik geen idee. Misschien word ik wel gehinderd door de vraag waarom ik met haar meega. Ja, haar toon, haar vastberaden helderheid, een lach die ik nog nooit gezien heb, vrolijk en superieur.

Ze gaat me voor. Rode laarsjes, groene panty, lange dansbenen. Als ik het opschreef, diste ik een aanstootgevend cliché op, maar soms is er niets anders van momenten te maken, de momenten op de trap zijn rode laarsjes, groene panty, lange dansbenen, ik heb verder geen gedachten waarmee ik uit de voeten kan, ja, nerveus, dat ben ik wel, en tegelijkertijd nieuwsgierig.

Ze heeft mijn bloemen vast, in één hand, de bloemen rusten op haar rechterarm, ze hoeft geen steun aan de leuning te vinden om de trap soepel te bestijgen, ja, dansend.

'Entrez.'

Een wand met boeken, kolossaal bureau met daarop onvoorstelbare orde, twee fauteuils, verder leeg, niet eens een tafel, geen stapeltje kranten, de plankenvloer is lichtblauw, aan de voorkant balkondeuren, het is net alsof daarachter een uitzicht is waarnaar ik benieuwd moet zijn, het is de andere kant van mijn uitzicht. Ik sta hier in de deuropening en er overkomt me van alles waarmee ik me geen raad weet, maar ik weet me met haast niets raad, wat ik altijd wil verbergen en waaraan ik een dagtaak heb, ik moet me alleen maar bewegen in wat ik zelf bedenk, dit bedenk ik ook vast en misschien moet ik nu de boel gaan regelen. 'Heb je vazen in huis?' Kolossale vraag. Ik ben hier alleen in een situatie die door een paar dartele zinnen is veroorzaakt. Ik ben hier alleen maar om het toeval te vieren, het toeval dat je leven in een fractie van een seconde kan veranderen. Ik weet dat het zo is, maar ik wil het keer op keer opnieuw weten en graag zo intens mogelijk.

'Een,' zegt ze en ze steekt een vaas omhoog, een roomwitte. Waar ze die vandaan heeft gehaald, geen idee, maar ze moet natuurlijk ook kasten hebben en een slaapkamer en nog meer.

Nu zie ik naast de ruimte waar ze uit vandaan kwam, de keuken, een zachtboard bord hangen waarop foto's zijn geprikt, allemaal van haar, in kleren die je in glossy's kunt bekijken. Ze is model. Ze ziet dat ik ernaar kijk.

'Doe ik erbij. Soms. Ik heb geld nodig om te reizen.'

'Dat doe je veel?'

'Als het maar even kan, ben ik weg. Ik ben graag iemand die weg is. Jij?'

'Ik ook. Ik ben het ook bijna altijd.'

'Waar ga je heen?'

'Ik hoef nergens heen te gaan om weg te zijn.'

Een foto trekt mijn aandacht, ze staat in een wintersportgebied. Ze staat op een oerkeurig balkon, ontspannen, één hand op het houten hek, de bomen, de bergen die altijd in folders te zien zijn. Ze heeft een trui aan en een wollen rok, blauw overheerst. Het is haar manier van kijken. Alsof ze meer ziet dan er te zien is. Alsof ze daar wel is, maar ergens anders, omdat ze overal is waar ze wil zijn, permanent, en daar onbevangen om zich heen kijkt. Ja, daarom ging ik met haar mee. Alsof ik dat wil verifiëren. Ik zag dat ook toen ze de bloemen vrolijk accepteerde. Ik zie altijd meer dan er te zien is. Daarom zoek ik mensen die dat ook hebben. Om te geloven dat het waar is dat je zoiets overkomt.

Ze schikt de bloemen. 'Zei de bloemist dat je er goed voor moest zorgen? Praatte hij erover alsof bloemen kleine, bijzondere mensjes zijn die heel veel aandacht verdienen?'

'Ik heb ze niet gekocht. Gekregen.'

'Ook gekregen. Van iemand zoals jij?'

'Ik hield een praatje in de bibliotheek in Oost.'

'Een praatje?'

'Lezing.'

'Zeg dan lezing.'

'Wil het niet belangrijker maken dan het is.'

'Was het onbelangrijk?'

'Nee. Volgens mij niet.'

'Zeg dan lezing.'

Zo wil ik ook praten, niet tegen mezelf, tegen iemand anders. Alles zo helder mogelijk houden, niet te klein maken.

Ze houdt de vaas bloemen omhoog en zet die dan op de rand van haar bureau. De orde daar wordt meteen een andere orde.

We staan tegenover elkaar, tussen ons nauwelijks een meter. De namiddag is van kleur verschoten, het is de kleur van naderend onweer, de kleur die ook een geur heeft, een brandgeur, we moeten waakzaam zijn, kunnen niet zomaar doorleven alsof er niets aan de hand is, wat we veel te vaak doen tegen beter weten in. Dadelijk komt er lawaai in onze kleine wereld, we hebben daar niets tegen in te brengen, het overstemt al het lawaai dat er in ons huist.

'Je houdt van onweer,' zegt ze.

'Als kind al.'

'Ja, ik zie je wel als kind. Voor het raam?'

'Ja. En op de veranda.'

'De beste plek, een veranda.'

'En daarna de stilte natuurlijk.'

'De beste stilte, de stilte op een veranda. En na het onweer heeft ieder uitzicht een glans.'

'Optimisme.'

'Optimisme.'

Onze handen raken elkaar aan, ik pak haar rechter vast, een lange, slanke hand.

Ik zeg: 'Ik verzin dat we elkaar kussen nu.'

'Oké,' zegt ze met de lach die bij haar hoort wanneer ze meer ziet dan er te zien is.

'Verzin jij dat je dat ook wilt?'

'Oké.'

'En ik verzin dat ik daarna ga en dat we elkaar pas over lange tijd weer zien, jij bent op reis geweest, ik weg. En dan herinneren we ons deze middag, dit fragment van deze middag, de betekenis ervan. En de betekenis is dat we dit tegen elkaar zeggen.'

'Jij zegt het allemaal.'

'Maar jij verzint dat je dat wilt.'

'Oké.'

Daarna ga ik, want ik heb het gezegd, die woorden. Nog even en het onweer gaat zijn gang met ons en onze kleine wereld en ook de wereld die we bedenken. Ik loop het café op de hoek binnen. Daar zit ik te lezen. Het kan best zijn dat ik kwijt ben waar ik net was. Toch was het er, het gebeurde.

Wiesje

In Gemert heb ik het niet over deze momenten, die fracties van seconden die meters aan je leven toevoegen zonder dat je je de tijd gunt te beseffen wat je meemaakt als je daardoorheen loopt.

De vrouw van de organisatie vraagt: 'Zal ik ze even in een emmer zetten?'

Ze heeft al op die emmer gerekend, want die houdt ze met een hand omhoog, een emmer waarin fritessaus zat, romige.

Voordat ik aan het tafeltje plaatsneem, tot alles bereid, ga ik nog even naar de wc. Ik kijk in de spiegel, naar mijn veel te rode wangen, ik maak mijn gezicht nat, dep het droog, orden mijn haar, knik zelfhaat weg en dan hup de gang op, er staat een lange rij voor het tafeltje. Ik bof. Woord dat mijn moeder vaak zei: 'We boffen toch maar, jongen.'

'Hebt u misschien een glas wijn voor mij?' Liefst twee of drie, maar dat zeg ik niet. 'Ja, witte graag.'

Ik denk aan mijn huis, het appartement met uitzicht op het park, een woning waarnaar ik lang uitzag, alles daar hoort bij mij, ook de wanorde. Even door het park lopen, kopstootje in het café op de hoek, op het terras, het is een dag voor terrassen, voor verdwalen in vrolijke indrukken, lichte ontmoetingen die te kort zijn om dood te lopen, zomerse onbezonnenheid, zo'n dag, graag, alsjeblieft.

‘Kunt u er: *voor Beerke* in zetten, en: *met dank voor de vriendschap*?’

‘Natuurlijk,’ zeg ik. ‘Maar dan wel dat het uw vriendschap is. Hoe heet u?’

‘Iris.’

‘Mooie naam.’

‘Vindt u?’

‘Ja, mooie naam. Geboren uit zonnegloren. U kent dat gedicht vast van…’

‘Jacques Perk.’

‘Ja, die.’

Dit moet niet de hele rij zo doorgaan. Ik doe er geen schepje bovenop.

‘Kunt u erin zetten: *voor mijn allerliefste Koos die ik niet kan missen*?’

‘Maar dan wel dat ú hem niet kunt missen. Hoe heet u?’

‘Tonnie. Eigenlijk Antonia. Maar dat is zo veel.’

‘Ik doe Tonnie.’

‘Fijn hoor. Reuze bedankt.’

Ik houd van deze aandacht, ik denk de hele tijd: hiervoor ben ik naar Gemert gekomen. Trein, bus, straks weer bus, trein.

‘Wiesje,’ zegt ze.

‘Ik had vroeger een tante die zo heette. Tante Wiesje. Leuke vrouw. Haar man zat in de olie. Daarom reisden ze onophoudelijk de wereld rond, maar ze kwam graag bij ons thuis: “Hier vind ik het echt gezellig.” Dat zei ze. Ook de manier waarop ze het woord gezellig uitsprak was gezellig. Tante Wiesje. Vond ik altijd zo’n…’

En dan kijk ik haar aan. Ze is de laatste.

Haar lach is dun en nerveus. Witte tanden, maar haar snijtanden niet, die zijn een beetje verkleurd, niet ernstig, maar een klein beetje, alleen niet zo wit. Waarom zie ik dat meteen? Ja, omdat haar lach me overkomt, het is een manier van mij ontmoeten en ik haar, haar lach. Flarden van dat Franse liedje schieten door me heen, 'La tendresse'. Ik weet even niet wat ik moet zeggen. Zo is ze, ik weet niet waarom, iemand van wie ik niet weet wat ik over haar kan zeggen. Haar haar zit rommelig, alsof ze net uit bed komt. Donkerbruin is het. Er gloeit zomerzon in.

'Thomas,' zegt ze.

Waarom noemt ze mijn naam? Ik knik, terwijl mijn hoofd nauwelijks knikt, het is een kleine beweging. Vooral een manier van aankijken. Ik weet naar wie ik kijk, het schokt me, door mijn adem ritmisch in te houden voorkom ik dat ik ga trillen.

'Was je er zojuist bij?' vraag ik. Natuurlijk was ze erbij.

'Nee, vandaag niet. Eerder wel. Paar keer.'

'Ik heb je nooit gezien. Je was me vast opgevallen.' Pas op, denk ik, niet mijn hand overspelen.

'Dat hoefde ook niet. Ik wilde zien wie je was. En horen. Voordat ik je zou aanspreken. Voordat ik dat durfde.'

Ik moet een vraag stellen, maar geen idee welke. Een vraag die haar hier houdt.

'Zet ik: *Voor Wiesje* in het boek?'

'Vind je het raar als ik je vraag dat dadelijk te doen, als je klaar bent? Gaan we wat drinken. Hier aan de overkant is een leuk cafeetje. Ik moet je iets zeggen, iets wat je belangrijk vindt, dat weet ik zeker.'

'Natuurlijk.' Lang geleden dat ik iemand *een leuk cafeetje* heb horen zeggen. Het tilt deze middag op. Met Wiesje in een leuk cafeetje, het is net een lied, een lief liedje, parmantig gitaarspel, refrein waar je op meebeweegt, uitgelaten, met een glimlach die voorlopig niet wil wijken.

Ze raakt een fractie van een seconde mijn hand aan en draait zich om, ze is meteen ook heel erg weg, alsof ze opgelost is.

Mooiste dag van het jaar

Wiesje zit aan een tafeltje waarop twee glazen staan en een fles wijn in een zilverkleurig emmertje, te klein om de hele fles koel te houden, maar misschien heeft het normaal een andere functie. Ze knikt lachend als ik tegenover haar ga zitten.

'Je was toch niet bang dat ik niet zou komen?' zeg ik. Aan veel wat ik zeg heb ik een vage hekel. Ook aan deze vraag.

'Natuurlijk niet.'

'Mag ik?' Ik schenk mijn glas vol, het hare is dat al. 'Het zijn geweldige bijeenkomsten, echt, maar daarna moet ik...' Ik tik met mijn glas tegen het hare.

'En dan ook nog met iemand in een café zitten.'

Ik kijk haar aan, ze komt me bekend voor, geen prietpraat, ik houd ook niet van prietpraat, het moet aan me te zien zijn.

'Ik wil je iets vragen,' zegt ze. 'Maar ik moet je eerst wat vertellen. Nee, wat ik wil vertellen is ook een vraag.'

'Vraag maar.'

'Wat herinner je je van de zomer van 1977?'

Niet vragen waarom ze dat vraagt, dat is belachelijk. De zomer van 1977. Mijn huwelijk was voorbij. Ik was jong getrouwd, belachelijk jong. Mijn vrouw was prachtig, maar voordat de relatie een huwelijk werd, was ze mijn geliefde. En die geliefde veranderde vanaf de trouwdag in een echtgenote die een ander mens van me wilde maken, alsof ik maakbaar was, een leraar met een ribbroek en een vlotte trui die ook losjes om de schouders te hangen viel. En dan de hele dag klassen, eindexamens, veertig jaar later een pensioen, tussendoor huisje in Frankrijk, een ruïne die zo 'zalig' op te knappen is. Ik geloof dat ik huilde toen ik dat besefte, terwijl ik zielsveel van haar hield en haar nog mooier dan prachtig vond. Ik moest weg, ontsnappen. Dat legde ik laf uit, ik weet niet meer hoe. Schaamte zorgt voor schemering in het geheugen.

Die zomer ging als een schorre zucht voorbij, ik woonde hier en daar bij vrienden, ik paste op hun huizen terwijl zij op vakantie waren, op poezen en planten en post, ik wist dat ik half september een etage kon krijgen aan het Kronenburgerpark, de plek bij uitstek om op uit te zien, ook al was het appartement klein en in zeer oorspronkelijke staat, het kon me niet schelen, ik voelde mezelf ook behoorlijk in oorspronkelijke staat.

'Je moet denken, hè,' zegt Wiesje.

'Het is lang geleden,' zeg ik. En ik voeg eraan toe dat ik niets lang geleden vind, wat ik zo vaak mogelijk zeg.

'Maar die zomer wel.'

'Die zomer wel?'

'Else.'

'Else?'

'Else Kan.'

'O god, Else.' Ik zie haar. De Grote Markt. Ik drink iets op het terras van café Marktzicht. Ineens lawaai, een opstootje, mensen rennen weg, geschreeuw, chaos die alle kanten op spat, en dan komt er een man naar het terras rennen die bebloed is en in paniek, een Molukse man, hij heeft een uniform aan, ik ren naar hem toe en probeer hem op te vangen, ik zit op mijn knieën, hij leunt op mijn linkerarm. Om me heen hoor ik roepen dat er gevochten is in een klein café op de hoek van de markt, mariniers en Molukkers, ook Molukse mariniers, de treinkaping is nog niet lang geleden. Ik voel ook paniek, want ik zie dat de man ernstig gewond is, hij is in zijn buik en borst gestoken, ik word opzij geduwd, iemand neemt de man van me over, er is een ambulance, pas als ik die zie hoor ik de sirene.

Ik ga staan en het is alsof alles om me heen verdwijnt, alle stemmen zijn veranderd in vaag gegrom met af en toe een hoge toon, mijn witte overhemd zit onder het bloed, ik loop naar het terras waar mijn colbert over een stoel hangt, ik doe het overhemd uit en trek het colbert aan en laat me in de stoel vallen. Ik hoor dat me iets gevraagd wordt, maar ik weet niet wat en heb trouwens nergens een antwoord op.

Ik heb hier afgesproken met mijn vrienden Bart en Hans. Waar blijven ze? Dan voel ik een hand op mijn schouder, een hand die niets weegt.

'Gaat het?'

Ik knik. De hand blijft op mijn schouder.

'Zal ik even bij je zitten?'

Weer knik ik.

'Ik ben Else. We hebben elkaar weleens gezien. Op een eindexamenfeest, geloof ik.'

Ik knik weer, ik blijf maar knikken, alles is waar wat er gebeurt, wat er gezegd wordt, wat we zien, alles in deze zomeravond. Ik kijk haar niet aan, ik kan me niet eens bewegen.

'Zal ik een nieuw glas pils voor je halen?'

Niemand noemt het zo, een glas pils.

'Graag,' zeg ik.

Ik hoor de muziek op Plein 1944. *Malle Babbe kom hier, lekker stuk, malle meid, lekker dier van plezier.* Het lied beweegt zich met duizend stemmen triomfantelijk hierheen. Ik wil weg en als ik ga staan, is Else er. 'Ze hebben alleen glazen van plastic. Hier.'

Ik pak het bier van haar aan en nu zie ik haar pas. Ik kan me haar niet herinneren van een eindexamenfeest, maar ik herinner me sowieso even niets. Een mager gezicht, dunne lippen en grote groene ogen, vooral heel vriendelijk, zo'n vriendelijk gezicht heb ik, geloof ik, nog nooit gezien. Een zwarte jurk die strak om haar heen zit, het is net als met haar hand: alsof ze niets kan wegen.

'Ik woon hier vlakbij. In de Smidstraat. Het is stil in mijn huis. Misschien kun je dat gebruiken.'

'Ja, graag, ik kan alles gebruiken wat maar stil is.'

Ze lacht, een innemende manier van lachen, vooral door haar neus, een snuffelig geluid, zo sympathiek.

'Vanavond is het trouwens niet doodstil. De Waalkade is één feest. Hangt af van hoe de wind staat. Misschien is het helemaal niet stil. Wat heb ik gezegd?'

'Else... Else toch? Else, het kan me niet schelen. Ik ga met je mee.'

Dat herhaalt ze later, die avond, na een keer of drie 'Black and Blue' van de Stones, voor altijd mijn lievelingsplaat van die band, ik weet het zeker, na veel koude wijn, na heel lang niets te hebben gezegd, ik op de grond, leunend tegen de bank, haar hoofd op mijn bovenbenen, na zich te hebben uitgekleed, 'Er is niets te zien hier', wijzend op haar kleine platte borsten, na mij te hebben uitgekleed – 'Je mag het niet zelf doen, jij bent de jongen die met me mee is gegaan, de jongen van de zomer van 1977, jij bent de jongen die met mij mee is gegaan.'

'Je bent zo vriendelijk,' zeg ik. 'Ineens zo'n mooi woord, vriendelijk. Zo'n mooi woord dat helemaal bij jou past.'

'Vriendelijk? Heeft iemand dat ooit tegen me gezegd? Ik weet het niet. Denk het niet.'

'Zo vriendelijk.'

Alles aan haar is vriendelijk en zacht, haar kalme bewegingen, haar stem, ze praat voortdurend, nauwelijks hoorbaar, she got a mind of her own, dat wel, haar vrolijkheid.

Wat ik me later afvroeg: misschien kent Jana haar, misschien kent binnen mijn kleine leven iedereen elkaar, zelf ben ik er nauwelijks, ik ben wat iedereen van me kent en dat vind ik best, want dat ben ik niet.

Ik hoor ergens een klok vier keer slaan. Else ligt op haar buik naast me, haar rug is onvoorstelbaar teer, ze heeft de billen van een hardloopster.

Ik moet dadelijk gaan, om negen uur wacht Bart op het station op me en ik moet mijn spullen nog pakken, we gaan naar Praag, Kafka zoeken. Op haar tafel ligt een notitieblok: *Dank je, Else Kan. Ik neem je vriendelijkheid mee, voor altijd. Liefs van de jongen die met je mee is gegaan.* Zo gaat dat in boeken, denk ik, boeken die ik lees omdat ik denk dat ze over mij gaan.

De stad is stil, hier en daar wat tastend licht in de hemel, de straten vol restanten van het zomerfeest, kramen, provisorische eettentjes, wat voorbij is begint over een paar uur opnieuw, nog beter, nog uitgelatener, een eindje verder vertrekken de eerste wandelaars.

Ik heb Else daarna nooit meer gezien.

Ik zeg tegen Wiesje dat ik nadat ik terug was gekomen uit Praag, drie weken later, meteen naar haar huis ben gegaan en daarna nog een keer en nog een keer, dat ik een briefje door de brievenbus heb gedaan.

'Paar dagen later vertrok ze naar haar moeder in Maastricht, mijn oma, die was ziek, ze moest haar verzorgen, de kanker zat al in haar hersenen, hetzelfde wat niet zo lang daarna met haar gebeurde, zo moeder, zo dochter.'

'Ze is...'

'Ja, zo lang geleden is het inmiddels, ik was tien. In de herfst van 1988, toen was ze weg, het kwam toch plots. De laatste maand lag ze in coma. We hebben geen afscheid genomen. Dat kon niet. Ach, zo lang geleden.'

'Niets is lang geleden. Voor jou al helemaal niet...'

'Heb je nog weleens aan haar gedacht?'

'Ja, natuurlijk.'

'Ik weet niet of het natuurlijk is.'

'Ik heb aan haar gedacht, Wiesje, echt. De laatste jaren misschien minder. Waarom heeft ze geen contact met mij gezocht?'

Ik weet dat ik ergens overheen praat.

'Ach, zo simpel,' zegt Wiesje. 'Zeker achteraf, zeker nu ze er niet meer is: bang voor afwijzing. De angst van ons allemaal, hoe het ook met je gaat: bang niet te worden erkend, niet te worden – hoe heet het? – bevestigd.'

'Weet je, ik ging met een vriend naar Praag, Bart, zo'n hartsvriend met wie je nooit praat over wat dan De Dingen heet, terwijl we toch alles van elkaar wisten. Maar daar in Praag, vertelde ik over haar, over Else. We wisten zeker dat we niet geschikt waren voor een vaste relatie, Bart en ik, daarvoor hadden we veel te veel aan ons hoofd, zeker nog een stuk of tien boeken die we wilden schrijven, de verantwoordelijkheid daarvoor, dat vooral, dat laatste. Ook de ruimte die we nodig hadden, veel ruimte.'

Terwijl ik dit vertel, dwaal ik door onze dagen in Praag, bewolkte, drukkend warme zomerdagen. Ik zie ons zitten in een donker café waar ik zeg dat Else... En terwijl ik me dat gesprek herinner, ook omdat het een gesprek was dat wél over De Dingen ging, kijk ik naar Wiesje, kan ik niet ophouden met naar haar te kijken en ondertussen is het net alsof alles wat ik haar vertel zich langzaam aan mijn greep onttrekt, omdat ik ineens, vast veel te laat deze middag, haar moet vragen wat ik helemaal niet hoef te vragen omdat die vraag al beantwoord is omdat ze hierheen is gekomen na al die jaren. Hoelang zitten we tegenover elkaar, ik weet het niet, waarom kwam niet in me op wat alleen maar in me op had moeten komen, misschien is het te groot, misschien was ik er niet helemaal met mijn gedachten bij, nog week van de bejubelde bijeenkomst hiervoor, nog in de wolken, door de tuttige complimenten. Ik wil nog wel wat zeggen, over Praag, over de vriend met wie ik daar was, maar het gaat niet, mijn stem is verdwenen in alles wat nu veel te groot is, ja, ik zeg toch wat, het is te dom voor woorden, maar wat ik zeg is een schamele poging zeker te weten wat ik al zeker weet: 'Else ging dood in 1988, je was tien jaar...'

Ze buigt zich naar voren, legt twee handen op mijn rechterhand, en knikt, langzaam, langdurig. Ze lacht niet, ze kijkt ernstig, maar terwijl ze ernstig kijkt, lacht ze, ze gééft haar ernst, ze gééft haar lach. Ik weet zeker dat ik nooit dieper ontroerd was dan nu, nooit, ik huil niet, maar ook wel, en zeg dat het me spijt dat ik huil en zij schudt haar hoofd en zegt dat ze al zo vaak heeft gehuild, om dit.

Ik zeg: 'Geloof me, ik wist het niet, ik wist het niet, hoe had ik het kunnen weten?'

'Het is niet erg, Thomas. Het is niet erg. Jij wist het niet. Zij wist niet waar ze je kon bereiken, ze deed ook niet haar best daarvoor, ze had haar handen vol aan haar moeder, ze wilde dat ook, ze was altijd moeilijk voor haar geweest, ze wilde het zo graag goedmaken, zo graag. Oma Sjaantje ging dood in februari. En in april was ik er, de mooiste dag van het jaar. Dat zei ze vaak, ze was nog in het huis, het statige huis van haar moeder, daar bleef ze een tijdje wonen: "Alles werd zo groen om ons heen. Zo popelend groen. Het was net alsof er een nieuwe tijd begon. De mooiste dag van het jaar, schatteke."'

Ik zie haar vriendelijke gezicht, haar tere lichaam, ik hoor haar zeggen dat ik de jongen ben die met haar meeging, ik hoor haar zachte stem schatteke zeggen. Ik wil ook schatteke tegen haar zeggen. Schatteke, schatteke. Schatteke! Ik wil weg hier, met Wiesje, maar ze schenkt de glazen nog eens vol, ze is onweerstaanbaar rustig. Ze is net zo ongelooflijk vriendelijk, zo onweerstaanbaar vriendelijk als haar moeder.

'Hoe wist je van mij?' De meeste vragen zijn nu onbelangrijk.

'Niet zo lang voor haar dood. Ze was nog thuis. Ze pakte een van je boeken.'

'Jézus, Wiesje, ik had geen idee!'

'Ze wees naar je foto achterop, naar dat veel te ernstige hoofd van je. Ze had ook een knipsel bewaard, een artikel uit een tijdschrift. Met een foto van je bij een schaakbord. Ze zei: dat is de jongen uit de zomer van 1977, hij ging met me mee. Daarna kwam jij.'

Niet vragen wat ze toen dacht.

'Wat dacht je toen?'

'Niks. Echt niet. Niks.'

'Woonden jullie in Nijmegen?'

'Ja. In het huis dat je kent, waaruit je in de vroege ochtend wegging. Ja, dat weet ik wel. Dat heeft ze verteld. Dat ze verbaasd was. Niet teleurgesteld, maar verbaasd. Mama werkte met moeilijk opvoedbare kinderen. Was ik ook, hoor. Zo, moeilijk opvoedbaar als de neten.'

Niet vragen hoezo.

'Was je ook echt moeilijk dan?'

'Viel wel mee, maar toch: moeilijk. En ik miste een vader. Ik geloof dat ik verongelijkt was. Ik miste jou. En ik wist niet eens dat jij het was die ik miste.'

'Wist je waar ik was? Hoe je me kon bereiken?'

'Was niet zo moeilijk, toch? Nee, ik deed niks, weet niet waarom, ik wilde zielig zijn waarschijnlijk, ja, dat is het. En toen ze dood was, kwam ik bij mensen die geweldig voor me waren. Nóg. In een gezin. Op de Berg en Dalseweg. Beetje schuin tegenover café Trianon.'

'Een van de beste straten van de stad, een van de beste cafés van de stad.'

'En langzamerhand werd je iemand van die boeken. Ik dacht: komt wel een keer. Dat heb ik heel lang gedacht. En nu voilà.'

'Voilà.'

'Ja, voilà. En ik dacht: misschien zie ik je maar één keer en dan weet je dit, heb je gehoord wat ik zei, heb je gehoord dat ik niet moeilijk doe, heb je gehoord dat jij ook niet moeilijk hoeft te doen want jij wist het niet, hoe kon je dan iets voor me betekenen? En ik wist ook dat wanneer ik je zou zien en dit allemaal zou zeggen dat...'

'Wat?'

'Van mijn moeder weet ik niet veel over je. God, ik was tien. Maar later las ik je. Las ik wat erover je geschreven is. Soms zat ik in de zaal wanneer je voorlas of vragen beantwoordde of hartstikke ernstig in een forum zat dat belangrijke kwesties behandelde. Zo'n forum waarover je later schreef dat je naast een gewichtig persoon zat die op zijn schouder een etiket had zitten. Hij had dat niet in de gaten. Slagersham stond er op dat etiket.'

'Dat had ik alleen maar bedacht.'

'O ja, je bedenkt alles, in ieder geval heel veel. Vertel mij wat. Maar goed, ik wist zeker dat, nee, ik moet het anders zeggen, ik vroeg me af of je was wat ik over je las, iemand die observeert, nooit echt meedoet, nooit ontregelende beslissingen neemt, altijd verdwijnt voordat alles in elkaar klapt, bén jij dat?'

'Ja. Ook. Ook niet. Zal ik het simpel zeggen? Simpeler kan niet.'

'Wat jij wilt. Ik vraag je iets. Het is jouw antwoord.'

'Ik ben er niet. Dat is het: ik ben er niet. Als ik er wel ben, verdwijn ik in schuld, want ik ben schuldig aan alles wat er maar mis kan gaan, aan alles.'

'Snap ik niet, ik...'

'Wiesje, het is niet te begrijpen, het is onmogelijk te begrijpen, ik ben het die het onmogelijk maakt, ik ben onmogelijk, daarom ben ik alleen maar wat ik verzin. Ik ben niet in staat tot mensen. Zo moet ik het zeggen, ik ben er niet toe in staat. Er zijn waarschijnlijk een stuk of tien verklaringen voor, maar ik heb ze nog niet gehoord. Ze hadden waarschijnlijk niet voorkomen dat ik onmogelijk ben. Niet dat er niet met me om te gaan valt, maar onmogelijk, ik bedoel het anders, ik ben er niet. En als schrijver moet je ervoor zorgen dat die onmogelijkheid een soort personage wordt, nee, geen sóórt, een personage. Ik wilde zo graag dat het anders was.' En dan zeg ik het: 'Ik wil zo graag dat het anders is, schatteke.'

Ja, dit had ik allemaal eens moeten zeggen. Daarom is ze er ook. Ze is naar die woorden toe gekomen!

Ze lacht, een lach van tranen die op verlossing wachten.

Ineens ziet ze er moe uit, bijna afwezig. Het kan best zijn dat alles gezegd is en dat dat zo veel is, dat er even geen ruimte is voor wat dan ook.

'Hoe ben je hier?' vraagt ze.

'Bus, Trein.'

'Ik ook, maar nu maar niet samen weg. Is veel te veel.'

'Waar woon je?'

'Ik ben in Nijmegen gebleven.'

En nu moet ik natuurlijk vragen wat ze daar doet, of ze daar studeert, waar ze woont, met wie, maar die vragen doen er vandaag niet toe.

‘Zal ik eerst gaan?’ vraagt ze.

‘Ja, alsjeblieft. Dank.’ Ik moet haar bedanken. ‘Dank voor alles.’ Misschien is alles veel, maar toch denk ik dat ik haar voor alles moet bedanken.

‘We zien elkaar. We zullen elkaar zien. En dan weet je wie je ziet en ik weet wie ik zie, ook al ben je er niet.’

Ze staat op en buigt zich naar me toe. Een kus die bij die tranen hoort. Ze loopt het café uit alsof ze gewend is een café na zo’n gesprek te verlaten. Het is of de ruimte met iedere stap verder verdwijnt.

Ik denk aan Praag. Ik zei tegen Bart dat Else misschien kon horen bij de verantwoordelijkheid die ik voelde voor wat ik vond dat me allemaal te doen stond. Hij zei: ‘We zijn hier voor Kafka. Als je dat denkt, ben je over zijn kwellingen en nachtmerries heen. Hoort bij onze bedevaart.’

Ik zei: ‘Ze is zo vriendelijk. We moeten dat een mooi woord vinden: vriendelijk. Mooiste woord dat er bestaat.’

‘Wij zijn ook vriendelijke jongens, Thom. Daarom zijn we vrienden.’

‘Ik heb je toch weleens over Jana verteld? Dat meisje dat ik ontmoette op de dag van mijn communiefeest.’

Wij houden ervan woorden uit het rijke roomse leven te gebruiken. Communiefeest. Niks feest. Maar toch: communiefeest. Ik zie dat Bart even moet nadenken. Jana?

‘Ik wist zeker dat ze bij het begin van mijn leven hoorde. Dat mijn leven ook met haar begon. Zo kun je toch denken? Nou ja, ik dacht het weleens en nu zeg ik het, tegen jou.’

‘Jongens als wij kunnen zo denken.’

‘Haar nam ik mee naar alle meisjes die ik leerde kennen, nee, niet echt, in gedachten natuurlijk, snap je ook wel, later naar alle meisjes op wie ik verliefd werd. Weer veel later ook naar Else. Daarom ging ik ook met haar mee. Denk ik, denk ik, weet ik veel. Nemen we er een wodkaatje bij?’

'Nee joh, niet weer.'

De avond ervoor waren we bijna uit een restaurant gejaagd omdat ze door die wodka dachten dat we Russen waren. Niemand bestelt wodka in Praag.

Ik kijk naar buiten, een straat in Gemert, een straat waaraan te zien is dat ze erdoorheen liep, dat ze eruit verdween, dat ze op het einde ervan zoekende om zich heen keek, naar de richting van een bus of een plein waar bussen vertrekken.

Maak het mooi

Misschien dacht ik iedere dag aan die middag. En nu is het vijfentwintig jaar later, er zijn veel zomers voorbij. Ik zeg: 'Je kwam uit het niets, toen.'

Daarna zagen we elkaar regelmatig, paar keer per jaar, wat waarschijnlijk regelmatig is. Ik heb haar getuige laten zijn van wat er gebeurde met iemand die is zoals ik ben. Ze wilde dat ook: 'Je zegt dat je er niet bent, maar ik wil alles van je weten. Wat je niet bent, zit ook in mij.'

En later: 'Ik begrijp het, hoor. Het is alleen maar wat je schrijft. Maar dat ben je toch ook.'

'Ik verzin het.'

En het duurt niet lang en dan is het nog later, ik zeg: 'Je kwam uit het niets, toen. Nee, natuurlijk niet uit het niets. Je kwam uit een zomeravond in Nijmegen, een avond in 1977, in juli.'

Dikwijls dacht ik: je bent naar me toe gekomen om jezelf te begrijpen, maar juist door jou snap ik meer van wie ik ben.

Dat zeg ik óók op de dag dat ze vertrekt, vijfentwintig jaar later dus, ik zeg dat het een jubileumgetal is, volstrekte onzin, maar ik zeg tijdens onze laatste momenten voortdurend dingen waarvan ik denk dat ze die momenten kunnen rekken. 'Graag ondramatisch' wil ze weggaan, ze weet dat ik er een hele toestand van kan maken. Heb ik van mijn vader. Die wilde belangrijke momenten ook altijd opblazen, misschien om het besef van die belangrijkheid alle ruimte te geven een propvolle herinnering te worden. Altijd toespraken, altijd veel te veel zware woorden, altijd toelichten wat niet toegelicht hoeft te worden. Hoort ook bij mij, ik heb het niet voor niets van hem meegenomen. Altijd overduidelijk zijn, alles wat niet zomaar is moet nadruk krijgen, anders is het er misschien niet genoeg, is het niet zomaar genoeg. Als ik denk aan wat ik van hem meenam, voel ik soms ontroering. Dat zeg ik dan ook weer: dat ik denkend aan mijn vader en zijn beheptheden, ontroering voel. En dan vragen: 'Snap je dat?' Of: 'Snappen júllie dat?' Want het is vaak in gezelschap. In bijna ieder gezelschap voel ik me verloren, maar als ik me even probeer voor te stellen dat ik dat niet ben, zoek ik naar het hoogste woord en de lachers. En de hypergevoeligen natuurlijk, ik herken hen meteen.

Daarom ook: 'Het is vijfentwintig jaar geleden, lieve schatteke.' Duizend keer wil ik lieve schatteke zeggen, omdat ik het nu mooie simpele woorden vind, lieve schatteke, is er iets mooiers?

Ze is ook niet gediend van die nadrukkelijkheid, ze heeft mijn verlegenheid, al kan zij er beter mee omgaan, zij is in alles makkelijker, ik ben er jaloers op, wat zou ik dat graag zijn, makkelijker. Ik voel een zucht naar dat talent. Ze accepteert mijn nadrukkelijkheid ook, soms licht zuchtend, soms even met de ogen omhoog, een fractie van een seconde kijkend naar iets wat niet te zien is, omdat van daaruit misschien inzichten komen die ze niet voor mogelijk houdt. O, wat honger ik naar die inzichten!

Ik wilde nog wat zeggen, maar ze gaf me de kans niet, misschien om te voorkomen dat we naar woorden zochten die er niet waren. Misschien waren ze er wel, maar dan waren het niet de juiste, geen woorden die konden zeggen wat we echt bedoelden. Daarom was het ook abrupt, dat afscheid: 'Ik ga nu. Denk niet dat ik het niet moeilijk vind. We zien elkaar niet meer. Niet bij alles moet je vragen waarom dat zo is. Straks word ik vijftig. Jij hebt weleens gezegd dat je vaak opnieuw begint met je leven. Dat als je dat niet doet, vaak, in ieder geval een paar keer opnieuw beginnen met leven, dat leven uiteindelijk te klein, te dun is geweest. Vond ik goed gezegd van je. Wanneer was dat ook alweer? Doet er niet toe. Als ik niet meer weet wanneer het was, is het niet belangrijk, alleen maar dat je het gezegd hebt. Het is waar, daar gaat het om. Niet iedereen zal het waar vinden, maar je hebt ook gezegd of geschreven dat wat iedereen waar vindt, waarheden zijn waarmee we veel te weinig kunnen. De enige waarheden van belang zijn die jij alleen maar waar vindt. Weet je, ik geloof dat. Dat je daarom leeft. Om die waarheden te ontdekken, om het met die waarheden te doen.'

Ze zei dat ze ver weg in de wereld wilde zijn. Dat ze in Californië wilde beginnen met ver weg te zijn. Californië! Dat ze op die manier door wil gaan met haar leven, dat ik daarover niets moet vragen, dat ik dat niet eens in mijn hoofd moet halen, ik zal het vast een keer begrijpen waarom het zo moet, want zo is het: het moet nu eenmaal.

Ze loopt zoekend door mijn werkkamer alsof ze ervan overtuigd is dat er links en rechts iets ligt wat van haar is. Ze is hier maar twee keer geweest, maar ze wilde in mijn werkkamer afscheid nemen – 'plaats delict', dat zei ze. Het zijn hooguit een paar foto's, foto's van ons samen. Misschien vindt ze wel niet dat die hier moeten blijven en zal ze zeggen dat ik gezegd heb dat herinneringen aan de momenten waarop die foto's gemaakt zijn, belangrijker zijn dan de foto's ervan, dat momenten niet te fotograferen zijn, dat je die alleen maar kunt honoreren door ze telkens weer op te roepen, door ze telkens anders te laten zijn. Dat heb ik inderdaad gezegd. Niets is wat het was omdat het nooit meer zo worden kan. Het kan ook best zijn dat ze alles wat ik in huis heb van Tom Petty and the Heartbreakers mee wil nemen, wat ik snap en wat ze moet doen, ik koop het allemaal wel opnieuw, wat kan mij het schelen? Ik heb een paar keer gezegd dat ik die muziek graag draai, dat ik er rustig van word.

Dan ineens haar hand om mijn nek, ze trekt mijn gezicht naar het hare, de kus, vluchtig, beschroomd, daardoor teer innig, elkaar even aankijken, onhandig, want onhandig kijken kan. Ze zegt: 'Maak het mooi, de rest van dat leven van je, zorg dat het mooi wordt.'

Ze loopt door de tuindeuren de volzomerse namiddag in. Alles in de tuin is wat er nu gebeurt, het is een Monet-tuin, de tuin in Giverny, groen en paars en wit, alles ademt zacht in de lauwe zomerwind, fluisterend water, ze brengt haar hand naar haar gezicht, wat doet ze? Het gebaar verandert de tuin, het is de tuin op een avond laat in de lente, we zaten hier, of het lang geleden is, weet ik niet meer, we moeten ophouden ons af te vragen of iets lang geleden is. Ook niet of het deze tuin was. Nee, het was niet deze tuin, ze kwam hier bijna nooit. Wel: onze tuin, in een ander jaar van onze levens, onze gesprekken die onlosmakelijk bij die levens horen, soms die levens zijn. Gesprekken over Nijmeegse dagen, ze kent de stad, ze kent de plekken waarvan ze weet dat ze bij mij horen, ze heeft me dat verteld: 'Niet moeilijk die te vinden.' Ze kent de namen van iedereen met wie ik die plekken deelde, de namen die ik hen gaf, ze is ook wie ik ben. Haar verhaal is het mijne. Ik weet zeker dat ik genoeg tijd heb het af te maken, hoewel ik over tijd nauwelijks iets te zeggen heb.

Het is klaar

Ook in Parijs gromt hier en daar onrust door wat er in Amerika gebeurde, vorige week. Het lijkt wel of er op straat meer mensen met elkaar in gesprek zijn dan anders. Meestal heeft iedereen haast. Haast hoort bij Parijs, beetje bozige haast. Het is nog vroeg op de middag, maar ik sta met een glas koude witte wijn op het balkon, zeshoog, ik kijk naar het gonzende verkeer, de golvende bewegingen van de bomen, de warmte ruikt hier naar Parijs, een geur waarnaar je meteen heimwee krijgt als je de stad weer voor langere tijd gaat verlaten.

Ik wil iets over Nienke denken, maar weet niet wat. Vond ik haar lastig toen ik haar voor het laatst zag? Of was het mijn onvermogen nog adequaat op haar te reageren, maar dat is hetzelfde als lastig. Ze was aanhalig, op het flirtige af, maar ik kon haar niet bereiken, ze wilde dat eens, dat was duidelijk.

‘Kijk, het is benauwend simpel. Hoe oud was ik? Paar jaar ouder dan jij toen je ziek werd en je ouders dachten dat je doodging en je dacht dat het allemaal jouw schuld was. Je werd niet ziek gemaakt, jij werd het. Je hebt het er vaak over. Die hersenvliesontsteking. En dat je verlamd was, terwijl je pas had leren lopen. Dat je in een grote couveuse lag, gevangen. En dat je ouders niet bij je mochten komen en alleen maar van een afstand naar je mochten zwaaien, bang dat jij dood zou gaan. Je was een teleurstelling, een fundamentele, angstaanjagende ontstellende teleurstelling. Kwam je daar ooit overheen? Zeg niet ja of nee. Je kwam er nooit overheen, ik ben niet gek, jij ook niet, want je weet het net zo goed als ik. Ik werd ook ziek. Mijn nalatigheid, mijn godvergeten nalatigheid in de hitte van die zomerdag, mijn spelende broertje dat dorst had, ik weet er niks meer van, maar dat is juist het erge, dat ik niets meer weet van hoe ik het leven van iedereen om me heen verwoestte. Hoe kun je daarvan herstellen? Niemand gaf me iets waardoor dat een béétje zou kunnen. Ja, jij, omdat ik je vertrouw, misschien ben je wel de enige die ik vertrouw, ik weet ook niet waarom, misschien omdat we ooit verliefd op elkaar werden in onze Zeeuwse dagen. Ik praat en denk daar altijd over als over een verloren paradijs. Maar jij bent ook nooit hersteld. Snap je dat woord, hersteld? Dat je opnieuw een plaats kunt bepalen in het leven dat je wilt leiden? Hérstellen. Maar lieverd, geen idee, écht geen idee. We drinken zo nu en dan, nou ja, vaker dan zo nu en dan om onszelf te kalmeren, maar er zou iets anders moeten zijn dat ons kalmeert. Weet je, ik word iedere dag zo donker wakker, man, met zo veel verdriet. Ik krijg het niet weggezet. Kijk om je heen!'

Ik kijk om me heen, ik loop naar de erker en ik zie rechts de Waal, de rivier van ons leven, de rivier die stroomt als de hartslag van een gezegende eeuwigheid. Alleen liep zij er nooit langs met haar vader, ik wel, gelukkig liepen wij er ook af en toe en vertelde ik wat mijn vader mij vertelde, over ons geweten, over het leven waarop je hoopt, over het geloof in wat je durft te hopen. Het is allemaal geloof. Zonder geloof in dat soort dingen, zonder geloof kun je niet leven.

Ik zeg dat ik steeds meer op mijn vader lijk. Hoe vaker ik het zeg, hoe meer het het geval is, ook al is het tot op zekere hoogte onzinnig.

Ze zet een fles Glenmorangie tussen ons in ('Gejat, schat') en twee flesjes Duvel.

'Het is klaar, denk ik,' zegt ze. 'Het is klaar. Gingen we zo nu en dan niet naar een toneelstuk waarvan jij na de pauze zei: eigenlijk hoef ik niet meer te zien. Ik was het altijd met je eens. Wat we hadden moeten meemaken, hadden we meegemaakt. Dat is toch jouw woord, meemaken? Ik praat soms als jij, Tommie. Ik hoop ook op een pauze en dat ik dat dan ook zeg. Dat ik meegemaakt heb wat ik heb moeten meemaken. Donder jij nu ook op?'

'Wat?'

'Wat ik zeg, het is allemaal klaar. Denk je nog weleens aan de Zeeuwse dagen? Jij hebt er later niets van gemaakt.'

'Je ging weg. Je was in Zwitserland.'

'Je had me daar toch weg kunnen halen. Moed, Tommie, dat zou moed zijn geweest, dat je daar voor die school had staan schreeuwen dat ik naar buiten moest komen en dat we naar het grootst mogelijke buiten waren vertrokken, ik weet ook niet waar dat is, maar dat had gekund, dát was een doel geweest dat mijn leven zinvol had gemaakt, misschien ook jouw leven, weet ik veel.'

'Maar...'

Ik sta in de tuin van toen. Ze roept, ze roept de naam van haar zusje, ze weet niet dat ik er ben, maar ik ben er.

'Hou op met je maar. Al dat gemaar hou je maar voor jezelf. Je bent goed in gemaar. Zo zingt je leven, máár dit, máár dat, o máár, o máármáár. Ik heb me vaak voorgesteld dat je daar stond. Dat ik mijn naam hoorde. Ik heb mijn naam zo weinig gehoord in mijn leven.'

'Zo kan ik niet met je praten.' Ik hoor me dit zeggen, ik haat het, al haar woorden zijn geweld. Ik moet niet zeggen dat ik zo niet met haar kan praten, ik ben geen onderwijzer, geen opvoeder, alleen maar iemand met een belofte, de belofte zo nu en dan met haar te praten. Ik moet zeggen dat ik niet in staat ben meer te zeggen dan ik nu doe. Ik reken nog steeds op geluk, zij kan aan dat geluk niets bijdragen, dat weet ze, dat weet ik.

'Je hoeft ook niet met me te praten. Waarom zou je? Wat heb ik aan al dat gepraat? We gaan lekker naar de Stones luisteren, wat wil je ook alweer altijd horen, o ja, die heb ik hier, en ondertussen drinken we het allemaal op.' Ze wijst naar de fles en de flesjes. 'En het wordt avond en donker en je blijft of je blijft niet. Zo vat ik wéér heel veel samen: het wordt donker en je blijft of je blijft niet. Godverklote, Tommie, godverklote. Mag ik je iets vragen? Ja, mag ik. Wanneer was je het gelukkigst in je leven?'

'Wat een...'

'Geef nou toch gewoon eens antwoord. Veel vragen zijn niet te beantwoorden, de meeste, maar deze wel. Kom op. Laten we alsjeblieft lekker over geluk praten.' Ze propt het woord geluk vol schorre diepte, een actrice die een onmogelijke zin grappig wil maken.

'Ik woonde bij een vriendin die ik nog niet zo lang kende, maar toch goed genoeg, ik wist zeker dat ik voor altijd bij haar zou blijven. Dat was een moment, dat zeker te weten, het was zomer, het was avond, ze had een kleine tuin, daar zat ik, in een gehavende stoel, ik had een biertje in mijn hand, om me heen klonk de zomer, stemmen, glazen, lachen, allemaal balkons en tuinen en tuintjes, ze had een plaat van Bob Dylan opgezet, *Street-Legal*, met dat onbegrijpelijke maar bloedmooie openingsnummer 'Changing of the Guards', en ik keek naar de hemel vol sterren, ik voelde de zachte warmte van de avond, haar aanwezigheid, zij was iemand van wie niets moest als je maar deed waar je zin in had, niet vol te houden, maar ze probeerde het, zeker die avond, ze was zo veilig, Nien, het was van die veiligheid waarnaar ik al duizend jaar gesnakt had. Jij?'

'Een ochtend. Die eerste Zeeuwse ochtend. We hadden niets, nou ja, we hadden alles, wat hadden de verwachting alles te krijgen van elkaar, maar er was nog niets gebeurd in die zin. Ik was naar de bakker geweest in het dorp. En ik kwam terug met dat brood en ik wist: dadelijk zie ik je, ik ga voor je zorgen, ik ga ervoor zorgen dat ik veel voor je beteken. Het was de eerste keer dat ik dat dacht. Ik was er zo vol van! Alles, alles, álles had zin.'

'En dat ging over?'

Ze staat op en loopt naar het raam, naar waar ik zojuist stond en naar de rivier keek. Haar armen hangen naast haar lichaam, haar vuisten zijn gebald, ze buigt haar hoofd. Wanhoop kliert door haar heen.

'Waarom vraag je dat? Waarom stel je een vraag waarvan je het antwoord al weet? Hoe zei je het zelf ooit? Ja, ik ben niet in staat tot mensen. Nou, dat delen we. Alleen heb jij het talent daarmee om te gaan. Ik heb geen talent, Tommie, echt niet. Ja, die tekeningen, maar dat is werk, gewoon werk dat me goed afgaat, moet je niet te moeilijk over doen. Staat een bakker die brood bakt zijn talent te vieren? Nee, hij doet zijn werk, met plezier, hoop ik, met zin erin. Je moet ergens talent voor hebben. Mag best voor iets kleins en onbeduidends zijn, maar iets, iets waarvoor je talent hebt. Weet je dat ik me nauwelijks herinner wat ik de afgelopen jaren gedaan heb om geld te verdienen voor, ja, voor wat? Ja, dit hier.'

Ze wijst niet om zich heen, maar naar de rivier. Ja, je woont bij een rivier, misschien wel meer dan op een etage. Ze herinnert zich haar opdrachten toch, de kinderboeken die ze illustreerde, twee keer bekroond, interviews in kranten, op de radio. Ik zei zo vaak dat ik trots op haar trots was, ik zág die trots, ook trots omdat ze wist dat ze op me kon rekenen. Ja, ik wilde dat zijn, ze wist dat ze op me kon rekenen, maar dat kwam vooral neer op avonden door de stad dwalen, langs de rivier, door de polder, vaak zwijgend, we wisten wat we niet zeiden en wat er niet te zeggen viel. Ze kon op me rekenen, maar ik wist niet wat ik meer te bieden had. Ik kán wel met mensen omgaan, maar alleen als ze dat toelaten, als ze mij toelaten. Nienke laat niemand toe, ook zichzelf niet. Ik kan niet zeggen dat ik me daaraan niet schuldig voel.

'Het is klaar,' zegt Nienke. 'We kijken naar een toneelstuk waarin niemand meer voorkomt. Het podium is leeg, het licht fel, de muziek oorverdovend, het is een droom waaruit we niet weg kunnen vluchten. Ik droomde laatst dat ik mijn dromen woord voor woord moest navertellen, maar ik wist niet met welk woord ik moest beginnen en terwijl ik over dat woord nadacht, in paniek, ik kreeg er koorts van, vervaagde alles wat ik gedroomd had.'

Wanneer was het deze namiddag, dit begin van een avond? Daarna ben ik door de benedenstad gaan lopen, ja, het was avond, overal zag ik licht branden. Als iemand had gevraagd wat ik vond wat ik zag, had ik misschien 'gezellig' gezegd, dat ik door het Nijmegen van mijn ouders liep, de stad waar zij zich thuis voelden, de stad van hun toekomst, de stad met open armen.

In het Kronenburgerpark ging ik op de bank zitten tegenover het hek waarachter ik voor het eerst herten zag, toen ik aan het leren lopen was. Altijd als ik daar loop, wat ik vaak doe, denk ik daaraan, aan mijn moeder die zo vrolijk bezig was me in staat te stellen overal heen te gaan in een ontzettend grote wereld waarvan ik geen idee had. Misschien dacht ik wel dat de wereld bestond uit de straat waar ik geboren werd en dit park. En later leerde ik opnieuw lopen toen ik na mijn ziekte was aangesterkt. Ja, twee keer had ik leren lopen, twee keer had ik geleerd hoe ik de ontzettend grote wereld in kon gaan. En niets daarvan had ik aan Nienke kunnen meegeven.

Ik weet niet wanneer ik het met Wiesje over deze momenten had, maar ik liet ze haar zien een van de keren dat we door Nijmegen liepen, en ze zei ook dat ze die zag in mijn woorden, dat ze blij was dat ze het allemaal kon begrijpen, terwijl ik niet helemaal begreep waarom ze daar blij om was.

Ik liet Wiesje de momenten zien waarop ik niets voor Nienke kon betekenen. Dat moest ik. Daarom had ik Wiesje ook nodig. Ik wilde van alles een verhaal maken, vooral van wat je moest in je leven, van jezelf, van iemand anders. En als het niet lukte, bedacht je er iets voor.

Alsof de letters een beetje buigen

Als ik met de warmte die de namiddagzon in mijn gezicht heeft achtergelaten en de eeuwigdurende bewegingen van Parijs in mijn oren het appartement weer binnen ga, zie ik op tafel een envelop staan, tegen een stapeltje boeken. Madame Dumas moet die hier hebben neergezet. Af en toe komt ze binnen om te zien of er niets is gebeurd wat monsieur Perret onwelgevallig zou kunnen zijn. Ze is oud en broos en erg lang, zo lang dat je soms bang bent dat ze in twee stukken breekt, zeker als ze met haar gezicht naar je toe komt wanneer ze je niet goed verstaat, wat altijd het geval is.

Mijn naam staat erop, dit adres. Als ik de envelop heb geopend en de brief eruit heb getrokken, zie ik mijn naam nogmaals staan. Er is iets omheen getekend, ja, de letters van mijn naam staan op een klein podium waarvoor een geopend gordijn hangt, het is net alsof de letters een beetje buigen, alsof ze applaus in ontvangst nemen. Ik stel me de glimlach van Wiesje voor terwijl ze dit tekende, want dat heb ik natuurlijk allang gezien, dat het post van Wiesje is.

De brief is één zin: 'Misschien kun je eens nadenken over de keren dat je afscheid nam.'

Ik heb Wiesje weleens gezegd dat ik over veel te veel niet wil nadenken, dat ik heus wel weet dat ik er zo niet aan kan ontsnappen, maar dat ik net wil doen of dat wel zo is. Dat hoort ook bij hoe ik mijn leven verzin.

Wiesje zei: 'En wat je verzint, is ook waar.'

En ik vulde aan: 'Want je verzint het.'

We lijken op elkaar

Kort na onze ontmoeting in Gemert zoek ik Wiesje in Nijmegen op. We hebben afgesproken in café Trianon, het café waar ik een groot deel van de jaren zeventig bijna dagelijks kwam, aan de Berg en Dalseweg. In de trein uit Amsterdam verweet ik mezelf toch dat ik haar niets over haarzelf gevraagd had, behalve waar ze woonde. Ze moest natuurlijk ook iets doen, een studie, een opleiding, een baan, ze maakte deel uit van een wereld om haar heen.

De avond van onze ontmoeting was ik vaag aangeschoten bij Hans beland, op zijn hoge etage met uitzicht op het Singel en het koninklijk paleis. Ik wilde over Wiesje vertellen maar deed dat niet.

Hans ging bier halen. We kennen elkaar ons hele leven, groeiden in dezelfde buurt op, gingen naar dezelfde school, studeerden daarna Nederlands en woonden weer bij elkaar in de buurt. Dat bleef zo. Soms gaat het zo met levens. En als je zo'n leven wilt samenvatten, dit is het, terwijl er om de haverklap iets gebeurde wat dat leven veranderde of kon veranderen, zonder dat we het lang over die gebeurtenissen hadden. Het was er allemaal en wij waren overal, met nieuwe liefdes, oude liefdes die toch liefdes bleven. We zochten en zoeken vooral de humor op. Alles moet uiteindelijk om te lachen zijn, want alles is absurd. Zo hielden we onze levens licht, wat ik meer nodig had dan hij, bij hem was die lichtheid vanzelfsprekend, hij wist niet beter. Hij wist alles over me wat er te weten viel, zonder dat ik wist hoe hij dat wist, net zoals Bart dat wist en ik van hem. Ik zou willen weten wat Hans over me vertelde als iemand vroeg wie ik was. Wat zou ik over hem kunnen vertellen? Altijd was het een opluchting dat we elkaar door en door kenden. Dat was er aan de hand als we bij elkaar waren, in sommige perioden dagelijks, in de late avond, maar ook lange tijden niet, wat door mij kwam, want vaak verdwaalde ik in een leven dat ver weg was van het leven dat ik wilde leiden.

Boven mijn bureau hangt een foto van Hans, Bart en mij, de jongens die zodra ze bij elkaar zijn, jongens gebleven zijn. Natuurlijk, het is een cliché, maar van sommige clichés kan het me geen moer schelen dat het clichés zijn.

Of Bart er die avond 'na Gemert' ook was? Vast, maar die vrolijke uren zijn in een vage marge van mijn herinnering verdwenen. Ik kan ze oproepen, maar ik weet hoe die uren zijn. We hadden er honderden. En toen Bart vijftien jaar later doodging, maagkanker, bleef hij met ons doorleven. We hebben geen verhalen over onze vriendschap, we zijn dat verhaal dat alleen wij kennen. In mijn hoofd zit het. Ik kan er ieder moment naar luisteren.

Ik kan beter met vrouwen dan met mannen opschieten, maar Bart en Hans zijn altijd mijn beste vrienden geweest. We omarmen onze levens. We hebben weleens tegen elkaar gezegd dat we na al die jaren en jaren, na al die avonturen en vrolijkheid en mislukkingen vast met ons drieën ergens zullen overblijven. Bekaf maar onbeteugelbaar monter. Graag weer een schaaktoernooi zoals zo vaak, graag weer een essay over het lied 'Huilen is voor jou te laat' waarin de vraag wordt behandeld of de zangeres zingt *ik kom niet meer* of *ik kan niet meer*, graag weer honderd plannen die op niets uitlopen, graag weer wandelingen door Nijmegen, onze stad waar alleen Bart bleef wonen, graag weer naar herhalingen van *Toppop* kijken, graag weer tentoonstellingen openen, graag alles en meer dan alles want nooit kan alles genoeg zijn.

Ik heb het meteen over hen, over Hans en Bart, als ik naast Wiesje ben gaan zitten op het terras van Trianon, schuin tegenover het huis waar ze jarenlang woonde. Dat we hier bijna dagelijks kwamen, in de ochtend om een uitsmijter te eten, na elven 's avonds om de dag naar een hoogtepunt te drinken. Geen idee waarvan we het allemaal konden betalen. Na sluitingstijd gingen we nog naar de cafetaria in de straat er schuin tegenover, vette dingen eten bij Moeke Nas en als dat dichtging nog even met haar een Caballerootje roken en daarna weer naar een van onze kamers om nog even te kaarten of te schaken, iedere dag, onze jaren zeventig, in de stad waar we geboren waren maar waarin we ons niet meer thuis voelden, omdat de dienst werd uitgemaakt door studenten die voordat ze hier arriveerden in Limburg en Brabant opgesloten hadden gezeten op seminaria of in gezinnen waarin niets mocht omdat je vooral gewoon moest doen. En ze keken naar de wereld, naar Parijs vooral, en alles moest zo zijn als in Parijs halverwege de jaren zestig waar alles al voorbij was. De humor was uit de stad verdwenen, de muze kaltgestellt, iedereen praatte en praatte maar en als je zei dat je af en toe een boek las, een roman godsamme, dan was je verdacht, dan was waakzaamheid geboden als je in hun buurt verscheen, dan was je evasief bezig. Nijmegen was een schraal reservaat.

Ik kan dat allemaal niet aan Wiesje uitleggen, voor zover er iets uit te leggen valt, misschien moet ik ophouden alles te willen uitleggen. Bovendien, wat interesseert het haar, kind van een andere tijd? Maar ze is wel voor mij daar gekomen. Wie is ze? Dat vraag ik haar.

'Je kwam naar die lezing in Gemert. Je hebt mijn leven overhoopgehaald en ik misschien het jouwe en ik vroeg jou niks, je zei van alles en nog meer dan dat, en toen je weg was vroeg ik me af met wie ik had zitten praten. Wat zou ik over je kunnen zeggen? Ik ging die avond, thuis in Amsterdam, naar een vriend, en die vroeg wie je was, ik geloof dat ik begon te huilen, niet uit puur verdriet, lachend huilen, ja, dat was het, je was me enórm overkomen, dat snap je, natuurlijk snap je dat. Ik huilde lachend. En ik kon niet ophouden. Geen idee hoe ik daar weg ben gegaan. Hij zorgt er altijd voor dat ik weer thuiskom, onze levens lang.'

'Een vriend, ja.'

'Ja. Genoeg nu.'

'Genoeg? Hoezo genoeg?'

'Jij.' Dat zeg ik: jij. Pijnlijk dwingend. Zij is aan de beurt, staat op het podium, alleen, in vol licht.

'Weet je dat ik dat nooit weet? Als je voor het eerst met iemand aan de praat raakt, iemand voor wie je belangstelling voelt, en andersom natuurlijk ook, moet je ook iets over jezelf vertellen. Het moet niet. Het wordt niet expliciet gevraagd, maar het is de bedoeling. Dat hoor je tussen alle regels door: houd je ook zo van dit of dat? Heb je ook weleens meegemaakt dat? Enzovoort. Ik denk altijd: ik leef nog maar zo kort. Het verhaal dat ik over dat korte leven te vertellen heb, is wat ik nu ben, hier, tegenover je of naast je. Nu ook. Ik ben volwassen. Ik heb je ontmoet. Daar heb ik mijn best voor gedaan. En nu ontmoet ik je weer, in jouw stad, in mijn stad, de stad die ons bindt. Is dat niet voldoende?'

'Heb je gestudeerd? Studeer je?'

'Gaaaaap!'

'Sorry!'

'Ga ik ook van gapen. Van sorry. Hoe vaak per dag hoor je dat wel niet?'

Ik moet haar niets kwalijk nemen, me nergens aan ergeren. De meeste mensen maken het hele leven van hun kind mee, tot het achttien is of nog ouder. Die hoeven niets te vragen, alles is duidelijk of niet duidelijk, maar dan zal het nooit duidelijk worden. Mijn ouders hebben mij vast ook een onduidelijk kind gevonden, niet toen ik jong was, maar daarna. Ik moet bij Wiesje niet de indruk wekken dat ik alles van haar wil weten. Dat wil ik trouwens ook niet, maar er moet iets zijn wat ons bindt, zij heeft de voorzet gegeven.

'Nou, ik wil weten in hoeverre je op me lijkt,' zegt ze. 'Nu niet zeggen dat dat niet belangrijk is, want dat is het wel, althans, ik vind dat belangrijk, misschien vindt dus een van ons tweeën het belangrijk.'

We zeggen even niets. We kijken uit op het verkeer dat zich op Nijmeegse wijze over de Berg en Dalseweg verplaatst, kalm aan alsjeblieft dan breekt het lijntje niet. Nijmegen is een kalme stad. Een dik decennium niet, de jaren zeventig, begin tachtig, de krakersrellen, tanks die door de straten reden. En nadat die strijd gestreden was, werd het weer stil.

'Ik ken je natuurlijk,' zegt Wiesje. 'Ik las je boeken. Ik neem aan dat ik je dan ken.'

Uit de eerste niet, denk ik. Dat zijn vooral boeken van een oude jongen die schrijver wil zijn. Maar de latere vertelden meer. Nog niet zo lang geleden was ik een poosje in therapie, omdat ik, kort door de bocht, gek werd van mezelf. De psychiater, Frans van der Ham, zei wie hij dacht dat ik was op grond van wat hij van me gelezen had. Misschien moet je zo een therapie niet beginnen, maar hij zei dingen die ik zelf niet wist, en dat leek me nuttig. Ik weet nog steeds weinig van mezelf, maar toen ik hem voor het eerst een hand gaf, nog minder. Ook daarom was ik vaak toeschouwer. Als je ergens aan mee wilt doen, moet je een beetje weten waarom.

Mijn manier van meedoen was dat ik me van alles liet overkomen en daarop intuïtief reageerde, wat ik ook een manier van leven vind. Nog, maar minder.

'We lijken, denk ik, wel op elkaar,' zegt Wiesje. 'Dat vind ik prettig en, wat hoorde ik je laatst zeggen, ging over iets waarin je je herkende? Van Bob Dylan, geloof ik.'

'Troostrijk.'

'Dát, ja. Troostrijk. Is dat niet genoeg? Dat weet je nu. Ik weet dat je dat weet.'

Ze is even stil, dan: 'We lijken op elkaar. Ik wil je kennen, want dan leer ik mezelf ook kennen.'

'Dat is levenslang een dagtaak,' zeg ik.

'Zie je, dat geloof ik, dat wil ik begrijpen. Daar gaat het ook om, begrijpen wat je gelooft.'

Ik hoor bij mezelf

Hoe moet ik denken over de keren dat ik afscheid nam? Waarom het was? Wat het me deed? Is dat belangrijk? Vindt Wiesje blijkbaar wel, ze zal er een reden voor hebben.

Ik heb haar een jaar niet meer gezien, ook omdat ze vaker dan daarvoor op reis is, soms ook een paar weken in Parijs is, in dit appartement. Dat denk ik althans.

Een jaar geleden, het was wat later in september, er was veel herfst in de hemel, hier en daar in de stad zag je gouden vlekken, liepen we door Nijmegen, natuurlijk door Nijmegen. Toen hadden we het over afscheid nemen, hoe vaak je dat moet doen, zij in haar korte leven, ik in mijn lange. Dat afscheid nemen soms ook een vorm van bedrog was. Dat je het niet moest doen, maar je deed het toch. Je verloochende de verbondenheid die je zocht.

Dat als je er wezenlijk voor koos altijd met iemand verbonden te blijven, dat toch ook een manier van leven was die een goed mens van je maakte of kon maken. Dat zeiden we immers vaak tegen elkaar: dat we goede mensen wilden zijn.

Ik nam pas afscheid van een vriendin met wie ik zes jaar had geleefd en die veel jonger was dan ik. Ik heb het een keer tegen haar gezegd: op een dag wil je echt weg. Zij was ervan overtuigd dat het niet zo was. Toen ze verliefd werd, wat ik natuurlijk zag aankomen, zei ik dat ze het moest uitzoeken:

‘Ga naar hem toe alsjeblieft. Maak mee wat er met je gebeurt.’

Dat was mijn afscheid. Dat besefte ik door en door en daar, ik zag haar de straat uit lopen. Ik kon er niet mee uit de voeten, dat ook weer niet. Bij een afscheid geef je iemand iets mee: dit was ik, dit was ik óók, hier, mijn ruimte voor jou geef ik door aan een andere ruimte voor jou, ik zeg het niet goed, maar dit valt door mij niet goed te zeggen, dat kán niet, dat kan ik niet.

Dát gebeurde er vorige week, na de aanslag in New York. Door de vraag van Wiesje komt het terug. Door Nienke, door haar dood, door die ontregeling, door dat vonnis, was het net alsof ik niet meemaakte wat er gebeurde. Het is nog ver, dat afscheid, maar het is net alsof ik het niet ben die achterbleef.

Voor haar nam ik afscheid van de vriendin met wie ik vijftien jaar had geleefd. Mijn afscheid op de dag dat ik ging was lelijk, ik ging alleen maar, ik stapte in een verhuiswagen en zij zat in de achtertuin. Mijn afscheid werd later dat ik nooit afscheid kon nemen, dat in het leven dat we samen hadden, geen plaats was voor afscheid, zo veel had dat leven gegeven.

Ik nam afscheid van de stad waar we gewoond hadden, Arnhem, maar dat was een ander afscheid dan van Nijmegen, net tegen het einde van de jaren zeventig. Het afscheid van Nijmegen was omdat de stad een andere stad was geworden, een stad van praters, van door seminaries uitgespuugde wereldverbeteraars die niets liever wilden dan een comfortabele maatschappelijke positie, een stad zonder humor, zonder rock-’n-roll, een stad waaruit alle muzen gevlucht waren, een stad vol kil gekanker en vegetarische seks. Die stad had afscheid van mij genomen. Toen ik in een vermoeid busje over de Waalbrug reed, vlogen alle deuren waar ik de afgelopen zeven jaar doorheen was gegaan, met een daverende knal achter me dicht, een oorverdovende explosie van opluchting. En de chagrijnige stemmen die voortdurend koortsachtig hun gelijk opeisten, werden door de tegenwind weggeblazen. Ooit zou ik er terugkeren en dan was al het lauwe lawaai alleen nog maar in voetnoten opgeslagen gemompel.

Ik kijk weer naar het briefje van Wiesje met haar suggestie over alle keren dat ik afscheid nam na te denken. Ik maak aantekeningen, telegramstijl, en zoek naar waar ik ben tussen die woorden. Dat moet ze ook bedoelen. Dat ik het snap. Dat ik me kan volgen. Dat ik er in ieder geval over nadenk, en niet alleen maar impulsief. Ik maak te weinig werk van de momenten in mijn leven die ertoe hebben gedaan, bang als ik was en ben voor welk oponthoud dan ook, wat natuurlijk neerkomt op dat ik bang ben voor iemand in mezelf die ik niet ken, maar die een groot aandeel heeft in veel beslissingen die ik nam. En niet nam. En dromen opjaagt en gul voor angst en donkerte zorgt. En voor aanstellerij die telkens opnieuw kortstondige zelfhaat veroorzaakt. Ik moet hem leren kennen en iets, liefst veel, over hem te zeggen krijgen. Misschien moet ik uiteindelijk aan hem ontkomen. Ik weet het niet, ik weet veel te veel niet. Ontkom ik dan niet aan wie ik veel te veel ook ben en word ik dan een man met een benauwend overzichtelijk leven, een duinblonde Noord-Hollandse vrouw voor wie geen zee te hoog gaat, en dikwijls kekke laarzen aanheeft, een hypersociale man met leuke liefhebberijen en een tuin die een fijne uitdaging is, bestuurslid van de tennisclub, mannen op wie ik soms jaloers kan zijn? Wie in mij is dat? Waar verzet ik me tegen? Wie doet dat?

Toen ik nog lesgaf op een schrijversschool en cursussen gaf, zei ik weleens dat het nuttig is dat een hoofdpersoon zich een moment probeert te herinneren waarop hij naar zijn toekomst keek, zich een toekomst voorstelde, het moment waarop het leven een richting kreeg.

Komt het door het briefje van Wiesje dat ik daaraan nu ook denk, terwijl Parijs een stad in de schemering wordt en het verkeer nog meer haast lijkt te krijgen, een stad vol huizen en restaurants waar iedereen wil zijn, omdat ons na het daglicht niets anders rest? Behaaglijke, geruststellende, ja, troostrijke anonimiteit waarin ik wil opgaan.

Het moet tijdens mijn laatste gymnasiumjaren zijn, toen ik zeker wist dat ik nooit iets met mijn eindexamendiploma zou gaan doen, ook niet met de studie die ik daarna ging doen. Ik spijbelde veel en ging met een boek in een van de parken zitten, tijdens het spijbelen, ook in het Valkhof omdat je daar vanuit school zo was, want meestal ging ik ineens weg, na een les, zonder iets te zeggen tegen mijn klasgenoten, weg, de school uit, de opluchting van de buitenlucht in, de vrijheid. Dan in het park met het boek op een bank. Het was en is een iets opener park dan het Kronenburgerpark, minder boomrijk, meer zicht op het leven in de stad, het verkeer dat de stad binnenkomt. Meestal las ik poëzie, Remco Campert, Leonard Cohen, Hans Verhagen, sommige gedichten telkens opnieuw, ze openden een wereld, een toekomst die ook een toekomst van woorden was, een romantische toekomst van alle verhalen die films me gaven. Op een dag wist ik zeker dat die toekomst ook voor mij gekozen had en ook dat ik alleen op weg moest, dat ik van de verhalen die mijn fantasie me gaf, een richting kreeg en dat ik nergens bang voor hoefde te zijn omdat ik daarin kon geloven.

Dat ben ik nooit geweest, bang. Onzeker, op het pathologische af, maar nooit bang, omdat ik was wie ik wilde zijn, was waar ik wilde zijn, dat er gebeurde wat ik wilde dat gebeurde.

Nu ik daaraan denk, in de Parijse vooravond die nog vol zon is, en rouw om Nienke, van wie ik nooit afscheid neem, en rouw om de keren dat ik het wel deed, weet ik weer zeker dat me niets kan gebeuren omdat alleen gebeurt wat ik wil dat er gebeurt, ook al zijn het gebeurtenissen die in de kleine en grote wereld om me heen geen leven hebben.

Er is ook nog een ochtend, twee jaar later dan de middelbareschoolperiode, dat Bart en ik in café Marktzicht zaten. We zaten in de redactie van een literair tijdschrift dat hoorde bij jongens die de literatuur in wilden, we schreven het zelf vol en produceerden het ook zelf, wat vooral Hans deed, want die had verstand van vormgeving en kon in oplossingen denken. Bart en ik waren belast met de distributie in Nijmegen, wat betekende dat we langs de drie boekhandels moesten. Daar lieten we dan twee of drie exemplaren achter. Als die verplichting achter de rug was, gingen we naar het café aan de markt, we bestelden bier en tosti's, keken uit op het dagelijks leven voor ons op het plein en ik weet nog dat Bart zei, of ik: 'We hoeven hier nooit, nooit aan mee te doen.' Onzin natuurlijk, arrogante, postpuberale onzin, maar ook weer niet. Bart ging een jaar later op de universiteit werken, toch opgelucht dat hij daar werd geaccepteerd en de toekomst hem kansen gaf een solide bestaan te beginnen, maar we bleven de jongens die zeker wisten dat ze ver weg van het gewone leven waren.

Nooit wilde ik ergens aan meedoen, ergens bij horen, ik werd er zenuwachtig van, voelde me al snel unheimisch. Nog steeds. De man die een tijdje mijn uitgever was vond het belangrijk dat ik in cafés kwam waar schrijvers vaste gasten waren en, wat hij dan noemde, mensen die ertoe doen. Ik ging vaak met hem mee, zeker toen ik naar Amsterdam verhuisd was, maar ik was niet in staat me op de zelfingenomen chaos van de gesprekken te concentreren en had ook nooit een bijdrage paraat. En voor de mensen die ertoe deden, deed ik er niet toe, immers geboren in Nijmegen, dus provinciaal, een honende conclusie die me een tijd achtervolgde, terwijl het me niets kon schelen, maar ik vond dat het me misschien wel iets zou moeten kunnen schelen, wat overging als ik op mijn kleine balkon zat van waaraf ik uitzicht had op het Sarphatipark. Alle parken in de wereld hebben alles met elkaar te maken en in de namiddag deelde dit park het licht met het Kronenburgerpark. Op mijn balkon in Amsterdam was ik ook in Nijmegen en ik kon niets bedenken waarover ik me als provinciaal druk zou kunnen maken, wat ik geruststellend vond. Van de ambitie ergens bij te horen heb ik nooit afscheid hoeven nemen, want die was er nooit, en als die er wel was geweest, had ik die met geweld verbroken. Soms gaat afscheid met geweld gepaard.

Ik hoor bij mezelf en daar heb ik mijn handen aan vol, want twee levens leiden is dé manier alles zin te geven, maar ze vragen beide aandacht en het kost me zo nu en dan tijd van het ene over te schakelen naar het andere.

Als ik aan Nienke denk en dat doe ik, niet onophoudelijk, maar misschien ook wel, want ik heb natuurlijk niet áltijd in de gaten dat ze me bezighoudt, wat ook al zo was toen ze nog leefde. Die woorden heb ik nooit voor mogelijk gehouden: toen ze nog leefde. Maar die tijd was er en ongeveer dertig jaar daarvan maakte ik mee, waarvan ik het grootste gedeelte voor haar moest zorgen, niet omdat ik dat vond, maar in opdracht van haar zusje dat het niet zelf kon. Telkens zie ik haar dat zeggen. Dat ik voor haar moet zorgen. Wist ze dat ze helemaal niet voor zich liet zorgen? Dat zag ik gauw in en even beschouwde ik het allemaal als tegenwind, dacht dat het wel goed zou komen met die zorg van me, maar het was een doodlopende ambitie. Dat ik er was, voor haar, daarbij moest ik het laten.

Ik zie ook hoe ik daar sta, op het station, wachtend op haar terugkeer uit Zwitserland, het is de vroege zomer van 1975. Ik schrijf dat nu op in mijn aantekenboekje: vroege zomer 1975, Nienke terug uit Zwitserland. De volgende aantekening is: zomer 1977, Else, Smidstraat. In die twee jaar raakte ik haar kwijt en zij mij, waarvoor niet veel nodig was, ja, wij die zeiden: 'Dat gaat zo niet. Wij gaan zo niet.' Ons afscheid dat geen afscheid was.

Alleen maar uit afstand

Ze is terug uit Zwitserland, we lopen door Nijmegen naar de kamer die Jana voor haar geregeld heeft, een kamer die hoort bij mijn uitzicht op de rivier, het is een zondag, de stad is stil en vol zondagse roerloosheid, ons afscheid is al begonnen, we weten niet wat we kunnen zeggen, ik draag haar koffer, zij een rugzak, haar bagage voor de komende tijd.

Onze Zeeuwse dagen lijken nog maar weinig met ons te maken te hebben. Ik weet ook niet wat ik me van een vervolg had voorgesteld. Ik geloof ook niet dat we daarop gerekend hadden, dat het een mogelijkheid zou zijn, ja, we hadden met elkaar te maken, onze paden hadden elkaar gekruist, we hadden ons opgewonden thuis gevoeld in elkaars armen, getroost moest ik zelfs zeggen, want dat zeiden we, zonder dat we wisten waarvoor we getroost moesten worden, maar wel dat we het nodig hadden, wat ik nog steeds snap, ik heb het nog steeds nodig, zeg vaak dat iets troostrijk is, een boek, een dansvoorstelling, een film, de mensen om me heen glimlachen, daar heb je hem weer met zijn troostrijk, ik glimlach, want ik vind het echt troostrijk. Daarna kwam de tijd tussen ons en in die fase van ons leven kan zo'n interruptie zich tegen ons keren. Het kan, dus het gebeurde, zoals veel gebeurde wat kon zonder dat we dat voor mogelijk hadden gehouden.

Ik zag iemand anders uit de trein stappen en dat zei ik ook: 'Het is net alsof je iemand anders bent geworden.'

Ze zei alleen maar: 'Dat weet ik niet, hoor.'

Die woorden komen vaker terug en na twee keer vervelen ze me al een beetje, het laatste wat ik verwachtte bij ons weerzien.

Het huis in de benedenstad is oud, het heeft twee opgangen. De bewoner die op de begane grond woont, is er nooit, een man die Jana kende, een gastdocent in Boston maar waarin geen idee, voor Jana leek het er ook niet toe te doen, alleen dat hij twee jaar weg zou zijn, 'maar zo lang houdt Nien het er toch niet uit, want ze is iemand die het nergens lang uithoudt' en ik vroeg me af hoe ze dat kon weten. Ik had al in de gaten dat Jana soms wat ze zei zo kon dichttimmeren dat je er niet met een reactie of vraag doorheen kwam; ze beschouwde Nienke als 'geval' en misschien kwam daar haar schamele analyse uit voort.

Ja, af en toe sprak ik Jana, meestal telefonisch, een paar keer in café De Tempelier en één keer was er meer tijd.

Als het geval Nienke de deur heeft geopend en we de trap op gaan, zeg ik dat in Nijmegen oude huizen vlak bij de rivier meestal de best denkbare plekken zijn.

'Ik weet het niet, hoor.'

Ik heb wat meubelen op haar verdieping gezet, tafel, twee stoelen, fauteuil, bed en boekenkast, meer hoef je niet nodig te hebben. Ja, een kast voor kleren, maar die is ingebouwd.

'Ik hoop dat je het gezellig vindt,' zeg ik, terwijl ik meteen spijt heb van de typering gezellig, want dat lijkt me geen woord waar Nienke iets mee kan. Ze heeft weinig meer van het meisje uit de Zeeuwse dagen, ze heeft het achtergelaten in Zwitserland. Had ze toen trouwens iets met gezelligheid? En ik? Lijkt me van niet.

'Wat wil je?' vraagt ze.

'Wat ik wil?'

'Ja, van mij.'

'Niets,' zeg ik.

'Waarom ben je dan hier? Waarom heb je hier allemaal voor gezorgd? Hartstikke lief, hoor, maar waarom?'

'Ik wil graag dat je het goed hebt. Jana vertelde...'

'Ik hoef het niet te weten.'

'Je lijkt iemand anders dan toen in Zeeland.'

'Ben je daarom hier? Om te kijken of ik nog op haar lijk?'

Iedere vraag maakt de afstand tussen ons groter. Ik weet niet waarop ik gerekend had, maar niet op het overbruggen van afstanden. Dat komt later wel, dacht ik, maar we waren al in heel veel later verzeild geraakt.

'Nee,' zeg ik. Mijn verantwoordelijkheid is tot de tanden gewapend.

'Ik weet het ook niet, hoor.'

Ik stel voor dat we ergens iets gaan drinken, de Citybar bijvoorbeeld. Op weg erheen vertel ik haar dat ik samenwoon met, maar voordat ik haar naam noem, zegt ze dat ik groot gelijk heb: 'Is goed, hoor, samen met iemand zijn.' Met de toevoeging: 'Ik kan dat niet meer.' En ik zeg dat het zo dramatisch klinkt en zij zegt dat ik niet moet overdrijven, dat ze eens tijdens een wandeling door de bergen, met haar klas, er al snel voor zorgde dat ze alleen achterbleef, dat ze tijdens die wandeling ineens voor een afgrond stond en dat ze toen dacht dat die afgrond een 'reële mogelijkheid' was en dat het haar helemaal niet beangstigde, integendeel, ze werd er ongekend rustig van, maar dat ze toen wel zeker wist dat ze alles in haar leven alleen moest doen, anders kon ze niet in alle rust in de 'reële mogelijkheid' opgaan, wat ze een goed woord vond omdat het over een afgrond ging.

'Ik kan hier alles over vertellen wat er maar over te vertellen valt, maar wat hebben we daaraan? Jij zult het niet snappen, wat ik je niet kwalijk neem. Ik snap het zelf ook niet, ik weet alleen dat het zo is.'

De schemering begon de stad langzaam te vervullen, het werd stiller op straat, voorbijgangers leken in zichzelf gekeerd, ergens in de hemel schreeuwde een dier dat niet meer gekooid was, flarden van zijn geschreeuw waaiden langs de huizen, ik merkte dat herinneringen door elkaar tuimelden, het felgouden licht van Zeeland, de muziek in mijn hoofd toen ik erheen werd gebracht, het lichaam van Nienke waaraan alles zacht was, zo zacht dat het leek alsof ze vloeiend was en hoorde bij de zeelucht die we inademden of die door onze stemmen klonk als we onze namen prevelden, zoute schorheid, de stamelende bewegingen van de wind die van het water kwam. Ik moet me inhouden en niet zeggen dat ik zo van haar hield, want dat vindt ze vast ongemakkelijk. Alles is ongemakkelijk.

Ik had beter moeten weten. Ik houd niet van cafés waar je te veel mensen kent, voor mij is een café geen sociale ontmoetingsplaats, maar een ruimte om alleen te zijn of met zijn tweeën te midden van anderen die zich niet met je bemoeien, maar er wel zijn zodat je toch het gevoel hebt deel uit te maken van een kleine gemeenschap, als een comfortabele jas die om je heen hangt, maar waar je verder niet over na hoeft te denken.

Er zijn daar veel ontevreden beeldend kunstenaars met surrealistische plannen waarvan het nu al vaststaat dat ze door niemand omhelsd zullen worden. Dat maakt hen fatalistisch. Ze hebben geen belangstelling voor anderen, maar misschien is dat wel een voorwaarde voor artistieke concentratie.

De muziek staat hard, wel Coltrane, wat meegenomen is. Maar door het volume moet de vrouw die me aanschiet – installaties maakt ze, 'uit haar lichaam voortgekomen' – haar zuur ruikende woorden nog harder dan hard in mijn gezicht schreeuwen. Ze heeft daarbij mijn elleboog vast, zodat ik me ook niet luchtig van haar kan losmaken. Van wat ze zegt, begrijp ik niets. Ja, dat de bestuurders van de gemeente Nijmegen een luie kapitalistische instelling hebben.

Als ze haar neus gaat snuiten in een grote paarse zakdoek, zie ik mijn kans schoon en zet een paar stappen opzij, want ik kan Nienke niet aan haar lot overlaten. Ik kijk alle kanten op, maar ik zie haar niet. Wat had ze aan? Ik heb dat niet opgeslagen, anders had ik nu naar een kleur kunnen zoeken. Waarom heb ik dat niet opgeslagen? Waarom zou ik alleen iets over haar gezicht kunnen zeggen als iemand vroeg hoe ze eruitziet?

Ze is niet meer in het café.

Door de stille benedenstad loop ik naar haar huis, terwijl ik besef dat ik het heel wat vind, haar huis, het huis van Nienke in Nijmegen. Als iemand die voor haar moet zorgen, vind ik dat ik dat in ieder geval goed gedaan heb. Veel begint er met een huis en als dat huis ook nog uitzicht op de rivier biedt, begint er nog iets meer. Een stad waar een rivier doorheen stroomt, is een andere stad dan een stad zonder rivier.

In een huis vlak bij het hare zijn mensen aan het dansen, de ramen staan open, ze dansen op 'I do, I do' van Abba, de Zweedse band die de jaren zeventig telkens weer een vrolijk geluid geeft, het helpt niet, maar het is er wel. Voor sommige mensen is het genoeg als je weet dat hulp bestaat.

De etage van Nienke is donker. Het lijkt me de normaalste zaak van de wereld dat ze niet tegen mij hoeft te zeggen dat ze weggaat en waarheen, ook al komt het onverwacht voor me.

Voordat we naar het café liepen, vroeg ze wat ik van haar wilde. Niets, ik wil niets van haar, ik wil dat zij iets wil, ik wil dat ze zich afvraagt wat ze moet doen om het goed met haar te laten gaan.

Waarom kijk ik in haar tas? Waarom wil ik weten welk boek ze aan het lezen is, waaruit haar bagage bestaat? Ik wil haar kennen, ja, dat, maar misschien maak ik me dat alleen maar wijs, praat ik zo mijn nieuwsgierigheid goed. Ze leest gedichten van Jack Kerouac.

Ik ga in haar erker zitten, kijk naar de rivier. Wanneer was het dat ik daar liep, met vrienden van school, met De Meisjes? Hoe vaak niet met Bart en Hans om het meestal schaterend te hebben over de mensen die ons omringden? Hoe vaak niet alleen? En met mijn vader, ver weg in de vorige eeuw, die mij veel vertelde wat ik pas later begreep, over het geweten, over onze neiging zo snel te oordelen terwijl het meeste niet om een snel oordeel vroeg, over moeder die hem altijd aan het lachen kon maken, over de superieure eenvoud van zijn Brabantse geboortestreek, over mensen die hij bewonderde, altijd vanwege ruimdenkendheid, 'die ruimte moet je veroveren en daarna bewaken, met alles wat in je zit. In die ruimte moet je iets begrijpen van je leven'.

En dan hoor ik geluid op de trap. Nienke. De stem van een man, bekende stem. De deur gaat hard open.

'O, ben je er weer?' roept ze.

De man ken ik. Potloodtekeningen die niemand wil zien. Stem die je overal bovenuit hoort. Altijd verontwaardiging, altijd woede, altijd te dronken, altijd te mijden. Hij hangt tegen de gesloten deur. Ik kan niet zien hoe hij naar me kijkt.

'Ik was je kwijt,' zeg ik zo zacht mogelijk.

'Ja, dat is nu eenmaal zo.' Ze zegt het niet onvriendelijk, waarom zou ze ook, nee, alsof alles zo nu eenmaal gaat.

'Daarom dacht ik: ik ga hier op je wachten.'

'Waarom?'

Ja, de beste vraag die ze kan stellen en ik weet echt niet

wat ik daarop moet antwoorden. Niet: ik moet voor je zorgen. Ik moet niks. Zeurzinnetje dat ik altijd bij de hand heb: ik moet niks.

'Ik dacht: misschien...' Ja, wat misschien? Alles is hier misschien. De potloodtekenaar rolt een sigaret. Nienke vraagt niet misschien wat.

Ik stel voor een dezer dagen af te spreken.

Ze knikt, maar ik zie dat ze nu niet aan die afspraak toe komt, wat ook niet hoeft. Dat denk ik er meteen bij: het hoeft niet, het hoeft echt niet.

Ze bestaat alleen maar uit afstand.

Ik maak me los uit de erker, uit het uitzicht op de rivier, uit de zomeravond waardoor de rivier ook stroomt. Ik leg mijn hand op haar schouder, even, mag niet te lang, ze lacht, niet te lang, ze kijkt ver weg door me heen, nogal lang, kan best zijn dat ze dronken is, maakt niet uit. Ik loop naar de deur, de potloodtekenaar zet zichtbaar tolerant een stap opzij en glimlacht laf. De neiging hem een dreun tegen zijn kop te geven onderdruk ik, maar iets zeggen kan ik daardoor ook niet. Ik ga weg.

Ik loop naar huis en stel de hele tijd vast dat het ontzettend lang duurt, wat ook komt doordat ik waar ik woon niet thuis ben. Tijdje geleden dacht ik even dat het zo was, maar ik was tweeëntwintig, hoe kon ik mezelf wijsmaken dat ik nu al gevonden had wat ik zocht? Ik wist niet eens wat dat was. Overmoedig was het.

Ze staat boven aan de trap als ik de deur heb geopend.

'Ik dacht dat je pas morgen uit Groningen terugkwam.' Ze klinkt enthousiast. Ze heeft een kimono aan, zwart met donkerrode bloemen.

'Ben je al lang thuis?' vraag ik. Ze was naar haar ouders geweest in het zuiden van het land.

'Uurtje. Ik wilde net naar bed gaan. Ik had je nog niet verwacht. Morgen pas.'

'Ik wilde naar huis,' zeg ik. Dat wilde ik ook.

In Groningen had ik vrienden die ik minder vaak dan ik wilde bezocht. Nu had ik hen als alibi gebruikt om bij Nienke te kunnen zijn, terwijl ik niet geheimzinnig over haar wil doen en geen zin heb in bedrog. Hoezo bedrog trouwens? Maar toch. Toen ik die smoes bedacht, wist ik nog niet dat dat helemaal niet kon, bij Nienke zijn. Waarom weet ik niet, maar Nienke moet aan de rand van mijn leven blijven. Zij wil waarschijnlijk ook niet anders. Ze is zelf voortdurend aan de rand van haar leven. Dat bepaalt natuurlijk hoe je het allemaal doet, wat je wilt met je leven, als je al iets wilt.

Van Nienke had ik afscheid genomen, niet van mijn verantwoordelijkheid voor haar, maar ik wist dat ik nooit bij haar in de buurt zou kunnen komen.

Toch staat Nienke er niet lang daarna met haar Peugeootje. Tegenover me op de Heyendaalseweg, met mijn povere huisraad. Met een ontzettende afstand tussen ons. En in die afstand onze handen die elkaar zoeken en zoeken.

Wiesje vraagt als ik naar woorden tast voor die plek: 'Waarom zeg je Peugeootje? Het was toch geen dinky toy.'

'Ik wist niet eens dat ze een rijbewijs had.'

Maar waarom zou ik dat moeten weten? Wat doet het ertoe? Ze kwam gewoon terug bij mij, zoals ik later bij haar en zij weer bij mij en ik weer bij haar.

Alsof ik niet meedoe

Ik schrijf het op in het Parijse appartement. Het is avond, een avond die nog steeds meer bij de zomer hoort dan bij de herfst die niet ver weg is. Ik schrijf erbij: hoe ga je om met iemand van wie je afscheid hebt genomen? Ik schrijf die vraag op alsof je die, door die te formuleren, dan minder schadelijk kan maken.

Ik maak lange wandelingen, ik zit vaak in het park, soms de hele namiddag totdat de temperatuur daalt, lees voor het eerst poëzie van Houellebecq, Alain Perret heeft, geloof ik, alles van hem. In de tweede helft van de avond zit ik in een café hier niet ver vandaan waar jonge Franse zangers en zangeressen korte optredens geven, met een van hen, Xavier, een jongen met een opmerkelijke soulstem heb ik tot diep in de nacht over Bob Dylan zitten praten.

Ik verkeer graag tussen voorbijgangers. Even intense momenten delen en dan weer weg, weer verder.

Alain Perret heeft veel boeken over de gebeurtenissen in de tweede helft van de jaren zestig, veel essays over de veranderende wereld, een veranderende manier van denken. Wat ik ervan meemaakte was via leerlingen uit de hoogste klas van wie velen ook zin hadden in een revolutie, zeker op een plechtige en strenge school als de onze. Ook bij ons thuis werd er vaak over gesproken, door mijn vader en vrienden van mijn ouders. Ik hoorde mijn vader zeggen dat de nieuwe tijd nu pas echt begon, dat de oorlog nu ver weg was, een verleden waar je omheen kon lopen, en dat we nu pas in staat waren na te denken over hoe we de tijd van ons konden maken. Dikwijls zei hij dingen waarvan ik zeker wist dat ik ze moest onthouden, ook al begreep ik niet alles.

Mijn moeder deed nauwelijks mee met die gesprekken. Niet dat ze haar niet interesseerden, ze luisterde graag, ze sloeg ze ook op, selectief, zoals ze zei. Ze vertrouwde me een keer toe dat ze bang was iets verkeerds te zeggen of te reageren op een onderwerp dat al besproken was. Ook: 'Soms lijkt het alsof ik niet zo meedoe met de wereld, maar dat doe ik heus wel. Ik moet soms zo mijn best doen er te zijn, aanwezig te zijn in dat volle leven dat ik er niet aan toekom er veel aan toe te voegen. Ik weet niet of ik duidelijk ben. Mensen moeten niet denken dat ik passief ben. Dat ben ik helemaal niet. Door te kijken en te luisteren doe ik best mee. Snap je wat ik bedoel?'

Ik zei dat ik dat snapte, dat ik het heel goed snapte, dat ik zelf ook zo was.

'Ja, je bent mijn zoon.'

'Ik ben je zoon, moeder.'

Met Wiesje loop ik door de wandelingen van moeder en zoon, door hoe ze lachend en soms ontroerd op elkaar lijken. Ik wijs op een winkel die er toen niet was, het was een lunchroom waar ze vaak zat. Met haar vriendin van een paar huizen verder. Ze trokken 'iets anders' aan, altijd luchtige kleding, ook al was het winter: 'Fantastische pasteitjes hebben ze daar.'

'Maar Wiesje, wil je dit allemaal weten? Wat heb je eraan?'

'Gewoon weten. De woorden.'

En na drie weken, ik zit in het park, dringt het tot me door dat ik al drie weken in Parijs ben en zeg ik Houellebecq na: *Je vois le soir tomber et le monde mourir*, het einde van een van zijn gedichten, het einde van deze namiddag. Ik zit ook midden in een wereld die aan het sterven is, de kranten gaan natuurlijk nog steeds over 11 september, veel mensen zeggen dat het oorlog is, een oorlog die nooit meer voorbij zal gaan, ja, de wereld zal zolang die nog bestaat, in oorlog zijn. Ik zit nogal pathetisch te denken, bijvoorbeeld dat mijn leven ook geen richting meer heeft, dat ik nog meer dan voorheen daar een toeschouwer van ben, dat ik nog beter moet luisteren en kijken en dat ik me steeds vaker niet zal kunnen bewegen omdat ik niet weet waarheen, en voortdurend overrompeld zal zijn door de vraag wat ik moet met alles wat ik zie en hoor. Maar ik doe wel mee, moeder.

Elkaars liefhebberij

Ineens is het twintig jaar later, jaren die begonnen met een briefje waarin Wiesje me vraagt over afscheid na te denken en het moment waarop ze afscheid neemt van mij, meer dan een moment, een zwaar ademende namiddag.

En mijn leven kreeg wel een richting. Niet zo lang na die dagen in Parijs ontmoette ik Julia. In theater Carré was dat, ik zat naast haar, ons gesprek was lachend, ik wist zeker dat ik voorlopig altijd bij haar wilde zijn, nog nooit was zo'n grootse gedachte zo helder en vanzelfsprekend, haar trotse kwetsbaarheid imponeerde me, maar ik wist niet hoe het moest, haar versieren – dat was het woord ineens weer. Ze hielp me, later in een nachtcafé, door te zeggen dat onze onzekerheid een zekere schoonheid had. Daarna kuste ik haar, nogal bezegelend deed ze mee aan die kus. Ze vond snel dat ik wat orde in mezelf moest aanrichten, eindelijk, eindelijk iemand die dat zei, woorden die ik moest horen. Ik dacht: dat komt wel. En zij merkte dat ik dat dacht, wat ik als winst in mijn leven beschouwde. Ik kon me niet meer verbergen, niet meer zeggen dat ik veel te gevoelig was voor alles en iedereen, wat ik wel was en ben, maar daar heeft niemand iets aan, ik ook niet. Ik stapte in een andere tijd en het leek me het beste dat te doen zonder om te kijken, ook omdat ik me niet de ruimte wilde geven na te denken over wat ik dan zag.

'Wat moet komen, moet je niet laten komen, je moet erheen,' zei Julia.

Dat bleef en blijft ze zeggen. Zo veranderde ik in wie ik ook was.

Mijn bedachte leven werd voller, mijn dagelijks leven verliep op een manier die ik verwachtte, met gebeurtenissen die onvermijdelijk waren maar me ook diep bedroefden, de dood van mijn vader, de dood van Bart, die mijn leven veranderde zonder dat ik die veranderingen begreep. Hans bleef gelukkig en met hem bracht ik onze levens terug tot verhalen die we elkaar telkens opnieuw vertelden en waarvan de details steeds hilarischer werden, onze jeugd, onze studie, ons functioneren in de maatschappij (we zeiden dat liever dan samenleving, hoewel een samenleving me dierbaarder was, maar die was na het begin van de nieuwe eeuw steeds meer gaan vervagen), we plukten vooral de absurde en vervreemdende momenten eruit waar we bijna dagelijks over spraken, natuurlijk ook om te camoufleren dat we maatschappelijk te verwaarlozen waren, ik schreef iedere dag een column voor de krant van mijn geboortestreek, alles was één geheel.

Wat Julia deed, behalve mijn solidaire en inspirerende geliefde zijn, was dat ze me leerde confrontaties (haar woord) aan te gaan met wat ik moeilijk en donker vond in mezelf. Tussen ons zorgde dat niet altijd voor momenten waar ik trots op ben, maar ik ruimde wel steeds meer op.

Maar niet Nienke. En dan bedoel ik waarin ik faalde jegens haar, wat niet zo is, denk ik, maar wat ik toch zo voel. Julia zegt: 'Je kunt je wat je voelt nooit verwijten.' En zo is het. Dat zeg ik nooit: zo is het. Niets is zo.

Wiesje kwam haast nooit naar Amsterdam. Ze zei dat ze Julia te deftig vond, maar dat was het niet, dat was een raar grapje (zei ze zelf), het was omdat ze vond dat zij en ik bij

Nijmegen hoorden. Daarom ging ik meestal naar haar toe, niet zo vaak als ik wilde, want daarvoor had ik het te druk.

Ze wilde met mij door mijn Nijmeegse geschiedenis lopen, want dat verhaal wilde ze leren kennen, omdat het ook bij haar manier van leven kon gaan horen.

'Sommige mensen verzamelen iets of verdiepen zich in een verschijnsel, ik doe dat,' zei ze.

'Ik ben een hobby,' zei ik.

'Niet flauw doen en als je dat toch wilt, zeg dan: liefhebberij. Dat ben je trouwens ook, een liefhebberij. Wat ik van jou wil kennen, hoort bij wat ik van mezelf wil kennen.'

We lopen door het Kronenburgerpark, altijd het Kronenburgerpark, en ze heeft haar arm om mijn middel geslagen. We houden van elkaar, we zijn elkaars liefhebberij. We lopen ook door de omgeving van haar moeder, de omgeving van Nienke, door de omgeving van mijn ouders en die van mijn vrienden, de scholen. En door de omgevingen van de omgevingen, we dwalen door de stad en de bedachte stad, door de bossen en de bedachte bossen. Onze wereld, ja, die ik nergens tegenkwam in de wereld daarbuiten. De stad en alles daaromheen is een zekerheid in mijn gedachten, het bestaat allemaal daar, er valt altijd naar terug te keren, terwijl dat waarschijnlijk niet gebeurt, omdat iedere terugkeer een excuus is voor iets waarvoor je je natuurlijk helemaal niet hoeft te excuseren. Waar je geboren bent, maakt deel uit van wie je wordt. Alles ervan vestigt zich in je.

Onze wandelingen door de stad herinner ik me nauwelijks afzonderlijk, het was één grote tocht, zo moet ik het noemen, een tocht, het beginpunt liet ik haar zien en daarna alle, alle straten tot aan mijn vertrek, één tocht, één momenten overstijgende tijd, een tocht door onze levens, gedachten en bekentenissen die elkaar raken, het verdriet, de leugens, de plannen, angsten, mislukkingen. Onze levens die in elkaar overliepen. Ik dwong mezelf woorden te vinden waarvoor ik vaak de woorden kwijt was, woorden die weer meteen verdwenen nadat ik ze had gedeeld. Onze levens verdwenen soms ook in elkaar. Ik ken niemand zoals ik haar kende. Misschien maakte ik het mezelf wijs, maar je hebt het natuurlijk niet in de gaten als je dat doet. Ik ken mezelf niet zoals ik haar ken. Vaak zei ik tegen haar: 'Toch geen punt dat ik overdrijf?'

'Vraag stellen is die beantwoorden.'

'O nee, geen verontschuldigingen.'

'Geen verontschuldigingen, alsjeblieft zeg.'

Beeldverhaal

Ik kijk terug en zie één gebeurtenis, met in het hart ervan de twee maanden die ik in het Besiendershuis aan de Waalkade doorbracht, een initiatief van de burgemeester die kunstenaars en wetenschappers uitnodigde een of twee maanden in dat eeuwenoude huis door te brengen met als tegenprestatie dat ze iets over Nijmegen zouden 'doen', schrijven, organiseren, een reactie op de stad. Mijn plan was mijn herinneringen van toen te zoeken in hoe de stad was geworden en voor mijn associatieve bevindingen had ik een boek in gedachten waarvan ik zeker wist dat het *Herfst in het oosten* zou gaan heten.

'Die titel vat mijn leven zo'n beetje samen,' zei ik, wat natuurlijk onzin was, maar ik hou nu eenmaal van dat soort pathetische uitspraken. Zo nu en dan ben ik zo pathetisch als de ziekte. Daarom zijn er ook mensen die me niet verdragen. Grootste gedeelte van mijn leven werd ik daar slopend onzeker van, de laatste jaren denk ik: verdraag me dan maar niet. Je leeft ook om zo vaak mogelijk opgelucht te zijn.

'Ja, typisch jij,' zei Wiesje die een paar dagen bij me logeerde, de eerste keer dat we langer dan een middag of avond bij elkaar waren. Voor het eerst vond ik het ook een beetje vader-dochterachtig.

'Het is toch normaal dat vaders en dochters enige tijd in elkaars gezelschap verkeren,' zei ik.

'In sommige gevallen een jaar of twintig.' Ze zei het niet

eens cynisch, maar monter weemoedig, het begin van een gesprek dat die paar dagen duurde en waarin we het hadden over wat we allemaal misten en gemist hadden.

Het was begin oktober, de Nijmeegse kermis begon, in mijn herinneringen een magische week, de eerste dagen van de herfst, de zomer was al ver weg aan het raken. De kermis hoort bij de gebeurtenissen die meteen in me opkomen wanneer ik aan Nijmegen denk, het beeldverhaal van mijn heimwee. Nee, het is geen heimwee, je kunt ook geen heimwee hebben naar je opvoeding, het is een deel van wie je bent.

Ik wijs uit het raam naar de rivier, ik wijs naar de wandelingen met mijn vader, de gesprekken over wat hij aan het lezen was, waarover hij nadacht. Als ik het toch over heimwee heb, ik wijs naar mijn heimwee.

Wiesje zegt: 'Je schreef erover. Dat je eraan kunt werken, aan dat geweten, maar dat het ook werkt aan jou. Volgens mij en jou gaat het daarover, is het alles wat ertoe doet.'

'Als je in staat bent na te denken over wat het is, wat het betekent, voor jezelf, voor iedereen met wie je te maken hebt, hoe het je met de wereld verbindt, met de tijd waarin je leeft.'

Alleen met haar praat ik zo. Ik merk dat ik nog steeds wijs, alsof ik zoek naar wat het was, toen, alsof ik zeker wil weten dat het er nog is, want dat wil ik zo graag zeker weten.

'Ik had er met jou willen lopen, denk ik. Nee, dat denk ik niet, ik zeg het nu. Praten waarover we nu praten. Wat had jij me geleerd? Wat had jij me willen leren?'

Ik voel me in de ban komen van een verdriet waarover ik niets kan zeggen, ik wil het ontvluchten, ik wil weg van wat ik haar graag had willen laten meemaken, dat mijn stad, haar stad, onze stad was geworden, de stad van wandelingen en waarnemingen, van gesprekken die levenslang zouden blijven. Ik mis wat er nooit was. Eén beweging in mijn gedachten is voldoende om terug te gaan naar het kind van toen, het onvolledige kind, het kind vol schuld en vragen en uitvluchten. Als ik naar buiten kijk zie ik de kermis die wordt opgebouwd en ik loop er weer in de late middag, in die bewegende wereld vol licht en lawaai en spanning en zoete geuren. Alle werelden waarin ik kan verdwijnen, vind ik weergaloos aantrekkelijk. Ik zeg en denk het vaak, verdwijnen. Ik ben het, een verdwijnend iemand.

Er mocht nooit iets voorbijgaan

Paar weken later, ik word midden in de nacht wakker, er is iets, meer dan een droom, meer dan de schrik of verwarring die een droom teweeg kan brengen. Ik kijk op de wekker, het is half vijf, 4 november, de verjaardag van mijn vader die in mei een jaar dood is, zo kortgeleden.

Gisteren was ik bij mijn moeder, we hadden het over mijn vader, haar man die ze vader noemde of bij zijn voornaam, en als ze dat deed, kon ze ineens ontzettend jong zijn, de lachende vrouw in avondjurk in een tuin waarin van alles te gebeuren stond, aan haar gezicht was dat te zien, haar lachende ogen, haar beetje stoer spottende mond, zo van: kom maar op met de avonturen die deze dag te bieden heeft. Dagen waarnaar we terugverlangen, waarnaar we telkens opnieuw zoeken, naar de momenten die toekomst beloven, een toekomst die vaak alles te bieden heeft. We weten dat het niet zo is, maar we doen net alsof we dat niet weten. Een manier van leven is dat.

Ik bezocht haar onverwacht. Toen ze me had binnengelaten en ik in de huiskamer was en zij naar de gangkast liep om een fles wijn te pakken, zag ik dat ze een boek van Danielle Steel aan het lezen was, *Verloren zoon*, het lag opengeslagen op haar stoel. Ik ging terug naar de gang om iets uit de zak van mijn regenjas te pakken en toen ik de kamer weer binnenkwam, was ze de fles wijn aan het ontkurken met haar allercharmantste aandacht en was het boek van Danielle Steele nergens meer te zien. Het ontroerde me dat ze niet wilde dat ik zag dat ze dat aan het lezen was.

'Je mag me nooit een boek van Danielle Steel cadeau doen,' had ze al een paar keer gezegd. 'Die haal ik bij de leeszaal.' Zo noemde ze de bibliotheek: leeszaal. Toen ik zelf kon lezen, was het in mijn kindertijd een woord dat ik niet vaak genoeg kon horen. Ik was ervan overtuigd dat als ik wat ouder was, het grootste deel van de tijd in een leeszaal zou doorbrengen, een zaal zo groot dat je niet werd opgemerkt. Alles wat de wereld belangrijk maakte, was er. Alles wat je wilde meemaken, kon je lezen.

Ik heb haar al die jaren niets over Wiesje gezegd, wat ik mezelf kwalijk neem en wat iemand aan wie ik het zou vertellen, vast onvoorstelbaar vindt, maar ik wil niet dat ze vragen over haar stelt, dat Wiesje een leven in haar gedachten gaat leiden, maar er is nog meer aan de hand, ik wil Wiesje voor mezelf houden, wil haar niet delen. Dat heeft ook met schuldgevoel te maken.

Ik heb haar alleen aan Bart willen voorstellen, een middag toen ik weer met haar in café Trianon zat. Wiesje en ik hadden door het verre oosten van de stad gewandeld, de tweede buurt in mijn leven, de Hengstdalseweg en de omgeving daarvan, veel nieuwbouw. Ik liep met haar langs de achtertuinen, door het gangetje waar de tuin aan grensde waar ik Jana voor het eerst zag. Ze vroeg nauwelijks iets over haar. Het was net alsof ze haar irriteerde. Over Nienke wilde ze wel alles weten, terwijl ik over haar ook niet zo veel kon vertellen, alleen over de paar momenten die onze levens aan elkaar verbonden. Ik verwijt me soms dat ik over de mensen die een rol in mijn leven spelen, die dat leven met mij gemáákt hebben, zo weinig te vertellen heb, veel minder dan ze voor me betekenen. Heeft misschien met vanzelfsprekendheid te maken. Nou ja, ik schreef eens in een toneelstuk dat het vertellen van de essentiële gebeurtenissen in de geschiedenis van de mensheid even lang duurt als het koken van een ei, tussen zacht en hard in. Hoeveel tijd vraagt je eigen leven?

'Waarom wil je haar niet in de steek laten?'

'Daarom laat ik haar niet in de steek, om dat te weten te komen. Ik mag het niet, ik wil weten waarom niet.'

'De belofte aan haar zusje?'

'Ze heeft die belofte alleen geformuleerd, dat ik voor haar moest zorgen, ik heb niet gezegd dat ik het beloofde.'

'Beetje advocatenpraat, nogal handig.'

'Soms verschuil ik me door er handig over te denken.'

'Stom trouwens dat we haar nooit tegenkomen.'

Deden we niet, elkaar tegenkomen, ik hoefde er niet eens voor te zorgen. Dat ik voor haar moest zorgen, vond Nienke niks, rare woorden, rare intentie, rare handeling, ook al zei ik dat ik er niet over begonnen was.

Ja, stom dat we elkaar nooit tegenkomen!

Ik wist niet of dat het woord ervoor was: stom. Ik zei dat ze vaak op reis was. Dat was ook zo. Een nieuwe geliefde betekende een nieuwe reis. Hoe dat zo kwam, geen idee. Altijd reizen naar het einde van de wereld. En na die reis was de liefde verschraald, wat ze simpel kon toelichten: 'Ja, als je een tijdje zo dicht op elkaar leeft, merk je veel te veel van elkaar.' Daar voegde ze meteen een vraag aan toe: 'Dat wil je toch niet? Dat mensen te veel van je merken?'

Wiesje vroeg of ik Nienke over haar verteld heb.

'Natuurlijk!'

'Hoezo natuurlijk? Wanneer dan?'

'Toen je er pas was.'

'In jouw leven?'

'Uiteraard.'

'Wat zei ze?'

'Het is zoals het is.'
'Dat is alles?'
'Dat is alles.'

Langs de oude school, naar de Kopse Hof, nu een wijk voor welgestelden, toen een vrijplaats van uitschot, haast niemand durfde er in de buurt te komen. Door het bos achter de Sint Maartenskliniek, toen weer naar de Berg en Dalseweg, uurtje later in Trianon beland, maar daar ging ze snel weer weg: 'Ik heb van alles te doen.' Zei ze vaak, dat ze van alles te doen had.

Haast meteen na haar vertrek kwam Bart binnen, terwijl hij er zelden overdag was, meestal alleen in de late avond. Ik vroeg hem of hij zich herinnerde dat ik hem verteld had over de nacht voordat we samen naar Praag reisden. Deed hij. Ik wees naar waar Wiesje zojuist zat, en vertelde hem over haar, wat natuurlijk niet in een paar zinnen kon. Bart dacht even na, probeerde als altijd beheerst met zijn verbazing om te gaan, hij knikte alleen maar, lachend. Ik geloof dat hij vond dat we het maar niet te lang over haar moesten hebben.

Die avond huilde ze een beetje toen ik haar vertelde dat ik het met Bart over haar had gehad, ze zei dat het was omdat ze het gevoel had dat ik haar eindelijk aan iemand had voorgesteld, ze zei dat het net was alsof we voor het eerst samen in een buitenwereld waren.

Ik had haar nog nooit zien huilen.

Natuurlijk deed Bart al snel alsof het nooit anders was geweest, alsof Wiesje er altijd was, de gewoonste zaak van de wereld.

Bart komt bijna iedere dag mijn leven binnen, in mijn werkkamer, in een café waar ik graag in de namiddag zit, en meteen als ik hem zie, weet ik dat ik nergens over hoef te praten, want hij weet al wat ik zeg en ga zeggen, wat ik ook van hem weet, dat is onze vriendschap. We hebben het druk met van alles, de nieuwe muziek, de oude muziek, de gebaren van actrices in oude Franse films, foto's van Nabokov die vlinders vangt, de kortste verhalen en tekeningen van Kafka, theorieën van Borges, vaderlands variété uit een tijd die voorbij is, onze ouders die zich daarmee amuseerden, onze ouders wanneer ze zich niet amuseerden, het literaire klimaat en de hysterische collega's, de aandacht vragende collega's, de talentlozen, de medemensen die mediapersoonlijkheden worden genoemd, overal opdoemende ijdelheid, de meningen over meningen, de grapjes over die meningen, de meningen over die grapjes, de onbereikbare meisjes van wie er veel inmiddels totaal toegankelijke vrouwen zijn geworden, analyses van voetbaltrainers, nederbeat, bijeenkomsten die om sociale vaardigheden vragen waarvan we ons soms geen voorstelling kunnen maken, ochtendcafés, door platanen omhelsde pleintjes in Frankrijk, alles wat hij schrijft, wat ik schrijf, wat we willen, wat we willen dat blijft, wat we nooit willen missen, wat we voor elkaar betekenen.

Mijn moeder zegt dat ze de dagen voordat mijn vader jarig was altijd drukkend vond.

'Hij wilde ineens van alles. Een toespraak houden. En dan vroeg ik waarover en dan zei hij: "Over hoe iedereen die op bezoek was, bij elkaar was gekomen, wat hen verbond", en dan zei ik: "Dat hoeft toch niet, jongen." Dat ergerde hem. Hij zei het niet, maar hij vond dat ik te weinig gevoel had voor dat soort pompeuze dingen. Ach, nu mis ik hem wel. Onvoorstelbaar hè, de tweede keer dat hij jarig is en hij er niet is. Alles gaat zo vlug.'

'Dat heb je je hele leven tegen me gezegd.'

'Ja, je kon er niet tegen.' Ze lacht. 'Er mocht nooit iets voorbijgaan.'

‘Nou, nooit.’

‘Wel vaak. Als je wist dat iets voorbijging, en alles ging voorbij, had je er meteen moeite mee, ook als het allemaal nog moest beginnen. We gingen niet vaak weg, toen, maar als we ons klaarmaakten voor vertrek en ik iets zag wat nog gedaan moest worden en zei dat ik dat wel zou doen als we straks thuis waren, dan verstrakte je. Maar ja, regeren is vooruitzien. O nee, je houdt niet van spreekwoorden en zo.’

‘Nu niet doen alsof ik een patiënt ben.’

‘Nou, klein beetje patiënt ben je wel.’ Lachen. Wijn. Te volle glazen. ‘Zal ik even Franse kaas gaan kopen? Ik heb het altijd in huis, nu toevallig niet. Als je gezegd had dat je zou komen dan...’

‘Het hoeft niet, moeder. Zo is het goed.’

‘Ik wil best...’

‘Zo is het goed, echt, moeder.’

Ze verplaatst zich door de buitenwereld op een scootmobiel waarvan de werking haar soms een raadsel is. Soms lijkt ze dat even te zijn vergeten, haar afhankelijkheid van zo’n voorziening, zoals wel meer ineens vager wordt in haar hoofd.

Dan uit het niets: ‘Je lijkt op vader, maar ook weer helemaal niet.’

‘Die verhouding lijkt me goed.’

‘Wat bedoel je, jongen?’

‘Kan ik niet uitleggen. Misschien ben je daar ook wel levenslang mee bezig, begrijpen waarom je op je vader lijkt en tegelijkertijd ook helemaal niet.’

‘Ik geloof dat ik snap wat je bedoelt,’ zegt mijn moeder.

‘Geloven dat je iets snapt is nog beter dan het snappen zelf.’

‘Jij praat soms ook in spreekwoorden en gezegdes.’

‘Daarom lukt het me niet van mezelf te houden, moeder.

Ik ben veel te vaak iemand aan wie ik een hekel heb. Ineens heb ik dat dan in de gaten.'

'Zeg toch niet van zulke dingen! Vanmorgen was ik bij Dekker, ik moest een boekenbon kopen voor de buurvrouw van een paar huizen verder, je weet wel, Loes Pruis. Vader noemde haar altijd Loes Lichaam, maar ze kan er echt niets aan doen dat ze zo aan de maat is. Dat zit in haar. Ze wordt zaterdag zeventig en wil alleen maar boekenbonnen, beetje saai cadeau, maar ja, als ze dat nu eenmaal wil. Ik koop liever iets waarover ik even heb moeten nadenken. In de boekhandel vroeg een meisje of ik je moeder ben. Weet je dat ik dan altijd zo trots op je ben? Ik zeg het zo graag: ja, ik ben zijn moeder.'

Ik voel verlegenheid, ik zeg: 'Ja, dat kan niet iedereen zeggen.'

Ze snapt mijn verlegenheid niet. 'Gelukkig niet, jongen!'

Jarig

Ik zet de wekker terug naast het bed. De verjaardag van mijn vader. Ik zie hem naar me kijken, vragend of op het punt vragend te kijken, Albert Camus, daar lijkt hij op, soms, vroeger, op sommige foto's. Heb ik van Camus gedroomd? Ik droom weleens van Camus, al een paar keer dat ik met hem in de vroege ochtend door Parijs loop en ik alles begrijp wat ik wil begrijpen alleen maar door met hem daar te wandelen.

Ik wil hem iets vragen, mijn vader, die behoefte heb ik meegenomen uit mijn slaap, er is wat, een piepklein fragment van alles wat we hadden moeten bespreken maar niet hebben gedaan, uit angst te dicht bij elkaar te komen.

Waarom werd ik wakker? Waarvan? Er is iets wat me alarmeert. Natuurlijk word ik wakker in een huis dat niet het mijne is, maar het is ineens een vreemd huis waarin ik nauwelijks om me heen durf te kijken, bang dat al het onbekende me zo verwart dat ik me nog langer dan nu niet kan bewegen, terwijl ik het dringende gevoel heb dat ik ergens heen moet, ergens in de stad waar ik opnieuw met alles kan beginnen, misschien ter hoogte van het huis op de Graafseweg. Toen ik daar voor de tweede keer had leren lopen en dat voor het eerst op eigen kracht deed naar het raam aan de voorkant, met uitzicht op een straat in de stad in de zomer vol lome warmte, heb ik toen goed gekeken wat daar nog meer aan de hand was, ook een uitzicht op mijn leven, op de jaren die zouden komen, de zekerheden waarmee ik me had kunnen omringen? Er was niet veel later vast een moment gekomen dat ik aan mijn ouders had kunnen vragen: hoe hebben jullie het gedaan, met jullie eenvoud, met jullie goedheid? Ja, dat, die goedheid, een woord dat ik later in een van de verhalen van Bart tegenkwam, het heet zelfs zo: *Jouw goedheid*. Een van de eerste verhalen die hij me liet lezen, in de zomer van 1972, net eindexamen gedaan, hij bijna kandidaats rechten, ik verbleef op de Kwakkenberg, de voornaamste wijk van de stad, in een landhuis, waar een vriend van me woonde, een vriend die een schim is in mijn herinneringen, de hele familie was op een schip ergens in de Caribische Zee, een locatie die toen niet zo veel indruk op me maakte als die later zou doen. Toen vond ik het vooral geweldig dat ik op dat huis mocht passen, op de honden, de planten water geven, de tuin in de gaten houden zonder dat ik wist waarop ik moest letten, inbrekers ontmoedigen.

Bart was daar iedere namiddag, we hadden het over de verhalen die we aan het schrijven waren en onze toekomst die uit verhalen zou bestaan, want die verhalen waren het belangrijkste, veel belangrijker dan posities in de samenleving. Daar hadden we het dan vaak over, hoe een goed mens te zijn? Die zomerdag had ik me kunnen overgeven aan, ik weet niet waaraan, ik heb kansen en mogelijkheden laten liggen en dat kon me niet schelen, ik wist heel goed wat het beste voor me was, dat vooral niet weten, er maling aan hebben, ik wist zeker dat ik door alle kanten opspattende gedachten kon zwerven, gedachten die mijn leven waren.

4 november. Ik ben een maand later jarig, 9 december, mijn zusjes op 13 januari en 17 februari, tussen die verjaardagen ligt telkens een periode van een maand en vier dagen.

Ik moet opstaan, ik weet het zeker, het kost me moeite, ik ben langzamer dan ooit, het is alsof ik alleen nog maar kan sluipen, een woord dat hoort bij prooien en hinderlagen en ongemerkt verdwijnen en een geraffineerde en uiterst geheimzinnige benadering van een onbekende werkelijkheid.

De trap sluip ik af, ik doe de deur van de woonkamer open en zie een silhouet voor het raam en achter het raam zo'n zachte, door de bijna volle maan gebleekte Nijmeegse nacht. Wiesje is het, ze draait zich niet om, bewegingloos staat ze daar. Misschien kán ze zich niet omdraaien. Als ze het toch doet, toch probeert en het lukt, is ze ouder, in één klap. Het wordt eerder dan ooit winter, ineens, het witte licht hangt dik over de stad, er zit kille wind in dat licht. Als je je mond opent, wordt alles in je koud. Zulke momenten zijn het.

'Wat is er?' Haar stem waarvan ik niet weet waar die vandaan komt. 'Wat is er met je?' Ja, zij zegt het natuurlijk, maar ze staat daar nog zo bewegingloos dat het nauwelijks kan dat ze een geluid voortbrengt.

'Waarom vraag je dat?' vraag ik, wat je nooit moet vragen aan iemand die je een vraag stelt.

'Vraag dat alsjeblieft niet,' zegt ze. 'Ik vraag wat er is, maar ik bedoel: waar ben je? Je bent ergens in weggegaan, ik voelde het zojuist. Je wilt ergens in terugkeren, maar dat is er niet meer. Verkeken kansen, noem je het. Verkeerd begonnen. Al die schuld, al die schaamte, al die donkere romantiek van je, al die angst om aangeraakt te worden, al die angst iets voor iemand te betekenen wat je nooit lang kunt waarmaken, al die angst te zeggen: hier ben ik, dit is het, hier ben ik, meer dan dit kan ik niet zijn.'

'Waarom beweeg je je niet?' vraag ik. 'Waarom draai je je niet om?'

Ze lacht, het is haar lach die de hele ruimte vervult, de lach van een erg jong meisje, zo jong dat ze onbereikbaar ver weg is. Zo graag zou ik naar haar toe gaan om naar haar en haar lach te kijken, naar haar alles vervullende vrolijkheid, maar geen idee welke richting ik moet kiezen. Wel haalt die lach de kou en het dikke licht uit de lucht, de stad is weer de stad in een zachte novembernacht.

Wiesje buigt zich voorover, drukt haar gezicht tegen het raam dat beslaat van haar warmte.

'Ik kon niet slapen,' zegt ze.

Nu zou ze zich toch wel kunnen omdraaien, maar dat doet ze niet.

'Ik ook niet,' zeg ik. 'Ik werd wakker en dacht aan mijn vader. Die is vandaag jarig.'

'Hoe oud is hij geworden?'

'Zevenentachtig, denk ik.'

'Hoezo denk je dat? Dat kun je toch uitrekenen?'

'Hij is er toch niet meer.'

'Maar hij maakte je wakker. Wie anders? Je kunt jezelf niet wakker maken.'

'In een droom wel.'

'Wil je het over dromen hebben?'

'Ik wil even wandelen. Jij ook?'

'Ik ben zo moe, zo ontstellend moe. Zo ontstellend dat je me niet eens kunt zien.'

Ik loop door de oude benedenstad, door de winkelstraten naar het hart van het Keizer Karelplein, het parkje dat zich overdag nauwelijks laat bereiken, maar in de nacht wel, net als in de eerste jaren van mijn leven. Mijn ouders en ik staken toen zonder veel onderbrekingen het plein over, bleven soms even zitten op een van de banken in het kleine park. Mijn vader zal er ongetwijfeld gezegd hebben dat we ons moesten voorstellen dat we hier over vijfentwintig jaar weer zouden zitten, hoe zag de wereld om ons heen er dan uit?

Na een van de eindexamenfeesten in 1972 belandde ik er met een meisje. Van het feest hadden we wijn en kaas meegenomen. In de vroege ochtend moest ze de bus nemen naar een dorp in de buurt. Tot die tijd lagen we tegen elkaar aan, de wijn dronken we op, aan de kaas kwamen we niet toe, we kusten elkaar zo lang en hevig dat we soms naar adem moesten happen.

Jaren en jaren later, Wiesje en ik liepen over de Tooropstraat, ik wilde haar laten zien waar het vroegere huis was van Hans, we waren toen nog niet de vrienden die we later zouden worden, maar we wisten wel dat het zou gebeuren, ik was gek op zijn kordate en geestige moeder, en toen kwamen we dat meisje tegen. Ze liep aan de overkant, ik stak snel de straat over. Ik was bang dat ik haar naam niet meer wist, maar ineens was die er weer: Evelien.

Ze zei: 'Ik ken jou.'

Ik zag Wiesje aan de overkant naar die woorden kijken, ze lachte en maakte een wegwerpgebaar.

Ik zei: 'Juni 1972. Ik geloof dat we dachten dat we elkaar nooit konden loslaten.'

'Maar ik moest met de bus naar huis.'

'Ja, zo kun je ook verdwijnen uit iemands leven, in de eerste bus van die dag.'

'Nu doe je net alsof je het erg vond.'

'Vond ik ook.'

'En ik maar denken: ik hoor nog wel van hem.'

Wiesje aan de overkant keek en keek.

'Weet je, dat durfde ik niet.'

'Je leek me anders iemand die alles durfde.'

Als Wiesje naast me had gestaan, had ze me vast geknepen.

'Evelien, hoe gaat het met je?'

'Dat zou ik je niet kunnen zeggen, ik weet niet waar ik

moet beginnen en ik heb haast, ik moet mijn moeder ophalen bij de tandarts. Laat ik het zo samenvatten: ik heb van heel veel spijt.' Ze boog zich even naar me toe, van een omhelzing kwam het niet, ja, het begin ervan, ze rook naar zout, naar zoet zout. En ze liep verder, op dezelfde manier als ze toen naar de eerste bus liep. De bus naar Beuningen, ik wist het weer, de bus naar Beuningen, ik zie haar naar me zwaaien op de achterbank, het was vroeg in de ochtend maar toch al warm, waarschijnlijk kwam die warmte van haar armen.

Ik stak de straat weer over. 'Ze leek me niet gelukkig, ze had van heel veel spijt.' Wiesje zei: 'Ze zag er best vrolijk uit voor iemand die van alles spijt heeft.'

'Misschien is dat het ergste: van alles spijt hebben en toch vrolijk zijn. Dat je zo leeft.'

Ik zit op een bank in het kleine park, midden op de rotonde die het Keizer Karelplein is, het is om me heen drukker dan ik verwachtte, iedereen rijdt hard, en ik zie Evelien van me vandaan lopen in de Tooropstraat en terwijl ze daar loopt proef ik haar huid weer, haar lippen, ruik ik haar rodewijnadem.

Ze had een lange groene jas aan, vrolijke strijdbare kleding die naar een uitstekende zomer deed verlangen, daar in de Tooropstraat, en liep op hagelwitte gymschoenen, weemoedig dansend liep ze. Haar gezicht was nog hetzelfde, net iets te rond, maar daarom ook aandoenlijk, en sproeten natuurlijk, meisjes moesten sproeten hebben, toen, ze moesten in een regen van licht hebben gestaan. Het kind dat ik was en bleef hoopte om de haverklap dat er altijd meisjes met sproeten zichtbaar waren in alle denkbare landschappen, in de stad en vrije natuur en je hoofd en hart natuurlijk.

De sproeten van Wiesje. Boven aan haar neus, ze horen bij haar ogen, bij haar nonchalante lach met al die triomfantelijke tanden, de snijtanden licht gekleurd. Daar moeten al haar woorden langs. Haar woorden komen er gewoon langs.

Wat zei ze toen ze voor het laatst bij me was? Niet voor het laatst natuurlijk, ik blijf haar levenslang bedenken. Hoeveel tijd brachten we met elkaar door? Door het me af te vragen wilde ik misschien die tijd vasthouden, de momenten die nauwelijks een vorm hebben, die zich vloeiend met elkaar verbinden.

Wat zei ze voordat ze verdween in een tuin die er niet was, maar ook wel, want ik bedacht die tuin en ik deed er mijn best voor die tuin te bedenken, een weergaloze tuin, een tuin die haar afscheid waardig maakte? Ja: 'Maak het mooi, dat leven van je.' Stilte. 'Zorg ervoor dat het mooi wordt.'

Ik spreek die woorden uit. En nog een keer.

Vier

Kuifje

Wat is een wereld zonder tovenaars? Onze geschiedenis kan niet zonder. Zojuist heb ik geleerd dat je niet meer tovenaar mag zeggen. Het is: religieus specialist. Lijkt me iets anders, dat spreek je niet graag uit. Je kunt geen verhaal beginnen met: 'In een donker woud hier niet ver vandaan leefde een religieus specialist.' Mag je een verhaal niet aandoen.

Ik ben in het Afrika Museum in Berg en Dal bij Nijmegen en luister slordig naar een lezing van een vrouw die alles weet over Afrika, vooral van de spanning tussen het natuurlijke en bovennatuurlijke. De beroerd voorbereide lezing, af en toe onderbroken door haperende apparatuur, is georganiseerd door het Hergé-genootschap. Als levenslang lezer van de avonturen van Kuifje ben ik daar lid van en eens per jaar is er een ledendag waar ik meestal heen ga in de hoop iets te horen wat ik nog niet wist, wat vaak het geval is, ik denk dat ik een kenner ben, maar dat blijk ik op zo'n dag niet te zijn.

Vandaag is de dag in Nijmegen, in Berg en Dal, maar dat is hetzelfde, op een plek die bij mijn jeugd hoorde, het Afrika Museum aan het einde van de glooiende Meerwijkselaan, waar het huis van de familie Pims stond, dierbare vrienden van mijn ouders, hun kinderen vrienden van mij, de levens van onze families waren altijd nauw met elkaar verweven.

Dat huis staat er nog steeds, ik reed erlangs in de taxi op weg naar het museum, het is gerenoveerd, het oude bonte, avontuurlijke huis is erin verdwenen, het is nu een statige villa, brave zakelijkheid, en dat was het niet, had het misschien moeten zijn, maar dat kwam er nooit van. We woonden naast elkaar op de Graafseweg. Later verhuisden zij naar Heilig Landstichting, de Meerwijkselaan. Misschien was ik er niet dagelijks, maar het kwam in de buurt. Het ligt aan de rand van een bos waar we vaak speelden, het lijkt eindeloos groot, dat bos, loopt door tot aan de grens van Groesbeek. Aan de rand van de eerste open vlakte, vanaf het huis gezien, is een schuilkelder. Han, de enige jongen van het gezin, en ik speelden daar vaak, nee, spelen was het niet, we durfden er niet goed in. Het was een smal bouwsel, een pijpenla, met een door vochtige bladeren overdekte trap naar beneden, naar de ruimte die min of meer in het daglicht lag, en er was een ruimte naast, niet afgesloten, maar donker. Daar wás wat, we wisten het zeker. Soms stonden we er lang naar te kijken, totdat we iets hoorden, iets wat verschoof of zich verplaatste of een ademhaling. Dan knikten we naar elkaar en maakten ons uit de voeten. Ook zagen we er eens, van een veilig afstandje, een gedrongen man en een vrij volle vrouw uit komen, ze herschikten hun kleding, ze hadden seks gehad, dat was schurend duidelijk, maar er was iets met hen, ze zagen er verstoord uit, ontzettend somber, alsof alles een gevaarlijke, dreigende vergissing was.

De nerveuze vrouw die de lezing geeft, is om de haverklap de draad kwijt. Ik kijk naar de boomtoppen die te zien zijn in de ramen onder het plafond van deze zaal. Af en toe trilt er zonlicht doorheen, in die toppen wordt het oude groen schraler, het is een onrustige vroege herfstdag. Ik weet niet wat er is, maar ik kom in de zachte ban van een onrust waarmee ik geen kant op kan, niet alleen omdat ik de zaal moeilijk kan verlaten, ik zit te zichtbaar. Er is iets met het groen, met dat rusteloze licht, ik ben ergens anders, meteen. Dat gebeurt vaak, de laatste tijd steeds vaker, het is net of het me niet meer lukt te blijven in de situatie van dat moment, in gezelschap van anderen althans, het is alsof een ander leven me opeist, nee, dat is een te groot dwingend woord, het andere leven neemt me gewoon mee. Het gebeurt wanneer ik muziek hoor of me ineens een detail opvalt, een beweging die verder niemand merkt, of zoals nu, iemand is iets aan het zeggen wat ik net zo goed niet hoef te horen, zoals bijna altijd wanneer er iets gezegd wordt. Dat tovenaars geen tovenaar genoemd mogen worden, dat is het enige wat me is bijgebleven en zal bijblijven. Religieus specialist. Ik was even ergens anders en daar is iets gebeurd en ik moet begrijpen wat. Ik was ergens anders dan hier, maar het heeft wel met deze plek te maken. Of kwam het door de tijd waaraan ik denk nu ik in het Afrika Museum zit dat in niets lijkt op het Afrika Museum dat ik kende van toen, er was een slordig ingerichte zaal met voorwerpen, een paar nagebouwde hutjes buiten waarin een ruwe geur hing, meer niet, en die paters van wie er een altijd glimlachende hoofdpater was en begin december Sinterklaas bij de familie Pims. Ik zie hem op een paard het huis naderen terwijl de avond wit was van sneeuw. Wij stonden voor het huis op de Meerwijkselaan te zingen. De zachtmoedige dagen. Ik kijk er niet met romantische vertedering op terug, ze verdienen meer dan dat, ze geven me hoop op het leven dat ik wil leiden. Vader Pims schoot met zijn jachtgeweer een keer of vier in de lucht, ter begroeting, slopende knallen die de hele omgeving belachelijk maakten. Zo begon het, veel ging verloren, maar het begon niet zomaar zo. Onze ouders snapten wat de voorwaarden daarvoor waren. Hun hartverwarmende zorgvuldigheid.

Dan klinkt applaus op, de bevrijdende waardering van het Hergé-genootschap voor een toespraak waarvan ik alleen het schamele begin hoorde.

Misschien ben ik hier wel omdat het eerste avontuur van Kuifje dat ik kreeg met het begin van alles te maken heeft. Ik was bijna zeven en Han Pims gaf me *De sigaren van de farao* cadeau, een boek waaraan ik vaak denk en waarover ik ook al vaak heb moeten praten in radioprogramma's waarin het over Kuifje gaat en ik als deskundige mag 'aanschuiven' – zo heet dat, je bent er niet te gast, je schuift aan, het mag nooit te belangrijk zijn. Het boek veroorzaakte een verandering in mijn leven dat zich voornamelijk in Nijmegen afspeelde, die weergaloos intieme ruimte op de bovenste etage van een statig herenhuis, met de volle boekenkast en de radio met het groene oog, in een buurt waar nog meer statige huizen stonden, de succesvolle, energieke, door God gekoesterde middenstand van een trotse stad in het oosten van het land.

We gingen die stad weinig uit, soms in gehuurde auto en per trein natuurlijk voor dringend familiebezoek, in het zuiden van het land, tweede klas, wat heel wat meer was dan derde. Je om de haverklap verplaatsen was nog niet aan de orde van de dag, niet in mijn omgeving. Het kwam in niemand op.

We hadden een *King Atlas* in huis, naast die van Nederland later ook een van 'de gehele aarde', een veel te dun boek voor de veel te grote wereld waarvan ik nauwelijks weet had. Daar keek ik soms in, met ongerichte aandacht, ik probeerde me een voorstelling te maken van wat die kaarten lieten zien, maar dat lukte me nauwelijks. Ik moest het doen met de verhalen van het deftige echtpaar van wie mijn ouders de etage huurden, en dat onder ons woonde. Zij waren eind jaren veertig uit Indië teruggekeerd. Soms mochten mijn ouders met mij in hun achtertuin zitten, meestal wanneer er nog meer bezoek was, en ik luisterde naar verhalen over Indië, weemoedige, geheimzinnige geschiedenissen vol geheimen en geuren en gevaren, over een groene wereld ver weg. Ik begreep er niet alles van, maar terwijl ik luisterde dwaalde ik er wel doorheen, ook betoverd door de vreemde woorden die ik hoorde, woorden die niet alleen iets betekenden maar ook ongekend zongen en fluisterden, dat laatste vooral. Ik probeerde ze na te zeggen, maar dat kon ik niet. Met wat ik erover fantaseerde, viel ik in slaap, terwijl ik zeker wist dat ik te laat geboren was op een nogal saaie plek waarover niets viel te vertellen.

Dan was er nog een uitbundige broer van mijn vader die heel anders dan hij was, een man van het grote gebaar die zich nergens iets van aantrok en nooit lang op één plek bleef, een avonturier die vaak met spectaculaire vriendinnen op bezoek kwam, vermoeide vrouwen met lange blonde haren en zo hartstikke gezond bruin, die om de haverklap even wilden 'rusten' in ons veel te doodgewone, kleine huis. Hij vertelde over Macau en Buenos Aires, Katmandu en Bombay, ik luisterde met ingehouden adem, ik herhaalde de namen van de plaatsen keer op keer in mijn hoofd, maar het was zijn wereld, het had allemaal niets met de Graafseweg in Nijmegen te maken. Hij dronk lachend glaasjes jenever in één teug weg. Macau noemde hij de poort naar China, uren dacht ik daarover na. Ik wist dat geen land groter kon zijn dan China en dan was er een poort. Met zo'n naam! Die poort kende hij!

Het avontuur van Kuifje begint op een groot zeeschip, een oceaanstomer, waarop de hond Bobby zich verveeld afvraagt of de reis nog lang duurt. Kuifje kan hem verstaan, in ieder geval zijn gedachten volgen, ik gelóófde dat, ik geloofde zoiets voor het eerst, wat ook een sensatie was, en Kuifje vertelt welke plaatsen ze aan zullen doen, 'morgen Port Said, dan door het Suezkanaal naar de haven van Aden, vervolgens Bombay, Colombo op het eiland Ceylon, Singapore, Hongkong en tot slot Shanghai', en naast dat plaatje staat een landkaartje afgebeeld, met in stippellijn de route. Dat was een openbaring, de wereld uit de *King Atlas*, de exotische wanorde van de wereld van mijn oom lag nu opengeslagen voor me. Ik zat te lezen in de stoel voor het raam dat uitzag op straat, aan de overkant de kolenhandel en de befaamde banketbakker Bardoel, natuurlijk scheen de zon want dat deed hij altijd boven deze stad, en ik wist zeker dat ik deel uitmaakte van een wereld die groter was. Die opluchting vervulde me met volle teugen. Steeds meer zin in de toekomst kreeg ik. De wereld werd mij verteld! In een verhaal dat getekend was en zo waar was dat ik er niets van wilde missen.

Op de Hergé-bijeenkomst begint een quiz over *Kuifje in Afrika*, een boek waarmee ik weinig heb omdat het nauwelijks een vertelling is, maar een wat krukkige aaneenschakeling van ingrediënten van een verhaal.

Ik besluit het museum te verlaten, ik heb meer te doen hier in de film die mijn stad van toen is geworden, de film waarvan ik bijna dagelijks een fragment zie, bijna dagelijks is er een aanleiding waardoor zo'n fragment zichtbaar wordt, ik zie mezelf lopen, nu over de Meerwijkselaan, het kalme groen aan weerszijden, huizen uit andere films, boven op de heuvel het huis van de worstenkoning, beneden aan dezelfde heuvel het kantoor van de dubieuze oliehandelaar. De worstenkoning leeft niet meer, de oliehandelaar wel, heeft een eigen bank op een eiland in de Caribische Zee, en dat eiland ook. Soms wordt er in een actualiteitenprogramma een vraag over hem gesteld die niemand kan beantwoorden. In Nijmegen zijn plekken en mensen die zich in de buurt van antwoorden bevinden. Ik ken die plekken en sommige mensen.

Aan het einde van de Meerwijkselaan kijk ik een tijdje naar een huis aan de overkant, een rustig, vriendelijk huis.

Mijn ouders hebben ooit overwogen het te kopen, even, maar mijn vader vond zichzelf niet geschikt om met banken te praten, wat hij ook niet was. Hij kon net als ik niet eens de juiste vragen stellen en zou de antwoorden trouwens, net als ik, altijd maar ten dele begrijpen. Zo doe je slecht zaken. De bank zorgt alleen maar voor paniek.

Sionshof

Het lijkt een wandeling die me goed gaat doen, van het opgepimpte Afrika Museum naar het station van Nijmegen, misschien langer dan een uur lopen, via de Meerwijkselaan, aan het einde ervan rechtsaf, langs de voetbalvelden en dan tegenover café-restaurant Sionshof de Groesbeekseweg op.

Het heet niet meer Sionshof, het heeft nu een Aziatische naam. Van de laatste twee keer dat ik er was, herinner ik me alles. De laatste keer was met mijn moeder, kort na vaders dood. Ze ging flink met het verlies van hem om, soms leek het alsof ze een beetje begon te vervagen. Ik had voorgesteld een ritje door de omgeving te maken. Ze zei dat ze het leuk vond, wat ze vooral zei om mij een plezier te doen, zelf bleef ze het liefst thuis, in de kleinst mogelijke wereld die ze door en door kende, geen verstoringen meer, hoe goedbedoeld ook.

Onderweg zei ze wel tien keer: 'Wat is het hier toch mooi, jongen.' Ze zei vaak jongen tegen me. Dat was ik voor haar gebleven, haar jongen. Dat hele landschap kon haar gestolen worden, ik wilde het haar gewoon horen zeggen, daarom zei ze het, daarom vond ze het ook niet erg dat te doen, integendeel.

In Sionshof dronken we een glas wijn, wijn die in orde was. Toen pas vroeg ik haar of ze het moeilijk vond, haar nieuwe leven, de laatste fase van haar reis die in 1925 begonnen was, en ik wist wat ze zou zeggen en dat zei ze ook: 'Ach, jongen. Het is niet anders.'

Ik vroeg of ze het redde en toen boog ze zich naar voren: 'Ik red het en zal het blijven redden als je me maar nooit naar zo'n huis brengt.'

Ze bedoelde een verzorgingshuis of een verpleegtehuis, het onderscheid is me nooit helder geweest. Daar was ze al eens eerder over begonnen.

'Dat beloof je me,' zei ze. 'Ik heb je nooit gevraagd me iets te beloven, maar dit moet. Je belooft het.'

'Ik beloof het, maar misschien heb ik het niet alleen voor het zeggen.'

'Je bent de oudste, jij hebt het voor het zeggen.'

'Ik beloof het.'

Ze lachte, begon over vrienden met wie ze hier weleens kwam, het was net of we het niet over mijn belofte gehad hadden. Ik was erover in gedachten, hoorde niet alles wat ze zei, probeerde me voor te stellen dat ik me ging verzetten tegen de onmogelijkheid dat ze thuis zou blijven wonen. Wat je belooft, moet je doen.

'Ach, je weet hoe vader was.' Met die zin trok ze me weer in haar monoloog.

'Wat bedoel je?' vroeg ik.

'Nou, hij hield er niet van naar dit soort cafeetjes te gaan.'

Interessant, dacht ik, het pretentieuze Sionshof een cafétje te noemen. Wel een woord dat bij haar hoorde, cafeetje.

Ja, wist ik, hij hield er niet van, ook hij hield zich het liefst in de kleinst mogelijke wereld op. Een man van mooie truien, door mijn moeder uitgezocht en gekocht. Dat is het veiligst. Ik snap het. Wie zou het beter snappen dan ik? Er kwamen veel mensen over de vloer, maar zelf gingen ze er liever niet uit. Hun leven gebeurde thuis. Daar was alles. En hij in zo'n tamelijk volmaakte trui, glaasje jenever erbij.

'Zullen we?' vroeg ik. 'Of wil je nog?' Ik wees naar haar lege glas.

‘Nee, het was fijn hoor, jongen.’

Haar woord: fijn.

Paar jaar daarvoor was ik er na de begrafenis van Bart. In de kerk van Heilig Landstichting was een katholieke dienst geweest. Waarschijnlijk had dat niet gehoeven van Bart, hoewel zijn katholieke opvoeding nooit uit hem verdwenen was, bij mij ook niet trouwens, maar het kon niet anders, anders mocht het niet in die kerk en uit die kerk wilde Bart naar zijn graf worden gebracht, wat ik niet zeker weet, maar ik heb niet gevraagd of het waar was. Ik sprak tijdens die dienst, Hans ook, we sloten de jaren af waarin alles, meer dan alles begon, ook al lagen die jaren al best lang achter ons. Hans en ik haalden herinneringen op waarom de volle kerk lachte, en dat moest ook, want dat vonden we altijd belangrijk, dat we konden lachen. We waren ernstig, maar ook helemaal niet.

Het was een kille novemberdag vol dunne regen.

In Sionshof was het ontstellend druk, veel universiteit, veel boekenvak. Ik wist niet waar ik het moest zoeken, ik wilde alleen maar weg, naar mijn eigen zo klein mogelijke wereld om alleen te zijn met mijn gedachten over vriendschap en plezier en een leven dat nooit zou eindigen, nooit.

Ook veel gewichtigheid. Veel mensen wisten precies wat ze over Bart te berde moesten brengen. Ik zag vrienden van vroeger die geen vrienden meer waren en het vroeger waarschijnlijk ook niet geweest waren, maar toen zeiden we zo graag snel dat we vrienden waren, een manier om vat te krijgen op onze tijd van leven.

Ik wilde weg, naar buiten, Bart was er niet meer, de stad was een andere stad geworden, ik had er niets meer te zoeken.

Een taxi bracht me naar het Kronenburgerpark. Daar moest ik zijn. Bart en ik hadden er vaak op een bank gezeten, regelmatig nogal aangeschoten, ook vaak om ons heen gewezen. 'Dit is het,' zeiden we graag, zonder dat de betekenis van die woorden meer inhoud had dan die acht letters. Toch was het zo veilig die in elkaars nabijheid uit te spreken. Die veiligheid, alleen maar die veiligheid, daar was het ons om te doen, onophoudelijk.

IJle mist

Op zondagen is de Nijmeegse Groesbeekseweg een stille straat die door die stilte voornamer is dan door de week. Ook hier staan veel huizen die met mijn kleine geschiedenis te maken hebben. Ik vind het aangenaam die geschiedenis klein te noemen, juist omdat er zo veel in gebeurde. Omdat jij het bent wat er gebeurt, omdat het uiteindelijk niet uitmaakt waar dat is, omdat waar dat is ook hoort bij de gebeurtenis die je bent, en jij de betekenis van die omgeving bepaalt.

Van door je geboortestad lopen krijg je moed, misschien omdat er ergens de illusie tintelt dat je gewoon weer met alles opnieuw kan beginnen, gewoon, ja, want dat is het in je geboortestad waarin alles vanzelfsprekend was.

Ik sta voor de school waar ik voordat alles echt begon een jaar of twee lesgaf, de Katholieke Hogere School voor Verpleegkundigen. Het vak heette taalbeheersing, ik moest de studenten artikelen en zo leren schrijven, twee dagen in de week, voor een salaris dat net voldoende was om van te kunnen leven, ik financierde zo mijn pogingen verhalen en een roman te schrijven. En mijn huisvesting, tijdens mijn samenwoning een bovenhuis op de Heyendaalseweg en daarna een kamer naast het Kronenburgerpark.

Als ik naar de overkant kijk, naar het plein met het café waar we tussen de middag een uitsmijter aten en een kopstootje dronken, wat toch echt moest kunnen, net zoals we tijdens de lessen min of meer onophoudelijk rookten, daalt er een mist neer, geen dichte, zo'n ijle mist die bij namiddagen kan horen, een mist die mijn herinneringen koestert en me alleen al daarom zo dierbaar is. Uit die mist maakt zich een gestalte los die wil oversteken en ik zie meteen dat het Jana is. Ik heb haar twintig jaar niet gezien. De laatste keer was op het terrein van de kliniek, toen ze gearmd met haar moeder liep, ze negeerde me, ik nam haar dat zo kwalijk dat ik haar nooit meer wilde zien, zeker voorlopig niet.

Ik denk dat ze weet dat ik vandaag in de stad ben, ze weet zulke dingen nu eenmaal, dat denk ik van haar te weten. Bij mij is het net zo: ik wist dat ik haar zou tegenkomen, een mogelijkheid die ik niet eens overwoog, het was vanzelfsprekend. Ze zal vast zeggen dat ze in *De Gelderlander* las dat er in het Afrika Museum een bijeenkomst was van het Hergé-genootschap en dat het haast niet anders kon dan dat ik daar ook was en mij kennende vermoedde ze dat ik een wandeling door de stad zou maken, uiteraard in de namiddag, 'het beste tijdstip van de dag'.

Ik zwaai, zij zwaait, ze blijft staan, ik moet oversteken, geen punt (een punt sluit een beweging af) en neem me voor niet te vragen hoe lang geleden het is. Er is nooit iets lang geleden en onderhand al helemaal niet meer. Alle momenten die ertoe doen en deden zijn aan het samenvallen.

Zij stapt van de stoep af, zo is ze ook een paar centimeter overgestoken, we omhelzen elkaar, ze zegt: 'Ik las gisteren in de krant dat er vandaag een vergadering van het Hergé-genootschap was. Waarover vergaderen jullie in godsnaam? En jou kennende, ach, ik ken je helemaal niet, nou ja, ook weer niet helemaal niet, ik dacht in ieder geval: je maakt daarna vast een leuke wandeling door onze mooie stad.'

Ik zeg: 'Je hoefde het niet eens te denken, zo is het. En jij komt me tegen, want zo is het, het kan niet anders.'

Zij zegt: 'Wij bepalen zelf wel wat kan en wat niet.'

Ik kijk naar het café achter haar, ik zit op de hoek van de bar, naast me een collega, die kort daarna een zwervend bestaan ging leiden en later gevonden werd in een steeg, zittend, leunend tegen een afvalbak, met een gelukzalige grijns. Hoe ik dat laatste weet, geen idee. Mijn vader en hij waren bevriend. Misschien heeft vader het verteld. Hij was dagen ontdaan door de dood van deze man, een befaamd psycholoog, veel publicaties op zijn naam, teksten geschreven voor een ijdele cabaretier die in de jaren zeventig de katholieke kerk ervanlangs gaf op een toontje waarvan ik vernielzuchtig werd, maar onze ouders lachten en lachten: 'Raak! Wat zegt hij het toch allemaal raak.' Daar kon ik ook niet tegen, de uitdrukking *iets raak zeggen*.

Ik ben Jana aan het omhelzen, een vage zondagse mist om ons heen, klein plein in hartje Nijmegen, ze ruikt bedwelmend, zoet, maar er zit iets rauws in die zoetheid, dat komt ook door haar lippen in mijn hals, het kan niet anders dan dat dit allemaal zo moet zijn, daarom heb ik de wandeling gemaakt van het Afrika Museum naar hier, ik wist het, maar wilde geen enkele gedachte besteden aan wat ik wist, maar dat wij hier zo staan, ja, dat verbaast me niets. En zoals altijd is er niets veranderd tussen de eerste keer dat ik haar zag, in de achtertuin van een huis waaruit ze gingen verhuizen, de tuin met de regenton en prachtig afgedankt speelgoed.

Zo even blijven staan.

Zo even blijven staan. In onze levens waarvan de tijd die zo eindeloos leek, nu door elkaar heen tuimelt. Een fractie uit al die tijd brachten we in elkaars nabijheid door. Een levenslange fractie.

Het was wat ik later een tussentijd noemde, ik was nog net niet uit Nijmegen weg, maar wist zeker dat het binnenkort het geval zou zijn. Ergens in die dagen trouwde Jana met Patrick Moody. Ik was voor hun bruiloft uitgenodigd, zelfs 'de hele dag' zoals dat heet. Het verbaasde me. Misschien had Jana me gevraagd voor Nienke, die was er natuurlijk ook, maar ook weer niet, ze was onrustig, vaak ineens weg, laat in de middag zo dronken dat ze ergens op een stil plekje lekker ging slapen.

In die namiddag kwam Patrick Moody naar me toe. Hij zei dat hij van me gehoord had, dat ik me om Nienke bekommerde, we raakten in gesprek en dat gesprek hield maar niet op en ik vroeg hem of hij zich niet onder de feestgangers moest begeven, maar dat vond hij helemaal niet nodig – 'dat feest is er vanzelf'. We hadden het over herinneringen, welke een tijd van je leven bepaalden. We voelden dat we goed met elkaar overweg konden, veel beter dan ik ooit voor mogelijk had gehouden, de bedeesde Engelse jongen die plotseling in ons gezelschap was, zoon van een moeder die diplomaat was (Irak, daarvoor Peru) en een vader die op Afrikaanse universiteiten moderne medicijnmannen opleidde (zijn woorden). Jana en hij gingen in Londen wonen waar hij zo nu en dan in opdracht van het ministerie van Binnenlandse Zaken een onderzoek verrichtte. Waarnaar en uit hoofde waarvan was me niet duidelijk, hij had er ook niet veel over losgelaten. Ze vertrokken de dag na hun bruiloft.

Week of twee later belde Jana. Of ik zin had een deel van de zomer in hun gezelschap door te brengen.

'Pat is op je gesteld. Hij vroeg me waarom ik je voor hem verborgen had gehouden.'

'En wat zei je?'

'Dat ik je niet verborgen had gehouden.'

'Spraken jullie af niet tegen elkaar te liegen?'

'Doe niet zo slap nou. Ik zou het ook fijn vinden.'

'O gelukkig. Mag ik er even over nadenken?'

'Ik wil je, nee, ik moet je ook iets vertellen.'

'Waarover?'

'Ik wacht een geschikt moment af.'
'Oké, ik kom naar jullie toe.'

Ik bracht een zomermaand in hun huis in Londen door, waar ik in de ochtenduren aan mijn eerste boek werkte en de rest van de dag met Patrick in de stad doorbracht, in pubs en parken en bioscopen. Blijkbaar vroegen zijn onderzoeken geen aandacht. De eerste tweeënhalve week was Jana er niet. Ze wandelde met haar schoonmoeder van het westen naar het oosten van Engeland, de Coast to Coast Walk, en onderweg bleven ze hier en daar hangen. Deze gang van zaken maakte haar uitnodiging licht gehavend. De laatste anderhalve week was ze er wel. Zo vrolijk dat het was alsof ze met die vrolijkheid iets wilde wegwapperen. Ze organiseerde etentjes en feestjes, er moesten de hele tijd maar mensen over de vloer zijn. Ik vond het niet irritant, vroeg me alleen wel af wat ze me wilde vertellen, maar zij moest er maar over beginnen. Het was een van de redenen voor mijn aanwezigheid hier, zij had me gevraagd.

Op een zonnige ochtend zagen we hoe de hemel langzaam vergrijsde tot het begon te hozen en riep Jana: 'Heeft niemand dan ook maar enige verplichting? Dat boek, Thomas, is dat boek nu eindelijk klaar? Of zullen we Patrick onze mooiste Nijmeegse herinneringen vertellen of alles wat we weten over het Kronenburgerpark? We willen daar gaan wonen, hè Pat, ooit. Dat vond je toch een van de beste plekken in de stad.' En Patrick zei: 'Van de wereld tot nu toe', wat ik een interessante bekentenis vond, maar toen ging de bel en nadat Patrick open had gedaan, zei hij dat er een heel team loodgieters voor de deur stond. Alle verwarming in het huis zou worden vervangen en dat begon nu.

Dan heb je het niet meer over parken, nou ja, we gingen naar het park waar veel van *Blow-Up* zich afspeelt, Maryon Park, waar ik de tennisbanen wilde zien.

Toen we die avond in een Indiaas restaurant dineerden en Patrick even moest telefoneren: 'Wat wil je me vertellen, Jana?'

Ze keek me lang aan en zei toen: 'Het doet er niet toe. Het doet er niet meer toe. Dat heb ik besloten. Ik liep toch laatst door het noorden? We zaten in het Lake District, we zaten aan de oever van een van die meren, ach, het is zo simpel, zo adembenemend simpel, de ondergaande zon glinsterde wonderlijk in het water en Pats mama zat zacht te neuriën en ik dacht: dit is het toch, dit is het toch wat we bedoelen. Ja, als je zoiets denkt, kun je nooit helemaal uitleggen wat je bedoelt met wat we bedoelen, maar ik dacht: ik kijk alleen nog maar naar het moment.'

'Jézus, Jana, dat meen je toch niet. Het moment, alleen nog maar naar het moment kijken. Kom op. Dat zijn alleen maar woorden!'

'Kan zijn, kan zijn, maar ik dacht het. En wat ik denk is van mij. Net zoals van mij is wat ik vind dat ertoe doet en wat niet.'

'Is het belangrijk? Is het belangrijk wat je me wilde vertellen?'

'Ah, dat heb je, Pat? Heb je kunnen regelen wat je wilde regelen?'

Zo werd dat moment een moment van niets waarin de dagen ervoor voorbijgingen. Ik dacht de hele tijd dat er nog iets ging gebeuren en dat gebeurde niet, terwijl ik wel wist dat het wel degelijk om een gebeurtenis ging.

Zo gaat dat. Dat snapte ik heus wel. Zo kan het gaan, vaak: er is een moment van grote betekenis, daar ben je bijna bij, die betekenis heeft een magnetische aantrekkingskracht, en dan is het er ineens niet meer, hoe dat kan, weet je niet.

Jana en Patrick scheidden de zomer erna. Nienke vertelde het, zonder details te onthullen. Jana keerde terug naar Nijmegen, werd lerares op mijn oude gymnasium. Ik wist niet eens wat ze gestudeerd had.

Niets gaat zomaar

Twee weken geleden was ik ook in Nijmegen. In boekhandel Dekker v.d. Vegt werd gevierd dat mijn debuut veertig jaar geleden verscheen.

Natuurlijk was ik eerder naar de stad gekomen om door het Kronenburgerpark te lopen. Van daaruit keek ik naar het huis van Joke Blok, het huis met het balkon, ruim vijftig jaar geleden, Jefferson Airplane, die muziek vooral, haar kamer. Waar in de wereld, waar in de tijd zou ze zijn beland, wat zou er van ons geworden zijn als haar zusje niet was doodgegaan, Valli, ik kende haar, een trots meisje met felle grijze levenslustige ogen. Waar zou ze gebleven zijn, Joke? Ergens ver weg in een tijd die zo anders was dan de mijne? Daarom belde ik aan. Een huis vol Bach, hard, overweldigend, ik stoorde vast.

Joke deed open, ik zag het meteen, de tijd had haar teruggetrokken van wie ze was, dat meisje, dat tennismeisje, met die benen, zo mager nu, sierlijk mager, dat wel.

'Thom.' Dat zei ze. Alsof ze helemaal niet haar best moest doen zich die te herinneren. Thom. Bijna niemand noemt me zo.

'Joke.' Ik spreek haar naam uit in een stilte die tussen ons in hangt, daar in de deuropening, hartstikke sepia, mooie naam vol stille eenvoud, Joke, alles wordt ineens ontstellend traag, ze lacht alsof ze zich moest inspannen voor die lach. Niets gaat zomaar, niets.

'Dat je hier nog woont.'

'Je had me niet verwacht?'

'Nee. Ik dacht andere mensen.'

'Er zijn weinig andere mensen in dit huis geweest. Waarom zouden ze? Wil je binnenkomen? Thee of zoiets?'

'Graag.'

'Zomaar? Wil je me iets vragen?'

'Niet speciaal.'

'Maar je belde aan.'

'Ik dacht, iemand doet open die ik niet ken, ik zeg dat ik vroeger hier geweest ben, toen ik op school zat, jong was, dat het meisje Joke heette en of ze wisten wat er van haar geworden is.'

'Nu kun je het me zelf vragen.'

'Rare vraag, Joke: wat is er van je geworden?'

Ze gaat me voor, ze neemt mijn jas aan, legt die op de trap neer, de trap naar boven, naar haar kamer, de muziek, de innigheid die ruw onderbroken werd omdat het niet anders kon.

'Je zou de eerste zijn die dat vraagt,' zegt ze.

'Wat?'

'Wat er van me geworden is.'

'Ik hoorde Bach toen ik voor de deur stond.'

'Ja, dat. Dat is er van me geworden. Ik luister naar Bach, de hele dag. Soms een korte wandeling, door het park, naar de supermarkt.'

Ze gaat de woonkamer in die ik destijds niet gezien had, alleen een onrustige flard, bewegende handen, licht dat aan- en uitging, het gemene lawaai van het noodlot, het was net alsof daar dunne rook uit kwam.

'Maar toch niet je hele leven?' zeg ik.

'Waarom niet? Nee, natuurlijk niet. Je wilt het weten, hè? Daarvoor ben je ook gekomen. Tussen toen en nu moet iets plaatsgevonden hebben. Ik heb geschiedenis gestudeerd, hier in de stad, ik trok me niets aan van die marxistisch-leninistische terreur, ik wilde geschiedenis studeren, klaar uit. En daarna heb ik geschiedenis gedoceerd, op die school van je. Net op tijd gestopt, ik vond het toen nog boeiend.'

'Dan ken je Jana ook vast.'

'Jana? O ja, Jana van den Berg. Moet je horen, ik deed er niet veel aan, aan contacten en zo. Na school meteen naar huis. Correctiewerk, was ik bedreven in, bedreven in het snel doen. En in de avond muziek.'

'En je ouders?'

'Mijn ouders, mensen van zo ver weg in de tijd, zo ver weg, die afstand is al heel lang onoverbrugbaar. Ze zijn overleden, kort na elkaar, mama eerst. Begin tachtig. Mama van verdriet, ze bewoog niet meer, sinds de dood van Valli bewoog ze niet meer. Ik wilde voor haar zorgen, maar er viel niets te zorgen. Zorg moet een doel hebben. Had het niet. Papa ging naar een tehuis. Alles in zijn hoofd liep door elkaar heen. Raaskallen, woedeaanvallen, de hele dag door. Zijn hart vond het ineens genoeg. Vind je vast stom, maar het zei me niet zo veel allemaal. Ik dacht: ik leef, ik ga gewoon door met leven, het leven vooral met mij. Dat heb ik gedaan de afgelopen vijftig jaar. Ga je vragen of ik gelukkig was? Of ben?'

'Misschien. Ik weet het niet.'

'Zoiets weet je wel. Ik geloof dat ik niet gelukkiger had kunnen zijn dan zo. Dat is niet niks toch? Natuurlijk heb ik me vaak afgevraagd: als dit en als dat? Een man? Een vrouw? Kinderen? Een andere stad? Een ander land? Ik zeg ook niet dat het voor mij niet hoefde, ik wist eerlijk gezegd niet wat er voor mij hoefde en als je dat niet weet, moet je niet moeilijk doen, maar kiezen voor de eenvoud. Ja, alles was zo eenvoudig. O ja, ik heb nog wel lang getennist! Daar kennen we elkaar toch van?'

'En van de muziek.'

'De muziek. Jefferson Airplane. Geweldig was dat. Ik heb het nog allemaal, boven.'

'Op je kamer.'

'Op mijn kamer.'

'Weet je nog...'

Ze steekt haar hand omhoog, lachend, grappig streng.

'Ik weet alles nog. Dat heb je als je je leven eenvoudig houdt. Ik ben niet zo van weet je nog. Misschien gek voor een historicus.'

Weer lacht ze. Ik zie nu wat ze bedoelt met haar geluk. Het maakt haar zo weergaloos autonoom.

Ze staat op en loopt naar een kastje dat tussen de schuifdeuren staat. Uit een lelijke sierfles schenkt ze twee glazen halfvol. Ze steekt ze vragend omhoog. Ik knik. Als ze me een van de glazen aanreikt, pak ik die hand vast, ik kan niet anders, een broze hand is het, ze vindt het niet erg dat ik dat doe, ze beweegt haar hand niet, ze kijkt me aan, in haar ogen glanst lichte, vriendelijke spot.

'En nu moet ik natuurlijk vragen naar jou.'

'Niets hoeft, Joke. Ik loop de hele tijd door mijn herinneringen te dwalen.'

'Die heb ik dus niet. Ja, natuurlijk aan die middag. Aan de jaren daarna ook, mama, papa, maar ik liet ze vervagen, ik deed er niets aan en je moet aan herinneringen iets doen, anders minacht je ze. Minachting is vreselijk, altijd. Maar ik kan er niets aan doen. Ik heb het grootste gedeelte van mijn leven geleefd zonder dat zich herinneringen aan wat dan ook konden vormen. Dat is toch het woord, vormen?'

Ze staat op, wijst naar boven, we gaan de trap op, de deur van haar kamer staat open, er is daarin nauwelijks iets veranderd, dat is althans mijn eerste indruk.

Ze laat zich op het bed zakken, slaat met haar vlakke hand op de sprei naast haar, ik ga daar zitten.

'Je wilde me kussen,' zegt ze.

'Dus toch een herinnering!'

'Het is een moment dat hier is, beschermd door de muren, door het licht, door de tijd die hier nooit is weggegaan. Het is nooit een herinnering geworden. En ik wilde het ook.'

'Kussen?'

Ze knikt, legt haar rechterhand in mijn nek, trekt mijn hoofd naar het hare, haar lippen zijn dun en zacht, haar tong een tere beweging. Het tennismeisje, zo verstrooid, beetje stoer ook, we fietsen door het oosten van de stad, haar benen zijn sterk en prachtig en glanzend, we moeten aan ons leven beginnen, we willen het uitstellen, alleen maar uitstellen.

Haar lippen laten de mijne los, even blijven onze gezichten dicht bij elkaar, dichter bij elkaar kan bijna niet, zo dicht bij elkaar dat ik voel dat ze lacht zonder dat ik het zie. Natuurlijk wil ik over deze momenten iets zeggen, maar ik moet het niet doen. Ze staat op, wijst naar de balkondeuren: 'En dáár zei je dat je daar had leren lopen.'

'Het was niet zo lang daarvoor,' zeg ik, want ik kan mijn mond niet houden, ik heb woorden nodig om alles te eren.

We staan op het balkon, kijken naar het park, naar de wereld, naar de tijd die ons aan het ontglippen is, die meer een eindpunt heeft dan ooit tevoren, een eindpunt waarvan we geen idee hebben, ze knijpt in mijn bovenarm. Weer weet ik dat ze lacht zonder dat ik het zie.

'We drinken een glas whisky,' zegt ze. 'Ik heb het niet voor niets ingeschonken.'

We zitten tegenover elkaar, hebben van de whisky gedronken. Ze zegt: 'Je gaat toch straks niet denken: wat een tragische oude vrouw, die Joke Blok.'

Ik schud mijn hoofd, natuurlijk niet, wie ben ik om zoiets te denken.

'Ben ik niet,' zegt ze.

'Weet ik, Joke, wéét ik.'

'Ja, zoiets moet je wéten, niet alleen vaststellen. Het is kennis. Een vrouw in een huis in deze stad, aan de rand van de kleine wereld van een park. Dat is mijn leven, altijd geweest, nauwelijks veranderd, behalve dat ik in dat leven ouder werd, het leven zelf bleef de hele tijd min of meer zoals het was. Een keuze is dat. Zoals anderen kiezen voor iemand naast zich. Heb ik natuurlijk ook aan gedacht, ze zijn al een tijdje voorbij, die gedachten. Waarom iemand naast me? Toen Valli... Ik vroeg me af wat ik voelde, wat ik moest denken over wat ik voelde. En ik wist het niet. Ik heb het niet over de paniek en het verdriet waaruit die paniek voortkwam, natuurlijk allemaal gevoel, ik weet het, maar ik zocht naar een houding, naar wie ik was in haar afwezigheid. Ik kende haar niet goed, hoor. We groeiden samen op, maar als iemand me zou vragen te vertellen wie ze was, dan kwam ik met maar een paar dingen, dingetjes. Wat weten we van elkaar? Wat weet je van jezelf? Je doet maar wat, je probeert van alles het beste te maken, plezier te hebben, dat vooral, en niet te veel last van alles wat niet mag. En toen was ze er ineens niet meer en ik wel. Je vindt het vast vreemd als ik het zeg, maar ik zeg het toch: dat was een situatie. En in die situatie keek ik om me heen en ik zag niets, ik keek in de spiegel en ik zag niets, ja, een gezicht dat ik ook niet had kunnen zien, er zou niets veranderen. En ik dacht: dat kan toch niet? Toen begon alles waarover verder zo weinig te zeggen valt, ik in dit huis, jong nog toen, ik die in dit huis bleef en ouder werd. Er gebeurde verder weinig. Ik deed mijn werk, dat werk gebeurde niet, ik déd het, ik kwam thuis in de namiddag, maakte een wandeling, luisterde naar muziek, ging slapen, droomde nooit iets waarvan ik schrok. Ik wist altijd: ik bén hier, dat is het. Is daar iets op tegen? Schenk nog eens in, wil je?'

Ik loop naar de open schuifdeuren en terwijl ik de lelijke sierfles pak, zie ik in de achterkamer een grote foto hangen, zwart-wit, twee meisjes op een strand, een zonnige dag, een doodkalme zee, niemand in het water. Naast de meisjes staan emmertjes waaruit speelgoeddingetjes steken. De meisjes kijken voor zich uit, ze kijken vast zo ver als ze kunnen, het is aan hun rug te zien dat ze niets zeggen, het kijken alleen neemt hen volledig in beslag.

'Ik heb helemaal niet gevraagd of je er ijs in wilt,' zegt ze als ik haar glas tot de helft volschenk.

Ik schud mijn hoofd.

'Je hebt gelijk,' zegt ze. 'Niets mengen, niets door elkaar gooien. Weet je, ik wilde nooit bang voor het leven zijn, ik wilde niet dat het me verwarde en dat die verwarring me dan lang zou bezighouden. We zijn hier even, dat is het. En in die korte tijd dompel ik me onder in de betoverendste muziek die er gemaakt is. Zeg ik niet goed, betoverendste. Maar je snapt me, ik weet zeker dat je me snapt. Ik hoef verder niets op te lossen, van niets en niemand afscheid te nemen als het allemaal klaar is, verder niets te betreuren, ook mijn zusje niet, want zo wilde ze het toch? Ik hoef me nergens voor te schamen. Vind je me benijdenswaardig?'

'Ja, Joke. En ook sterk.'

'Dank je.'

'Ik moet zo gaan, ik moet straks bij de boekhandel zijn, daarvoor iets eten.'

'Natuurlijk moet je gaan.'

'Maar ik kom wel...'

Ze legt een vinger op haar lippen, lacht: 'Niet zeggen. Moet je niet doen.'

We lopen naar de deur. Een omhelzing die maar kort duurt, vluchtig. Als ik haar tuinhekje open, heeft ze de deur al dichtgedaan.

Vanuit het park kijk ik naar haar huis. Ik hoor het niet, maar aan alles is te zien dat Bach daarin triomfeert en alle hoeken vult en al haar gedachten, haar hele leven. Zo kan het ook, leven. Je moet de moed hebben daarvoor te kiezen. Misschien is het bij Joke niet alleen moed, maar ook een inzicht. Gelukkiger dan zo kan ze niet zijn.

Dan loop ik naar de boekhandel. Daar in de buurt is een restaurant waar ik vaker eet. Ik verheug me op de avond. Joke heeft voor het begin van die vreugde gezorgd.

Gewoon lopen

Jana heeft twee vingers tegen mijn slapen gelegd: 'Ik voel ze. Ze gaan als razenden tekeer, al die woorden die je overkomen en over elkaar heen tuimelen.'

'Ze zijn niet razend, zijn alleen naar me op zoek.'

'Mogen ze best razend zijn. Waar ben je?'

'Ik sta hier met jou in Nijmegen. Is niet zo moeilijk.'

'Nou, toch best moeilijk hier met mij komen te staan.'

'Je bedoelt dat ik al...'

'Ik bedoel niks. Dat mag toch, niks bedoelen?'

De mist is dichter geworden, vreemd op een dag als vandaag. Alles wordt er trager door. Alles raakt verder weg. Ooit zei ik dat het de werkelijkheid was die verder weg raakte, maar dat is niet zo, de mist is de werkelijkheid. De snelheid van de tijd heeft een schaduw, dat is de mist, zulke gedachten houd ik voor me, ik ga ze zeker niet tegen Jana zeggen, die zo aangenaam nuchter is als een dageraad in de zomer. Ze trekt me weg van waar we staan, uit onze omhelzing, het is alsof ze me ergens heen leidt.

'We zijn nu echt oud aan het worden,' zegt ze en ik heb er helemaal geen behoefte aan dat ze dat zegt. 'Wanneer kwamen we elkaar tegen? Alles moest nog beginnen en het is allemaal ook opgehouden te beginnen natuurlijk. Wat begint er nu nog?'

'Wij,' zeg ik, want dat wil ik. Ik heb niet veel meer te willen, maar dit wel. 'Wij.'

Ze legt haar arm om mijn schouders, misschien knikt ze, ik weet het niet, misschien moet ik ophouden te willen weten wat er gebeurt, daarvoor is er genoeg gebeurd, wat allemaal vergeetbaar is. Maar dat is weer zo'n somber oprispinkje, ik stel voor ergens iets te gaan drinken, in de benedenstad, bijvoorbeeld in een café dat de Rita Bar heette, in de Priemstraat, misschien heet het nog steeds zo, het café waar Bart vaak kwam, en waar we vierden dat hij de Reina Prinsen Geerligsprijs won, met vrienden van zijn tennisclub vooral, want dat leven had hij ook, ik was er jaloers op, op al die onbevangenheid, op die luchtige volte. Misschien bestaat het café niet meer, veel bestaat niet meer, heeft plaatsgemaakt voor andere vormen van bestaan.

'We gaan gewoon lopen,' zegt Jana.

'Natuurlijk,' zeg ik. Het is natuurlijk dat wij nu door onze stad lopen. Ik moet het na al die jaren en jaren de normaalste zaak van de wereld vinden. Gewoon is er niets. Gelukkig heb ik dat altijd gevonden.

We zeggen lang niets, want de straten zeggen alles, we lopen over de Groesbeekseweg, de zijstraten zijn dus het verhaal, straten van ons leven, vooral van het hare, want ik ging weg, maar in de eerste helft van de jaren zeventig was ik in veel huizen van die straten, op kamers en etages waar vrienden en vriendinnen woonden. De sensatie van *Exile on Main Street,* de magere armen van Maartje die me zo stevig vasthielden dat ik me niet kon bewegen, wat alleen maar diep, diep ontroerend was, ik had het nog nooit meegemaakt, en voorbijging aan alles wat seks kon aanrichten, de gesprekken over de ijle mogelijkheden die de toekomst beloofde, onze onhoudbare fantasie erover, de spelletjes, de lichtgevende herinneringen aan onze kindertijd die pas voorbij was, o, die Nijmeegse dagen, in de Nijmeegse zijstraten, daarin ook een huis dat ik me sterk herinner, waar een vriendin woonde die ergens een muntje in moest gooien om de verwarming op gang te brengen, ze was tergend mooi die vriendin, ze wilde niets met ons, ze had al iemand, een vriend, natuurlijk ouder dan zij, die in oldtimers handelde. Ze keek altijd alsof ze droomde. Ik zie haar, ik zie haar huis op de Wilhelminasingel. Nog even en dan heb ik haar vijftig jaar niet meer gezien.

Schreef Marguerite Duras niet dat je alleen door de herinnering denkt dat je iets hebt meegemaakt? Veel van wat Duras schrijft, kan me dagen bezighouden.

Als je dat denkt, maak je dan die herinnering niet opnieuw mee? Is die herinnering dan niet even opgehouden herinnering te zijn, maar gebeurt het nu of denk je dat het nu gebeurt, wat waarschijnlijk hetzelfde is. Is dat niet de gebeurtenis die de herinnering is? Je kunt er natuurlijk ook alleen maar woorden voor hebben, maar het is soms net alsof mijn herinneringen die woorden passeren. Nu ook weer. Ik loop met Hans en Bart over de Wilhelminasingel, de nacht is jong en blauwig en vol vallende sterren en de geur van een feest dat hier in de buurt aan de gang moet zijn, we zijn op weg naar het politiek-cultureel centrum op de Oranjesingel, niet omdat we zo graag in een politiek-cultureel centrum willen zijn, maar omdat het daar tot laat open is. We hebben de slappe lach, ik weet niet waardoor die begon, als altijd is die er ineens, we willen dat die niet ophoudt, we zijn verslaafd aan die schaterende verdoving.

'Zie je ons lopen?'

Jana knikt.

'Waar loop jij?' vraag ik.

'Niet naar het politiek-cultureel centrum in ieder geval. Daar staan veel te veel van die puisterige fanatiekelingen tegen je te schreeuwen dat ze gelijk hebben zonder dat je weet waarin. De stad staat er bol van, gelijkhebbers die onverdraaglijk hard praten en daarmee maar niet kunnen ophouden. Ik denk dat ik door de polder loop.'

'Daar loop ik ook vaak, fles vieux in de zak van mijn regenjas.'

'O ja, jij bent van de drank, ik niet, ben bang me te verliezen, bang dat ik dingen ga zeggen die ik niet moet zeggen.'

'Beledigingen?'

'Geheimen.'

'Heb je er veel?'

Ze zegt niets. In die stilte zijn we weg uit de herinneringen die opnieuw gebeuren, we lopen op een zondagse namiddag door de stad die we delen.

'Ik moet je wat zeggen,' zegt ze.

Ontzéttend verbaasd

'Je was toch bevriend met Frans van der Ham? Misschien nog steeds.'

'De psychiater. Ja, nog steeds, denk ik. Ik was trouwens ook zijn cliënt, even. We hebben elkaar al een jaar of tien niet meer gezien. Zo kan het gaan. Ik denk dat we de draad gewoon oppakken als we elkaar weer tegenkomen. Ik ben erg op hem gesteld. Ken jij hem?'

'Ik was zijn patiënt. Of cliënt of hoe noem je het?'

'Ach.' Ik weet niet waarom ik dat zeg. Ik voel dat ik ergens aan het terechtkomen ben waarvan ik misschien wel niets wil weten. Ik vraag niet waarom ze bij Frans in behandeling ging, ik heb er niets mee te maken.

Lang nadat ik zijn cliënt was geweest, zaten Frans en ik in een forum op een avond over melancholie, in het Stedelijk Museum in Amsterdam, het was het thema van een tentoonstelling. Daarna gingen we wat drinken in een café in de buurt en zoals het gelukkig vaak gaat, hadden we een gesprek dat nooit ophield. Hij woont in Beek bij Nijmegen. Ik logeerde soms bij hem en zijn vrolijke vrouw Sela. Lange gesprekken, lange wandelingen. Hij en Sela gingen ruim een jaar op wereldreis en daarna belden we elkaar wel, ook langdurig, maar afspraken gingen op het laatste moment niet door, altijd om begrijpelijke redenen. 'Het komt wel.' Dat zeiden we telkens tegen elkaar.

'Zei hij dat we elkaar kenden?'

'Waarom zou hij dat zeggen? Maar hij zei het wel, maar toen waren we klaar.'

'Klaar?'

'Ik had kunnen zeggen wat ik moest zeggen. Ik had eindelijk ergens woorden voor. Dat leerde hij me, die woorden te vinden. Daar kwam ik natuurlijk ook voor. Ik wist niet waar ik ze moest zoeken, maar uiteindelijk wel en toen begon er rust te komen, in mijn hoofd, in mijn hart. We namen afscheid en toen hij me naar de deur bracht, was hij niet meer mijn psychiater en ik niet meer zijn cliënt, dat was heel voelbaar, een soort opluchting. We hadden het over iets dagelijks. En toen gaven we elkaar een hand, een mooie handdruk was het, ook al had hij gezegd dat ik niet moest denken dat ik...'

Waarom maakt Jana haar zin niet af? Het irriteert me.

'Wát moest je niet denken?'

'Zet me niet onder druk. Alsjeblieft, zet me niet onder druk, doe dat niet.'

'Oké. Sorry.'

'Sorry hoeft niet. Je begrijpt het niet. Kun je ook niets aan doen. Hij kijkt op zijn horloge en zegt dat hij zich moet haasten, want hij moet dadelijk in Utrecht zijn, jaarclub, zoiets, een reünie. En ik zeg dat ik ook naar Utrecht ga, met de auto, concert in Tivoli, hij kan meerijden. Ik zeg er nog bij: als dat tenminste geoorloofd is? Belachelijke zin. Waar gáát het over? Hij zegt: "Oké. Ik pak snel mijn jas." En als we in mijn auto zitten, ziet hij op de achterbank een boek van jou liggen, *Hoe alles moest beginnen*, en dan zegt hij het, dat hij je kent, dat jullie bevriend zijn, en we praten over jou. Hij is hartverwarmend op je gesteld. Hij was niet op-en-top geïnteresseerd in hoe wij elkaar kennen, maar misschien kennen we elkaar ook helemaal niet. Wat jij?'

Zo moet ze niet met me praten. Dat weet ze, denk ik. Waarom dat soort bittere toevoegingen.

'En natuurlijk hebben we het over Nienke. Het ging de hele tijd over Nienke. En dat jullie, nou ja, en ineens, ik weet niet hoe het kwam, maar het gebeurde natuurlijk, het lag enorm voor de hand, ineens zei ik iets over je dochter. En hij was verbaasd, werkelijk ontzéttend verbaasd. Hoezo dochter? Zo zei hij het: hoezo dochter? En ik zei wat ik van Nienke over je dochter wist, niet veel, je weet dat Nienke niet bepaald mededeelzaam is. En toen zei hij, heel erg verbaasd, ik geloof zelfs een beetje geschrokken: "Maar hij heeft helemaal geen dochter. Weet je zeker dat hij het over een dochter had? Nee, echt niet. Ik had het geweten, natuurlijk had ik het geweten. Is het geen verzinsel van Nienke?" Ik zeg dat ik zeker weet dat het niet zo is. Nienke deed er verder niet belangrijk over. Gewoon een dochter. Die had jij en jullie wandelden vaak door Nijmegen, ze wist ook niet waarom, blijkbaar vonden jullie het nodig, weet ik veel. En toen zei hij weer: "Hij hééft helemaal geen dochter." Het irriteert je, hè. Ik zie dat het je irriteert.'

'Waar bemoeit hij zich mee? Dát vraag ik me af. Waar bemoeien jullie je mee?'

'O, dat is je reactie.'

'Ja, mag ik? Het is mijn leven.'

'Je mag alles, hoor. Je wilt er niet over praten, neem ik aan?'

'Waarom zou ik? Kun je me dat duidelijk maken? Waarom zou ik? Wat moet ik verdedigen?'

'Niets. Je hoeft niets te verdedigen. Echt niet. Wat zegt, hoe heet je nieuwe vriendin?'

'Nou nieuw, al twintig jaar. Julia. Zo heet ze.'

'Heb je haar ook verteld van je dochter? Ach, ik hoef het antwoord niet eens te weten. Je hebt vast een geheim leven. Dat is alleen van jou. Natuurlijk is dat alleen van jou. Ik heb het ook. Alleen kan ik er niet mee uit de voeten.'

'Ging je daarom naar Frans?'

'O ja, van mijn vraag jouw vraag maken.'

'Veel is vraag nu we hier lopen.'

'Ja, ga het maar mooi zeggen! Veel is vraag!'

'Zo is het toch?'

'Je bent toch niet iemand die weet wat zo is en wat niet zo is?'

'Nee, ben ik niet.'

Ik weet niet waar ze op uit is. Nog even en het is avond. Ik weet nog niet wanneer ik terug naar Amsterdam wil. Er staat iets te gebeuren, dat weet ik wel. Als ik me daarop concentreer, kan ik misschien vermoeden wat, maar ik ontwijk die concentratie. Het kan zijn dat ik er bang voor ben.

Wat er van mijn leven overbleef

'Verbaast het je ook niet zo dat wat je echt wilt weten in je leven, van je leven, dat je dat niet te weten komt? Misschien gebeurt het nog, maar dat is dan wel laat.' Jana lacht anders dan ik van haar ken, alsof een verborgen lach haar glimlach steeds weghaalt. Daarom is het een glimlach vol tegenzin.

We zitten in café De Tempelier, niet ver van het station, ik kan zo weg, niet ver van het Kronenburgerpark waar een gebeurtenis tussen de bomen fluistert waarbij ik misschien niet weg mag zijn.

Ze heeft gelijk, denk ik.

'Ja, toen we elkaar voor het eerst zagen, wat betekende dat moment? Want dat het veelbetekenend was, stond vast. Dat vond jij toch ook?'

'Niet zo sterk als jij het hebt, maar ja, ik was thuis.'

'Wat bedoel je daar nu weer mee?'

'Dat jij ergens was waar je nooit eerder was. Alles was een verrassing, misschien wel een sensatie.'

Die middag, die paar minuten van een middag zijn weer zo dichtbij. Ik was onvoorstelbaar jong en had last van alles, dat kind zit nog in mij, ik maakte mee hoe het kind ouder werd, ik maakte dat kind ouder, maar wat is verder het verschil tussen toen en nu? De hartelijke buurvrouw die vroeg: 'En wie ben jij dan?' Nog steeds ben ik op weg naar het antwoord op die vraag. Ja, het verschil tussen toen en nu is dat ik toen echt niet wist dat die vraag me zou blijven achtervolgen. Of dat ik me door die vraag laat meevoeren door mijn leven waarvan ik inderdaad veel te weinig weet, net genoeg om te voorkomen dat ik erin verdwaal.

Jana kijkt naar buiten, de herfstavond ziet er vettig uit. Op dit uur is het nooit druk in het café. Iedereen is aan het eten.

'Ik weet niet of Nienke...' Het lijkt wel alsof ze die woorden zoekt in de duisternis waarnaar ze staart, ja, ze praat zacht en zoekend, ik moet me naar haar toe buigen.

'Wat is er met Nienke?' vraag ik.

Nu kijkt ze me aan, fel: 'Al twintig jaar dood. Dat is er met haar.' In haar felheid zit een kille stilte. Dan: 'Sorry, dat is flauw.'

'Zeg dat wel. Je zag dat ik er was, toen.'

'Ik zag het, ja. Ik had mama bij me. Ik wist niet wat ik tegen je kon zeggen, ik wist niet eens of ik je nog wel wilde zien.' Weer kille stilte.

'Ze had het eerst met een sjaal geprobeerd. Die had ze van iemand van het personeel gepikt, maar dat ging niet. Ze heeft het plafond gesloopt, die platen eruit getrokken. Ze heeft de elektriciteitsdraden losgetrokken. Jongen, het was zo'n troep daar. En overal bloed.'

Nu kijkt ze weer naar buiten. Weer die zachte, zoekende toon. 'Ik geloof dat ik iedere dag aan haar wanhoop denk. En het begon toen pas, echt toen pas, ik snap niet waarom niet eerder, ik begon toen pas te denken aan die dag.'

'Welke dag?'

'De dag van het ongeluk, het ongeluk van Lars. Het begon die nacht, die avond. Ik had mama naar huis gebracht, nog even met haar gezeten...'

'En je vader?'

Ze maakt een wegwerpgebaar: 'Papa is een plant. Begon vrijwel meteen na zijn pensioen.'

Net als de vader van Joke, denk ik. O nee, die werd onhandelbaar, als ik het goed begreep. Wat is er toch met de vaders? De mijne ging ineens dood, voordat het tot ons doordrong dat het weleens zou kunnen gebeuren.

'Ik vroeg mama of ze alleen kon zijn. Dat kon ze, flinke vrouw, altijd geweest. En toen kwam ik thuis, even na middernacht. En ik ga aan tafel zitten, ik heb het licht niet aan, het moet donker zijn, ik schenk een glas wijn in en ik kon me ineens niet bewegen, ja, misschien kon ik het wel, maar ik durfde niet. Ik dacht: als ik me nu beweeg, stort mijn hele leven in elkaar. Het was weer die dag. Die zomer. De hitte. Dat volle licht waarvan je zo moedeloos wordt, dat krankzinnige licht. Je ruikt elkaar, je voelt je huid, je ogen branden uit je kop, alles om je heen wat je aanraakt, is warm en afstotend. En toen wist ik het niet meer. Ik wist niet meer hoe het allemaal gebeurde. Nienke was meestal in de tuin, zat ergens in de schaduw te tekenen, ze was het liefst alleen, ze reageerde soms niet eens als je haar riep, iedereen was daaraan gewend. Ik denk dat ze toen, ja, daar was ze, want waarom zou ze daar niet zijn? Ik denk, nee, ik was met Lars voor het huis, ik was, ja, misschien ging ik wel even het huis in, ik weet het niet, ik weet het niet! Er is iets weg uit die ochtend. Wel voel ik nog de angst. Die hijgde door me heen, die ontsteltenis. Angst voor wat er gebeurde, voor wie ik was, voor de tijd waarin we terecht waren gekomen. En dan het geschreeuw, de wanhoop. En ik probeerde mijn adem in te houden, ik dacht: als ik mijn adem inhoud, ga ik misschien wel dood, ik wil hier niet zijn, nooit meer. En toen ik Nienke zag, ik weet niet hoe ze er ineens was, misschien stond ze al lang naast me of achter me, haar hoofd een beetje schuin, toen begon ik tegen haar te schreeuwen, ik hoorde mijn stem, nu weer, mijn stem vol adem die ik niet kon inhouden. Wat ze in haar hoofd had gehaald niet op Lars te letten, hoe had ze dat kunnen doen, wat had ze gedáán? En Nienke kijkt me aan, alles in haar huilt, het is alsof ze zichzelf inslikt, alsof ze oplost in haar tranen. Ik sla haar, dat doe ik: ik sla haar. Ik raak haar, maar het is tegelijkertijd of ik haar ook mis, het zijn van die waaiende slagen. Ze kan niet meer praten, dat weet ik wel, ze praat niet meer, die dag praat ze niet meer. En toen het geweld van papa, ze wordt platgewalst, tegen de grond geschreeuwd, ónder de grond! Mama brengt haar die avond laat nog naar een van de vrouwen van onze school, de lerares biologie. Ze heeft weleens leerlingen in huis met wie iets is, iets ergs, iets waarvan niemand weet hoe ermee om te gaan. Ze heeft spierwit haar, van de zorgen, zegt mama. Nienke praat niet meer, ze beweegt haar mond niet eens. Het is alsof haar mond met haar ogen mee staart. Ze was ook niet op de begrafenis van Lars. Ik herinner me daar weinig van trouwens. Het was een piepkleine gebeurtenis. In een wit kerkje waar het zuur rook. Ik geloof dat er niemand was die iets zei. Maar ik weet het niet zeker. Ja, de pastoor, maar die sprak zo snel en stuurs Frans dat ik geen letter van hem begreep. Nienke komt een paar dagen later thuis. Ze loopt als een slaapwandelaar. Ze zegt nog steeds niets, maar ik geloof dat ze snapt dat ze dat is, iemand die nauwelijks meer iets zegt, dat ze nooit iemand anders kan zijn. En dan ik! Ik kan mijn bek niet houden, ik praat voortdurend als een gek, ik praat dus ik besta, zo houd ik alles in de hand. Al die weken zijn verdwenen. Ik kreeg ze ook niet meer terug toen ik thuis aan tafel zat, die nacht. Wel de dag zelf, maar alleen flarden die door elkaar heen lopen. Als ik erbij in de buurt kom, schieten ze van me weg. Het is onbevattelijk, het is allemaal onbevattelijk.'

'Daarom ging je naar Frans van der Ham.'

'Daarom ging ik naar Frans van der Ham. Ik heb er jaren en jaren over nagedacht.'

'Waarover?'

'Hoe ik het zou moeten zeggen. Of ik het durfde. Wat er van mijn leven overbleef. Ik vroeg of ik het aan jou moest vertellen. Hij zei dat ik dat zelf moest weten. Ik vroeg of hij het zou doen. Hij zei dat hij het zou doen.'

'En nu heb je het gedaan.'

Ze knikt, heel lang, heel traag, haar vingers draaien haar wijnglas rond en rond en rond.

'Je wilde het zeggen in Londen, toen. Daarvoor had je me gevraagd te komen.'

Ze knikt, ze ziet zichzelf knikken, zo kijkt ze.

'Had ik het maar gedaan. Dan was het met jou ook anders gegaan. Of niet?'

'Wat er van je leven overblijft.' Ik zeg het, het is een gedachte die ik nog niet had gehad, een vraag, maar veel vragen zijn gedachten. En ik kan het niet hebben van mezelf, maar toch is het er, toch laat ik het toe: wat blijft er van mijn leven over wanneer wat je zegt allemaal waar is? Maar het is niet waar, denk ik, denkt zij, misschien kan het waar zijn, maar ze weet het niet, nog nooit heb ik iemand zo vaak horen zeggen iets niet te weten, ja, mezelf, ik weet niets zeker, niets, maar ik zeg het meer in mijn hoofd, ik spreek de woorden niet uit, omdat het meestal woorden zijn die in een stille steeg eindigen, ver weg van het leven dat ertoe doet.

Ik kijk haar aan, ik zie verdriet dat alles te maken heeft met de vraag wat er van je leven overblijft. Ik rook al vijftien jaar niet meer, langer nog, maar ineens snak ik naar een sigaret, een slappe en nutteloze behoefte, maar dat komt natuurlijk doordat ik me voorstel hoe we hier lang geleden hadden kunnen zitten. En dat ze dan hetzelfde had gezegd.

Nog nooit maakte ik een onbereikbaarder iemand dan zij mee. Het is bijna schokkend. Maar met haar onbereikbaarheid ben ik zelf ook onbereikbaar. Als ik aan mezelf denk als aan iemand die daar tegenover haar zit, geen idee. Haar hand vastpakken? Over haar arm of wang strijken? De toppen van haar vingers vluchtig aanraken met de toppen van mijn vingers? De afstand tussen haar en mij is ons leven dat we maar een klein beetje begrijpen. De stad om ons heen begrijpen we wel, de straten, vooral de kleine straten in de benedenstad, de rivier natuurlijk en hoe je daar langsloopt, de plattegrond van onze kindertijd toen alles nog moest beginnen. Zit allemaal in ons hart. Willen we naar terug, vast, eerder dan ooit.

'God, Jana,' zeg ik.

'Veel is het,' zegt zij.

'Zonder dat je kunt weten wat het is.'

Ik zeg dat ik even naar de wc moet. Daar kijk ik in de spiegel. Ik spat koud water in mijn gezicht. Weer in de spiegel kijken. Rode kop, tranende ogen, het is niet alleen de wijn, het is het verdwijnen van veel te veel. Voorhoofd tegen de spiegel, onbeweeglijk knikken, 'Ja! Ja!' zeggen, het is meer prevelen, ik hoop dat ik hier even alleen ben. Wat wil ze me over mijn leven vragen? Wat is haar vraag? Ze zit niet alleen van alles te vertellen en te suggereren, maar ze heeft natuurlijk een vraag. Daarom gaan we met elkaar om. Omdat we vragen hebben. Je gaat nooit met elkaar om omdat je alles weet wat je van elkaar moet weten. Anders is die omgang een koud kunstje. En gelukkig verdragen we koude kunstjes niet. Je moet iets leren weten. En alles wat je moet leren, gaat niet zomaar, nee zeg.

Uw wil geschiede hier op aarde zoals in de hemel.

Ik wist wat ik zie als ik uit de wc kom, dat ze er niet meer zit, ik weet ook dat ze weg is, dat ze niet ook naar de wc is, nee, weg, verdwenen uit alles wat ze net vertelde, verdwenen in de vettige herfstige duisternis van Nijmegen, ik weet niet eens waar haar huis is, dat was helemaal niet aan de orde, het is niet eens de bedoeling, zij is weg, ik ga weg.

De jonge man achter de bar is verdiept in zijn mobieltje. Hij lijkt onverstoorbaar en helemaal weg uit zijn omgeving. Ik vraag of ik hem iets mag vragen, wat mag: 'Dat meisje met wie ik net zat te praten...'

Hij kijkt me verbaasd aan, van die gealarmeerde, wat verontwaardigde verbazing.

'Ze zat tegenover me. Het moet je...'

Dan snap ik zijn verbazing.

'Sorry. Natuurlijk. Sorry. We hadden het over vroeger. Daarom. Daarom zei ik meisje. Ja, dat was ze natuurlijk ooit.' Ik moet niet proberen het leuk te maken of luchtig, slaat nergens op. 'Wat ik bedoel is: heeft ze nog wat gezegd?'

Wat had ze moeten zeggen? Kunnen zeggen?

'Nee,' zegt de jongen. 'Ze stond op, trok haar jas aan en zwaaide. Prettige avond. Dat zei ze nog. Ja, dat zei ze. En toen ging ze naar buiten.'

'Prettige avond,' hoor ik me herhalen. Ze stond op, trok haar jas aan en zwaaide.

Geen droom

Een deel van hoe we elkaar zien en meemaken en willen meemaken, verzinnen we zonder dat we dat in de gaten hebben. Het gebeurt, we hoeven het niet te weten. Niemand vertelt je dat. Het besef is er. Het groeit in je zonder dat je weet wat het je te zeggen heeft. Soms veroorzaakt het een inzicht, een fractie van een seconde, bijna nooit langer. Een vage sensatie is het, zoals ook een plotseling uitzicht je in een flits kan overweldigen. Je loopt door de heuvels en moet linksaf, het kan niet anders, het pad schrijft die richting voor, en dan, ja, je ziet een stad, een rivier, bossen eromheen, een plein streng omhelsd door hoge bomen. Wat vooral zo overweldigend is, is dat je er een fractie van een seconde van overtuigd bent dat je daar zou kunnen wonen, in die stad, bij de rivier, je huis staat er misschien al, ja, je woont er al. En dan is alles wat je overweldigde, weer weg, je bent weer alleen maar een wandelaar, je gaat voort, je wilt ergens aankomen, je ziet wel wat je dan overkomt.

Zo kan er ook een fractie van een seconde zijn waarin je ziet, nee, niet ziet, waarin je voelt wie het is die je bent, wat je allemaal doet om te zijn wie dat dan is, je doet het vanzelf, het gaat allemaal niet zo bewust. En dan is er weer een nieuwe fractie van een seconde, een spatje stilte, en dan loop je, dan loop ik het park in, ik ben het maar, ik loop het park in, altijd maar het park in, ik zou kunnen denken dat ik terugga naar mijn eerste passen, de richting waarin ik die zette, mijn zacht zingende moeder achter me. Omdat ik haar hoorde, haar zachte lied, maakte het me niet uit waarheen ik ging, als ik maar ging, ik was te jong om te veronderstellen dat ik op een aanwijzing zou kunnen rekenen. Het lied van mijn moeder stelde me gerust, ik weet niet meer wat ze zong, natuurlijk niet, was in beslag genomen door de grootse inspanning eindelijk te lopen.

En kijk, ik wist het natuurlijk, maar niet alles wat je weet is waar, nu wel, want daar nadert ze, ik zie haar het pad op komen, ze maakt een gebaar naar links, naar rechts, alsof ze trots wil tonen wat ik moet zien en ik zie het ook, natuurlijk, duizenden momenten, misschien meer, veel meer, niet als in een droom, want dat zeg je dan, als in een droom, maar het is geen droom, ze zijn er. Ik loop door de buurt van lang geleden, ik ben op de sinterklaasavonden bij de familie Pims, ik loop met Bart en Hans door de stad die van ons is, we weten ons bijna geen raad met onze lach, ik ben stil in de onhandige stilte van Fientje van Straaten, ik loop gearmd met de liefdes van mijn leven, ik hoor de Miles-muziek van Claire Groen en voel haar gulle onverwachte armen, John le Carré!, ik loop met Nienke die met een beetje schuin hoofd om haar heen kijkt, ik loop de bioscopen uit, de cafés, ik zit in boekhandels met een nieuw boek voor me, ik moet er een handtekening in zetten, ik mis iemand, ja, ik mis Wiesje maar die is ver weg en heeft wel wat anders te doen, ik mis Jana want die heeft ervoor gekozen zich ergens op te houden waar geen plaats is voor mij, wat ook niet hoeft, want wat moet ik daar nog? En die vraag grijpt me aan: wat moet ik nog in de buurt van Jana? Ik zeg: 'Ik zie je toch, je ziet mij, we zijn samen geboren, want zo heet het toch als je elkaar zo tegenkomt als wij elkaar tegenkomen?' En zij zegt niets terug. Belangrijk is te leren dat je je in de meeste mensen vergist en dat is niet hun schuld, maar de jouwe, schuld waarvan je niets begrijpt, maar je kunt het jezelf niet verwijten als je iets niet begrijpt, want wat je niet begrijpt, begrijp je niet. In het huis van Joke Blok brandt licht, het licht van schemerlampen, ik zie de muziek van Bach, ik zie haar luisteren, haar innemende aandacht vol overgave. Op de eerste verdieping liggen de platen van Jefferson Airplane, geweldige band uit San Francisco, het middelpunt van de wereld waar ik net niet bij kon, op dezelfde plek als op een vrijdagmiddag die er meteen weer is als je er even aan denkt.

Wat een sentimenteel gemijmer, denk ik. En die gedachte is voor mijn moeder die nu bijna voor me staat, nog een metertje of tien. Ze is jonger dan in al die tijd dat ik haar kende, er zit veel zon in haar huid en ook in haar hagelwitte tanden, het is net alsof ze dadelijk haar lachen niet kan houden, ik ben nog niet geboren, dat zal het zijn, zo jong is ze.

Ze gaat op haar hurken zitten, ik snap dat wel.

Ik ben nog niet geboren, maar ze kijkt al naar me. Nog even en dan gaat ze me leren lopen, hier in het park.

Ze knikt: 'We gaan het doen, jongen, we gaan het allemaal doen.'